Anne Fine

Wer dem Teufel glaubt

Roman

Aus dem Englischen von Barbara Heller

Diogenes

Titel der 1990 bei Viking Penguin Inc., London
erschienenen Originalausgabe:
›Taking the Devil's Advice‹

Das Zitat von Robert Graves aus
Collected Poems erscheint mit
freundlicher Genehmigung von A. P. Watt Ltd. und
The Executors of the Estate of Robert Graves
Die Übersetzung des Zitats
besorgte Maria Csollány
Umschlagillustration: Mariano Nani,
›Bodegón de Cuisine‹, 1764
(Ausschnitt)

Für Tik Enif

300/91/8/1
ISBN 3 257 01901 7

Des Teufels Rat an Geschichtenerzähler

... ich rate allen, die Geschichten schreiben:
Ihr solltet die Wahrscheinlichkeit nicht übertreiben,
Beschreibt nicht voller Eifer längst bekannte Daten
Von Liebe, Tugend oder dunklen Missetaten.
Wollt ihr ein Bild der Wirklichkeit erstellen,
Müßt ihr euch ganz bewußt den Lügnern zugesellen –
Geborenen Lügnern, wohlgemerkt, nicht jenen Sündern,
Die andrer Leute Schatz zum eignen Nutzen plündern;
Erst sammelt allen Schnickschnack, Zufallsfunde,
Damit vielleicht sich draus ein Universum runde ...
Dann seufzet oder räsoniert, doch laßt gerissen
Motiv und Ende und Moral im Ungewissen;
Ein hübscher Widerspruch, als Grundproblem verpackt,
Macht schließlich die Lektüre menschlich und exakt.

Robert Graves

I

Da! Sehen Sie sich das an! Das ist ja wohl die Höhe! Sehen Sie, was ich ganz hinten im Wäschetrockenschrank versteckt gefunden habe.

Schon wieder hat sie in meiner Autobiographie herumgekritzelt. Sie wird mir allmählich lästig! Warum muß sie in alles ihre Nase stecken, überall herumschnüffeln, sich in alles einmischen? Warum muß sie permanent auf ihr Mitspracherecht pochen? Manchmal denke ich, die letzten Stunden echter Privatsphäre meines Lebens sind an dem Tag, bevor ich Constance kennenlernte, unbemerkt und unbeachtet verstrichen. Wie lange sind wir jetzt getrennt? Drei Jahre? Oder vier? Und trotzdem spioniert sie wie eh und je in meinem Zimmer herum, kaum daß ich aus der Tür bin, blättert in den Papieren auf meinem Schreibtisch, liest die (wenigen) Passagen, die sie interessieren, und schreibt ihre provozierenden Kommentare und Ergänzungen an den Rand und auf die Rückseite. Drei Monate halte ich das nicht aus. Ich hätte mich gar nicht erst darauf einlassen dürfen, den Sommer hier zu verbringen. Es war eine Schnapsidee, und für die Kinder ist es vermutlich auch nicht besonders gut. Ich muß hier raus und mich woanders einquartieren. Oder eine Metallkiste mit solidem Schloß kaufen.

Aber seien wir ehrlich: Ich bin ja nicht zufällig hier, oder?

Es war mein freier Wille, Constances Einladung nicht abzulehnen, und ich kann auch nicht mit dem Argument kommen, ich hätte nicht lange genug mit ihr zusammengelebt, um sie durch und durch zu kennen. Ich hätte wissen müssen, daß es für Constance ebenso unmöglich ist, sich friedlich und uninteressiert von einem Raum fernzuhalten, in dem ihr Ex-Mann einen Text von auch nur entfernt persönlicher Natur schreibt, wie es unmöglich ist, ohne fremde Hilfe zum Mond zu gelangen. Ich hätte wissen müssen, daß sie ständig in diesem Raum ein und aus gehen, alles durchwühlen und kontrollieren, sich beschweren und Kritik üben würde; daß selbst der beiläufigste Versuch, ein paar simple Daten festzuhalten, eine Mahlzeit nach der anderen in große atavistische Dispute über die Gründe für diesen Umzug, jenes Baby, den einen oder anderen besonders markanten Streit umfunktionieren würde; daß die drei Monate die Hölle sein würden. Es ist nicht einmal so, daß die Dinge, an die Constance sich erinnert, für mich in irgendeiner Weise von Belang wären. *Die* Sorte von Autobiographie schreibe ich nicht, und wenn ich es täte, dann wäre dieser Ort der letzte, den ich mir dafür aussuchen würde. Ich bin hier, weil alle meine philosophischen Arbeitsunterlagen noch auf dem Dachboden sind. Weshalb sonst sollte ich mich so weit erniedrigen, in meinem früheren Arbeitszimmer zu wohnen und zu schlafen, während der große bärenhafte, nette Ally mit meiner Ex-Frau in meinem früheren Bett schläft?

Aber ich hätte mir gleich denken können, daß es nicht gutgehen würde. Sie brauchen Constance gegenüber die Vergangenheit nur mit einem Wort zu erwähnen, und schon greift sie gewissermaßen zum Flammenwerfer, brennt alle Ihre kostbaren Selbstschutzschichten weg, bis nichts mehr von Ihnen übrig ist, und trampelt dann noch auf Ihrem Schatten herum. Das Problem mit Constance ist: Sie ist erbarmungslos. Sehen Sie sich das an. Sehen Sie, was sie hier geschrieben hat. Ich habe eine meiner Meinung nach außerordentlich ehrliche und präzise Einschätzung meiner zwei Jahre an der Nitshill Road County Infant School zu Papier gebracht. »An meine Zeit dort«, so schrieb ich, »kann ich mich so gut wie gar nicht mehr erinnern.« Und sie schreibt an den Rand, fein säuberlich und boshaft: »Und ob du dich erinnern kannst. Weißt du nicht mehr, wie du mir erzählt hast, die anderen hätten dich einmal beschuldigt, den Mädchen beim Himmel-und-Hölle-Spielen unter den Rock zu schauen?«

Nun ja, danke, Constance. Ja, jetzt weiß ich es wieder. Ich erinnere mich wieder an den bitteren Geschmack, den ich plötzlich im Mund hatte, an die Stürme von Verzweiflung und Haß, die über mich hinwegfegten, an den Drang, allen, die johlend um mich herum standen und mit den Fingern auf mich zeigten, die Augen auszustechen. Warum haben sie die Gelegenheit, mich auszulachen, so prompt beim Schopfe gepackt? Weil wir arm und meine Kleider abgetragen waren? Weil meine Mutter dick war? Weil mein Vater hinter seinem monströsen jüdischen Bart wie ein ausgemachter Spinner aussah? Ja, jetzt flutet alles zurück, so deutlich, als wäre es gestern gewesen – danke, Constance. Wieder wird mir ganz schlecht vor Verlegenheit, Schreck und Scham. Das Herz schlägt mir tatsächlich bis zum Halse. Es wird ein paar Minuten dauern, bis ich mich wieder beruhigt habe. Und es ist auch nicht besonders hilfreich zu wissen, daß nachher, wenn ich mich schließlich hinreichend zusammengerissen habe, um meinen Platz am Eßtisch einnehmen zu können, Ally und die Kinder mich neugierig und mitfühlend anstarren werden, noch ganz unter dem Eindruck von Constances »Ehrlich, echt wahr«-Erzählung einer Sache, die ich ihr einmal, nur ein einziges Mal, anvertraut habe, im Bett, tief im besänftigenden, verzeihenden Dunkel der Nacht, um sie dann für die nächsten zwanzig Jahre wieder zu vergessen.

»*Vergessen*? Wie konntest du so was vergessen?«

Immer muß ich mich verteidigen, sogar vor meinen eigenen Kindern, besonders vor Bonnie. Sie lehnt sich über den Tisch, bereit, mich in die Mangel zu nehmen. Sie entwickelt eine immer bedenklichere Ähnlichkeit mit ihrer Mutter.

»Einfach so. Ich hab's eben vergessen. Es hat nun mal nicht jeder die gleichen Erinnerungen an seine ersten Schuljahre.«

»Und was für Erinnerungen hast du?«

»Alle möglichen.«

»Nun sei doch nicht gleich beleidigt. Erzähl mal! Wir wollen es wissen! Was für Erinnerungen hast du?«

Ach, es ist zum Verzweifeln. Selbst der nette Ally, der es sonst so schnell satt hat, solche Torturen mitansehen zu müssen, späht interessiert über die Salatschüssel hinweg zu mir herüber. Auch er will wissen, woran ich mich erinnere.

»Also gut, meinetwegen. Ich erinnere mich an – Kleiderhaken.«

»An was?«

»An Kleiderhaken.«

»An *Kleiderhaken*?«

»Ja, an Kleiderhaken. Du kennst doch wohl das Wort. Kleiderhaken.«

»Was für Kleiderhaken?«

»Alle möglichen Kleiderhaken.« Bonnie bringt mich allmählich auf die Palme. »Ich entsinne mich, daß ich in der ersten Klasse einen Haken hatte, der wie ein Lamm aussah, und ein paar Jahre später einen blauen mit einem großen, dicken Knauf am Ende. Auf dem Gymnasium waren sie natürlich alle gleich: schwarze Doppelhaken.« Jetzt starren sie mich an, alle miteinander, wie sie da sitzen: Ally voll Mitgefühl, Constance und Bonnie wie die beiden Hyänen, die sie nun mal sind, Nance mit unschuldiger Neugier. Ich wende mich Nance zu. »Manchmal, wenn man am ersten Schultag gefehlt hat oder wenn man in einer sehr großen Klasse war, mußte man seinen Haken mit einem anderen Kind teilen.«

Ein langes Schweigen tritt ein, und dann fragt Constance zuckersüß: »Und was war mit den Schuhbeuteln, Oliver? Wie steht's mit deinen Erinnerungen an die Schuhbeutel?«

Wann hat dieser Wahnsinn angefangen? Vor zehn Jahren? Vor fünfzehn Jahren? Sicher nicht sofort. Als wir uns kennenlernten, war ich hocherfreut – wenn auch ein bißchen verlegen –, daß jemand so viel Interesse an mir zeigte. Ich genoß zutiefst die sanften, aber hartnäckigen und verwirrenden Verhöre, denen Constance mich unterzog. Niemand hatte zu Hause je auch nur das leiseste Interesse für irgend etwas bekundet, was ich sagte, dachte oder tat, es sei denn, um daran herumzunörgeln. In unserem Haus hätten Sie schon das Dach in die Luft sprengen müssen, um zu erreichen, daß sich mehr als ein oder zwei Köpfe mehr als ein paar Sekunden lang in Ihre Richtung drehten. Oh, wie ich das alles haßte! Es war ein Pandämonium voll zermürbender Riesenkräche. Mehr als ein Viertel meines Lebens habe ich damit zugebracht, die Ellbogen zu gebrauchen, um größere Essensportionen zu ergattern, vor den anderen aufs Klo zu kommen oder mich näher an den wackeligen, auf halbe Leistung gedrosselten Heizstrahler heranzuschieben. (Der Lärm muß ungeheuerlich gewesen sein – wir hatten keine Teppiche.) Schaue ich mir jetzt so über den Tisch hinweg meine eigenen Treibhaus-Sprößlinge an, erscheint mir meine Kindheit rückblickend ziemlich ungewöhnlich, so, als wäre ich in einer Art Rugby-Gedränge aufgewachsen. Damals aber, und auch noch Jahre danach, war sie für mich das Normalste von der Welt. Zweifel kamen mir, soweit ich mich erinnere, zum erstenmal nach einem Wortwechsel mit Bonnie, als sie ungefähr so alt war wie Nance jetzt und mit ihrem unentwegten Gezappel an meinen Nerven zerrte.

»Willst du nicht in den Garten gehen?«

»Ich *war* schon im Garten.«

Dieses unerhörte Privileg raubte mir den Atem, und schlagartig fühlte ich mich in eine Szene zurückversetzt, in der ich als kleiner Knirps in einem schäbigen handtuchgroßen Verschlag verzweifelt am Türknauf rüttelte. Weswegen heulte ich dieses Mal? Waren es aufgeschlagene Knie? Oder steifgefrorene Hände? Und welchen Unterschied machte das schon? Ich höre noch, wie meine Mutter halb von Sinnen aus dem Küchenfenster schrie: »Du kannst jetzt noch nicht reinkommen! Es ist noch nicht Zeit zum Essen!«

Habe ich Constance davon erzählt? Es wäre einer jener pikanten kleinen Leckerbissen gewesen, die einer lebendigen Ehe Nahrung geben: »Heute morgen kam mir eine ganz eigenartige Erinnerung. Ich hatte Bonnie gerade gesagt, sie solle in den Garten gehen ...« Oder hab' ich es für mich behalten? Wann machte mich Constances anhaltendes Interesse an meiner Person zum ersten Mal stutzig? Irgendwann muß es in unserer Ehe eine Art Wende gegeben haben, eine Periode stetig sprießenden Mißtrauens, in der ich zu der Überzeugung gelangte, daß sie zwar noch zuhörte, wenn ich ihr etwas erzählte, aber nicht mehr in gutem Glauben, um mehr über mich zu erfahren und mich besser zu verstehen, sondern nur noch, um »Typisch!« ausrufen zu können, sobald sie wie ein Spürhund wieder irgendeine Ungereimtheit oder Schwäche aufgestöbert hatte.

Aber ich habe keine Angst vor Constance. Ich hatte auch nie Angst vor ihr.

»Schuhbeutel? Ach so, *Schuh*beutel! Ja, wie war das noch gleich? Ich erinnere mich, daß ich in meinem Schuhbeutel immer das Geld versteckt habe, das ich geklaut hatte, um mir Pommes frites zu kaufen.«

Jetzt spitzt der gute Ally aber die Ohren.

»Du hast Geld geklaut, um dir Pommes frites zu kaufen? Wo denn?«

»An der Pommes-frites-Bude natürlich.«

(Also wirklich, er fordert es geradezu heraus.)

»Aber ich dachte ...«

Er bringt es nicht heraus, aber er scheint verwirrt. Zweifellos hat sich Constance oft und ausgiebig darüber ausgelassen, welche Qual es war, mit einem solchen Ausbund an sturer Rechtschaffenheit zusammenzuleben. Ich wette, sie hat ihm sogar erzählt, wie wir einmal den Rückzahlungsscheck des Gaswerks doppelt bekamen und ich das eine Exemplar zerriß.

»Du dachtest, Ally …?«

(Ich sollte mich wirklich nicht über ihn lustig machen, das ist nicht nett.)

»Na ja, ich meine … Klauen …«

»Wir hatten Hunger, Alasdair. *Hunger*!«

Das hatten wir in der Tat. Es dauerte Jahre, bis ich mir abgewöhnt hatte, das Essen gierig hinunterzuschlingen. Noch heute, auch in feinen Restaurants und in feiner Gesellschaft, picke ich automatisch die Krümel vom Tischtuch auf und stecke sie in den Mund. Solly behauptete, es sei tatsächlich vorgekommen, daß wir die Bohnen einzeln auf die Teller gezählt hätten. Ich kann das zwar kaum glauben, aber es könnte trotzdem stimmen. Und ich weiß noch genau, wie meine Mutter einmal ihr ramponiertes grünes Portemonnaie aufklappte und meinen Vater anschrie: »Da, bitte! Es ist leer! Leer! *Leer*!« Und wie er sich dann wegdrehte, wie immer, wenn sie laut wurde, als verlange sein persönlicher Ritterlichkeitskodex, daß ein Ehemann von einer Frau, die nur noch wie ein Marktweib kreischen kann, die Augen abzuwenden habe.

Ihr Kreischen machte mir nichts aus. Was mir zu schaffen machte, war ihr Weinen. Ich konnte ihren Anblick nicht ertragen, wenn sie in einem Anfall von Verzweiflung heulend auf dem rissigen Linoleumboden hingestreckt lag. Da war mir noch das häßliche Geschluchze lieber, das ihre Wutausbrüche begleitete. Sie wankte dann durchs Zimmer, hämmerte mit den Fäusten gegen die Wände, daß man glaubte, sie müsse sich sämtliche Knöchel brechen, und zischte: »Ich hasse ihn! Ich hasse ihn! Ich hasse ihn!«

Es war nicht seine Schuld. Die beiden hätten nie heiraten dürfen, darin waren sich alle einig. Nicht, daß ihre Familien sie nicht gewarnt hätten, o nein, beileibe nicht. Für beide Seiten schien die Heirat ein Problem zu sein. War das der Grund, warum sich die Rosens und die Solomons unsere ganze Kindheit hindurch so beharrlich voneinander fernhielten – weil ihr kluger Rat in den Wind geschlagen worden war? Ich habe kaum Erinnerungen an meine Verwandtschaft. Oder nein, das stimmt nicht. Ich erinnere mich sogar an eine ganze Menge: an meinen Widerwillen, wenn ich Oma Ruth auf die haarige Wange küssen mußte, an Onkel Johns krakeligen Namenszug auf all den blumigen Geburtstagskarten, an seine Schildkröte, die – ach, verflucht noch mal! Was soll's! Soll doch die ganze egoistische Bande von aller Welt vergessen in ihren Gräbern verfaulen. Es genügt eben nicht zusammenzulegen und ein Haus zu kaufen, das so riesig und baufällig ist, daß niemand sonst es haben will, sich dann selbstgerecht die Hände in Unschuld zu waschen und zu sagen: »Nun, wir haben unser Teil getan. Jetzt seht zu, wie ihr zurechtkommt.« Wo waren sie in all den Jahren, als mein Vater es in keiner Stellung lange aushielt, in all den Monaten, als er fort war, »im Krankenhaus, um wieder auf die Beine zu kommen«, in der Woche, als meine einzige Schwester geboren wurde und starb? Wo waren sie an jenem Morgen, als ich meine Mutter weinend auf den Stufen fand, weil sie einen Laib Brot beim Bäcker hatte liegenlassen? Einen lächerlichen Laib Brot, du liebe Güte! Für jeden zwei Scheiben – und wenn schon! Ich habe gesehen, wie Constance, ohne mit der Wimper zu zucken, ganze Brotkästen voll in den Mülleimer warf: »Igitt! Wie lange ist das Zeug denn schon da drin? Ist das etwa Schimmel?«

Komisch, ich kann mich immer nur an die Gefühle meiner Mutter erinnern, nie an die meines Vaters. Vielleicht weil ich schon damals diese Feindseligkeit gegen ihn empfand? Ich kann mich nicht erinnern, daß es je eine Zeit gegeben hat, in der wir nicht auf Kriegsfuß miteinander gestanden hätten. Mein Bild von ihm ist, so weit ich zurückdenken kann, das eines Eindringlings, eines Störenfriedes, eines Spielverderbers. Hatte man es endlich geschafft, irgendwo in dem riesigen, hallenden, spärlich möblierten Kasten ein ruhiges Plätzchen zu finden, spürte er einen auf und erteilte einem irgendwelche Aufträge. Hatte man mit einemmal entdeckt, daß man sich auf Sols Blockflöte alle Melodien, die man kannte, ohne jede Schwierigkeit zusammensuchen konnte, brauchte er absolute Ruhe, um nachzudenken. Hatte meine Mutter erlaubt, daß man zu ihr ins warme, weiche Bett schlüpfen durfte (aber nur für ein paar Minuten, Olly), hieß es: »Nein, lieber nicht, wir wollen keinen Präzedenzfall schaffen.« Man kann das alles so oder so sehen, nicht wahr? Wie war noch dieses blumige alte Sprichwort, das Constances Großmutter immer parat hatte, wenn sie Constance drängte, alle meine Zweifel zu ignorieren und sich ein weiteres Kind zuzulegen? »Je mehr Engel, je mehr Raum.« Nun, ich für mein Teil kann nicht behaupten, daß die Serienproduktion von Kindern für mich so ganz unproblematisch wäre. Ich schätze, jedes unserer beiden Kinder hat mich alles in allem gute drei Jahre meines effektiven Arbeitslebens gekostet. Eines muß in diesem Zusammenhang aber doch gesagt werden. Hat man mehrere Kinder, sollte man es möglichst vermeiden, die Liebe und Fürsorge, die man jedem von ihnen angedeihen läßt, auf ein streng zugeteiltes Maß zu beschränken.

Aber warum hatten meine Eltern überhaupt so viele Kinder? Sie waren ja schließlich nicht auf den Kopf gefallen. Je länger ich mich frage, warum ich überhaupt geboren wurde (ohne jeden Sonderstatus, als viertes Kind), desto mehr glaube ich, Constance könnte recht haben, obwohl ich ihr damals, als sie mit ihrer Theorie herausrückte, am liebsten den Hals umgedreht hätte. Es schien eine so absurde und irgendwie beleidigende Behauptung, zumal meine Mutter sie weder bestätigen noch widerlegen konnte, da sie längst das Zeitliche gesegnet hatte: »Wahrscheinlich hat sie euch alle nur deswegen bekommen, weil sie sich damit deinen Vater eine Zeitlang vom Leibe halten konnte.« Als wir aber nach seiner Beerdigung das Haus leerräumten, fiel mir dieses Buch wieder in die Hände – das Buch, das er vor langen Jahren einmal so verschämt der schwangeren, blühenden Constance in die Hand gedrückt hatte. Ich blätterte es durch, voll Verachtung für meine eigene Lüsternheit, und da war auch schon die Passage, die er mit einem weichen, stumpfen Bleistift für sie angestrichen hatte: »Während der Schwangerschaft sollte jeglicher Geschlechtsverkehr strikt unterbleiben«, gefolgt von einer halben Seite unwissenschaftlichen Gefasels über die weiblichen Blutgefäße, die sich beim Orgasmus kontrahierten und die Sauerstoffversorgung des fötalen Gehirns unterbrächen.

Finn trat zu mir und warf mir vor, ich verschwende kostbare Zeit. Ich hielt das Buch mit dem markierten Absatz hoch, und er mußte lachen. »Ach, du liebe Zeit!« Er schlenderte kichernd zu den Bergen ausgemusterter Münzen zurück, die er von dem Rollschreibtisch herab in eine Plastiktüte schnippte. »Wenn das stimmt, dann müßten meine beiden schwachsinnig sein.«

Wie wahr. Meine auch. Und wie kam mein Vater die ganzen neun Monate ohne aus? Ich hätte das nicht ausgehalten, jedenfalls nicht im selben Bett. Vielleicht hatte er keine andere Wahl. Vielleicht klappte sie sich jedesmal, wenn er die Hand nach ihr ausstreckte, wie ein Taschenmesser zusammen, hob den Arm wie ein Verkehrspolizist und rief: »Nein, Leonard, nein! Denk an sein Gehirn!« Vielleicht war er es auch, der den Mönch spielte, von einem allzu strengen Gewissen und einem Quentchen Unsicherheit dazu verurteilt. Begehrt hat er sie ganz bestimmt. Er war wie ich. (Fragen Sie mich nicht, woher ich das weiß. Ich weiß es einfach. Ich brauche mir nur ein Foto von ihm anzusehen oder sein Bild vor meinem geistigen Auge heraufzubeschwören, und ich weiß mit Sicherheit, daß wir uns zumindest in dieser Beziehung ähnlich sind.) Es muß mörderisch gewesen sein und zeugt von wahrer Charakterstärke, daß er vermutlich jede einzelne der endlosen Schwangerschaften durchhielt (ganz im Gegensatz zu Constances kläglichen Versuchen, das Rauchen aufzugeben, wenn sie schwanger war). Das bedeutet aber, daß die Intelligenz in meiner Familie eine wahre Manie ist, und das ist nun mal so, egal, wie man darüber denken mag – zum Beispiel so wie Constance, die vergnügt zu spotten pflegte: »Ach komm, Olly, du brauchst dich doch nur umzuschauen: Intelligenz allein macht auch nicht glücklich!« Und heute sagt sie: »Um Gottes willen, Oliver, ist es *Veranlagung*, das Glück so geringzuschätzen?«

»Ob *was* Veranlagung ist?«

»Wie bitte?«

»Du hast dich gerade über den Tisch gebeugt und ›Ist es Veranlagung?‹ geknurrt.«

»Hab' ich das? Oh, tut mir leid.«

»Du brauchst dich nicht zu entschuldigen«, sagt Constance. »*Mir* macht es nichts aus. Ich war nur neugierig. Ich hab' mich gefragt, was um alles in der Welt du gerade gedacht hast.«

(Aha, die Gedankenpolizei. Nimm dich in acht, Oliver!)

»Ich dachte gerade an meine frühesten Erinnerungen.«

»Ach ja? Die Kleiderhaken?«

»Kleiderhaken?«

»Paß auf!« warnt Constance mich und verteilt die Makkaroni auf die Teller. »Vergiß die Kleiderhaken nicht, sonst hast du keine frühesten Erinnerungen mehr!«

Wie der Blitz ist Bonnie zur Stelle. »Doch, natürlich hat er welche. Entweder Dad hat überhaupt keine Erinnerungen, oder er hat nur eine einzige Erinnerung, oder er hat eben eine früheste Erinnerung. Wie war das denn, als er im Park unter den Busch gekrochen ist und sich die Beine rasiert hat, weil er dachte, dann würden sie später mal nicht so haarig werden wie die von Opa Leonard, und wie sie ihn dabei erwischt haben und alle ihn ausgelacht haben? Oder als er sich so gefreut hat, weil er endlich mal zu einer Geburtstagsparty eingeladen war, wo er dann so viel Kuchen und rote Grütze gegessen hat, daß ihm schlecht wurde und alle ihn ausgelacht haben? Oder als er Geld aus Omas Portemonnaie geklaut hat, um dem Mädchen, das neben ihm saß, eine Tüte Lakritze zu kaufen, weil er so verknallt in sie war, und wie sie dann allen in der Klasse davon abgegeben hat, nur ihm nicht, und wie sie ihn deswegen alle ausgelacht haben?«

»Hör auf!« bringt Constance sie zum Schweigen. »Hör auf, Bonnie, ich kann's nicht hören!«

Sie sehen, warum ich bei Constance von Anfang an einen Stein im Brett hatte. Wahrscheinlich hat sie mich hauptsächlich deswegen geheiratet: weil ich über einen scheinbar unerschöpflichen Fundus an Geschichten Einer Unglücklichen Kindheit verfügte (die sie offensichtlich noch ausgeschmückt und dann weitergegeben hat). Dabei hatte ich sie gar nicht in mitleidheischender Absicht erzählt. Ich hatte lediglich Constances Fragen beantwortet. Woher sollte ich wissen, daß Constance, sowohl aus Neigung als auch infolge langjähriger Übung, eine Art Rekonstruktionsexpertin war? Sie schlägt ganz nach ihrer Mutter, der guten Fee. Mittlerweile brauche ich nur den Namen meiner Schwiegermutter zu hören, und schon sehe ich vor meinem geistigen Auge, wie sie zur Tür hereinrauscht, mir ihren Koffer in die Hand drückt, als stünde ich nur zu diesem Zweck da, und dann eines der Kinder an sich rafft.

»Ja, wen haben wir denn da? Ja, was ist denn das für eine

süße kleine Maus? Und *gewachsen* sind wir wieder! Dann wollen wir doch mal gleich das Jäckchen richtig zuknöpfen, mein Engelchen. Hast du denn heute auch ein schönes, feines Frühstücksei gegessen? Natürlich, ja, ich seh' es ja. Ich seh' es hier an deinem Kinn« (wisch-wisch) »und deinem Spielanzug« (kratz-kratz) »und deinen Ohren« (zupf-zupf) »und deinen Ellenbogen« (Spucke aufs Taschentuch, reib-reib). »So. Jetzt ist es besser, nicht wahr? Ist das nicht gleich viel angenehmer? Natürlich ist es das. Bestimmt willst du jetzt wissen, was ich dir mitgebracht habe. Natürlich willst du das. Hier, ist das nicht fein? Ein braunes Pferdchen! Du hast dir doch schon immer ein braunes Pferdchen gewünscht, nicht wahr? Und sieh nur, wer da auf dem Pferdchen reitet! Hat sie nicht einen wunderschönen Hut auf? Galopp-Galopp, Galopp-Galopp. Nein, nicht auf dem Tisch. Auf der schönen Tischplatte lassen wir das Pferdchen nicht galoppieren. Da ist doch auch ein schöner Teppich. Laß das feine Pferdchen über Mamis schmuddeligen, alten Teppich galoppieren. Hast du den Teppichreiniger gekauft, den ich dir empfohlen hatte, Constance? Oder kannst du ihn hier in der Gegend nicht kriegen?«

Bei uns zu Hause gab es niemanden von dieser Art. Niemanden, der einen an sich raffte, sauberwischte und dann wohlgeordnet wieder absetzte. Und niemanden, der eine schöne Tischplatte verteidigt hätte. Unser Haus ging langsam aber sicher aus den Fugen. Meine Mutter, die noch nie durch außergewöhnliche hausfrauliche Tugenden geglänzt hatte, zog sich mehr und mehr in die Welt des großen russischen Romans zurück, während ringsum die riesenhaften, häßlichen, auf Versteigerungen erworbenen Möbelstücke in desolatem Zustand an den kahlen Wänden standen, Bücherborde herabfielen, Schränke ihren Inhalt auf den Boden ergossen und Aschenbecher überquollen. Mein Vater machte ein paar redliche Versuche: »Hör auf, mit dem Stuhl zu schaukeln!« »Wer von euch ständig seine Apfelbutzen ins Klo wirft, soll das gefälligst bleiben lassen.« Aber im Grunde war es ihm mehr ums Herumnörgeln zu tun als um das Resultat. Wer macht sich schon die Mühe, zwischen regelmäßig wiederkehrenden Gefechten ein Schlachtfeld auf Hochglanz zu bringen?

Und das war unser Haus in der Tat: ein Schlachtfeld. Die Feuerlinien waren scharf gezogen. Bei manchen Ehepaaren sind die Waschlappen mit *Er* und *Sie* gekennzeichnet, bei uns waren die Kinder gekennzeichnet. Finn, Gerry und Lou gehörten zum Lager meines Vaters, Solly, Joe und ich zu dem meiner Mutter. (Ich war ihr Liebling, glaube ich, was aber im allgemeinen nicht viel zu sagen hatte.) Die Fronten waren bekannt und akzeptiert und wurden im Streit sogar offen angesprochen: »Natürlich sagt sie das. Du stehst ja auch auf ihrer Seite!« Ich weiß nicht, wie es war, auf seiner Seite zu stehen, aber ich erinnere mich nur allzu gut daran, was es bedeutete, nicht auf seiner Seite zu stehen: Man war seiner endlosen, zermürbenden Kritisiererei ausgesetzt, man mußte dastehen und sich seine verlogenen Rechtfertigungen für jede seiner kleinen Gemeinheiten anhören, und – das war das Schlimmste – man wußte, daß man für keinen Triumph und keine noch so große Leistung etwas anderes als dezidierte Gleichgültigkeit ernten würde. Ist es da ein Wunder, daß ich meine Mutter liebte? Sie war vielleicht nicht gerade die aufmerksamste und liebevollste aller Mütter; möglicherweise schnitt sie im Normalfall sogar ziemlich schlecht ab. Aber mir ist unvergeßlich, wie sie ab und zu versuchte, mich vor den unmöglichsten seiner Embargos und Dekrete zu schützen. Ich glaube, eines Abends war sie nahe daran, ihm mit dem eisernen Lampenständer den Schädel einzuschlagen, als er mir sagte, ich könne ruhig weiter Klavier üben, aber ich solle dabei gefälligst nicht auf die Tasten drücken! Sie war es auch, die das Klavier für mich auftrieb, ein ramponiertes Monstrum, das sie für fünf Pfund auf einer lokalen Versteigerung erstand. Und sie stürzte sich heroisch in naßkalte Abende hinaus, um meine Konzerte zu besuchen. Sie versuchte, mir Rückhalt zu geben, und ich erinnere mich mit Wärme, Dankbarkeit und Liebe an sie. Wirklicher Haß gegen Constance wallte denn auch zum ersten Mal in mir auf, als ich sie dabei erwischte, wie sie klammheimlich den glänzenden braunen Kunstlederkoffer wegschaffen wollte, den meine Mutter sich vom Munde abgespart hatte, damit ich zur Jugend-Musikwoche fahren konnte, ohne mich mit Plastiktüten blamieren zu müssen. Es war wohl das einzige Mal, daß ich Constance in ihren Empfindlichkeiten (in diesem Fall in bezug auf billiges Plastikgepäck) um nichts nachstand. Meine Mutter hat ihr Bestes getan, solange sie konnte, und ich kann ihr wahrhaftig keinen Vorwurf daraus machen, daß sie so schnell aufgegeben hat. Sol meinte, sie hätte sich mehr anstrengen müssen, am Leben zu bleiben, und sei es auch nur Joe zuliebe. Er schwor, er habe einmal gesehen, wie sie einen Brief von ihrem Arzt in den Mülleimer geworfen habe. Kann sein, ich weiß es nicht. Alles, was ich weiß, ist, daß ich mir an ihrer Stelle schon zehn Jahre früher die Kehle durchgeschnitten hätte und nicht erst gewartet hätte, bis der Krebs mich ereilt.

Nachdem sie gestorben war, kam mein Vater eigentlich erstaunlich gut zurecht. Ach, er war einfach verrückt. (Er behauptete, sie sei gar nicht tot, sondern werde in irgendeinem Schweizer Sanatorium, wo man medizinische Versuche an ihr durchführe, am Leben erhalten; die Ärzte redeten von Fluorid, aber in Wirklichkeit sei es etwas viel Schlimmeres; irgend etwas an der Art, wie Solly das Geschirr spüle, stimme nicht; er wolle nicht weiter darauf eingehen und keine Erklärungen abgeben. Er wolle einfach nicht, daß Solly das Geschirr spüle.) Insgesamt aber nahmen wir sechs merkwürdig wenig Notiz von ihm, obwohl es vieles gab, was wirklich unangenehm war. Zum Beispiel wollte er nicht, daß Sol ein Telefon installierte, mit der (unwiderlegbaren) Begründung, die Leute könnten dann versucht sein uns anzurufen. Aber ich kann nicht behaupten, daß mich das alles sonderlich gestört hätte. Irgendwie schien er nach dem Tod meiner Mutter seinen Schrecken für mich verloren zu haben. Über Nacht war er zu einem schleichenden Ärgernis geschrumpft. Jedesmal, wenn er mich wegen irgendeiner belanglosen Verfehlung beim Wickel packte, kam mir meine Abneigung gegen ihn mit Macht zum Bewußtsein, aber das war im Grunde auch alles. In gewisser Weise war das Leben sehr viel einfacher geworden. Erstens schaffte er es zum ersten Mal seit vielen Jahren, eine anständige Arbeit zu finden und auch zu behalten (natürlich radelte er gewissenhaft das halbe Jahr über eine Stunde zu spät los, weil er sich aus Prinzip an die Mittlere Greenwich-Zeit hielt). Und jetzt, da seine einzige ernsthafte Gegnerin von der Bühne abgetreten war, schien er insgesamt auch weniger aggressiv. Ich erinnere mich, daß er viel Zeit darauf verwendete, Briefe an Hersteller von Karamelbonbons zu schreiben, in denen er sie um detaillierte Zutatenlisten bat. Manchmal überkamen ihn väterliche Anwandlungen. Lou kann zum Beispiel Wort für Wort eine verworrene Gutenachtgeschichte wiedergeben, in der es um Anisbonbons ging, die er als Kind angeblich jeden Abend vor dem Schlafengehen zur Beruhigung verabreicht bekam. Einmal brachte er uns Lakritzstangen mit (als wir längst auf Zigaretten umgestiegen waren). Er finanzierte Gerrys Kuh in Botswana, und er reparierte mein Fahrrad.

So wurden wir erwachsen. Wir haben es geschafft. Wir sind alle groß und stark und gesund – das heißt, Solly ist tot, klar, und über Joe kann ich nichts sagen, denn er ist verschwunden, aber davor war er ebenfalls groß und stark. Constances Familie würde wahrscheinlich pikiert die Brauen hochziehen, wenn ich sage, daß wir alles in allem ganz gut zurechtgekommen sind. Aber seien wir doch ehrlich: Die gute Constance kann nicht einmal eine Tagestour nach Boulogne unternehmen, ohne vorher Gott und die Welt anzurufen und allen einzuschärfen, was mit den Kindern zu geschehen habe, falls ihr Schiff untergehen sollte. (Es würde mich nicht wundern, wenn unser Anwalt nur deshalb in ein größeres Büro umgezogen wäre, weil er mehr Platz für Constances zahllose Schreiben brauchte.) Das Problem mit Constance ist: Sie geht so sehr in ihrer Mutterrolle auf, daß sie sich offenbar gar nicht vorstellen kann, wie man die schwierigsten Eltern haben und trotzdem großwerden kann. Bei uns war es so. Wir alle haben zum Beispiel die Schule mit links geschafft. Wir waren vielleicht verwahrlost, aber dumm waren wir nicht. Und im großen und ganzen wurden wir in Ruhe gelassen, das kann ich zumindest für mich sagen. Ich verbrachte Stunden in dem winzigen Papiervorratsraum unter der Feuertreppe, wo ich mich auf eigene Faust mit höherer Mathematik beschäftigte und mich durch ganze Stapel von Lehrbüchern hindurcharbeitete. Ich glaube, ich war vollkommen glücklich. Was wollte ich mehr? Ich malte mir damals lange Zeit aus, mein geliebter Heimatplanet sei nur dann zu retten, wenn es mir gelang, den mathematischen Code zu knacken, mit dem ich mich herumschlug. (Ich war Revilo Nesor, der Herrscher des Mars.) In der Pause bekam ich Milch, und mittags gab es eine sättigende Mahlzeit. (Ich liebte das Schulessen und nahm das Gerangel in Kauf, um mir ein zweites Mal Nachschlag zu holen.) Das Schulhaus war warm und auf seine Art gemütlich. Und was das beste war: Die Schule war gute vier Meilen von zu Hause entfernt.

Zu Hause. Der bloße Gedanke daran läßt mich noch heute schaudern. Was in aller Welt tat ich nur vor der Großen Glorreichen Flucht? Wahrscheinlich saß ich wochenlang ununterbrochen am Klavier und nervte die anderen mit Scarlatti und Liszt, Tschaikowski und Schubert, Mussorgski und Chopin, je nachdem, welche musikalische Passion mir gerade half, die Tage zu überstehen. Manchmal beteiligte ich mich auch an den Auseinandersetzungen, die sich bei uns über Stunden hinzogen. Über Stunden! In unserem Haus konnte ein Streit um zwei übriggebliebene Backpflaumen in einen ganzen Nachmittag handfesten Debattierens ausarten. Unsere Ausdauer muß unerschöpflich gewesen sein. Unentwegt schlugen wir mit der Faust auf den Tisch, fielen uns ins Wort, streckten die Köpfe durch Türen, um neue Argumente anzubringen oder brüllend unsere noch lauter brüllenden Verbündeten zu unterstützen. Am Abend pilgerten wir noch immer von Zimmer zu Zimmer hintereinander her, diskutierten Prämissen, zeigten Paralogismen auf, verwarfen Irrelevanzen, stellten Konklusionen in Frage. Kein Wunder, daß ich Philosoph geworden bin. Jemand wie Constance hätte es keine fünf Minuten bei uns ausgehalten. Sehen Sie nur, wie sie die Schwarze Johannisbeertorte auf den Tisch stellt, die sie gerade so sorgfältig und säuberlich in fünf Stücke zerteilt hat.

»So ist es fair, glaube ich.«

Fair? Was heißt hier fair? Fair nach Alter? Nach Körpergewicht? Nach dem investierten Arbeitsaufwand? Fair aus rein utilitaristischen Gründen, unter Hintanstellung jeglicher Gerechtigkeitserwägungen (dann müßte Nance die ganze Torte bekommen, weil sie sie so schrecklich gern ißt)? In der Nitshill Road 73 hätte eine gedankenlose Bemerkung wie diese einen Aufruhr verursacht. Hier aber kann Constance verkünden, daß sie etwas für fair hält, und alles murmelt freudige Zustimmung! Heute bin ich natürlich daran gewöhnt, aber am Anfang erschien es mir ganz und gar unnatürlich.

Allerdings sind die Taylors auch nicht gerade Spezialisten im abstrakten Denken. Ich werde nie vergessen, wie Bonnie einmal mit baumelnden Beinen auf dem Klo saß, während ich mich rasierte. Wie alt mag sie damals gewesen sein? Drei? Allerhöchstens vier. Auf einmal fragte sie, aus heiterem Himmel: »Wie kann ich wissen, daß alles hier um mich herum nicht ein Traum ist?«

Noch ehe ich merkte, daß ich mich ins Kinn geschnitten hatte, war meine Schwiegermutter hereingerauscht.

»Red keinen Unsinn, Bonbons, wisch dir den Po ab.«

Und das der Tochter eines Philosophen! Können Sie sich das vorstellen? Ich fuhr ihr ziemlich scharf über den Mund, und später hatte ich mit Constance einen Riesenkrach wegen des Tons, den ich ihrer Mutter gegenüber angeschlagen hatte. Ich wette, heute erinnert sich kein Mensch mehr daran.

»Bonnie, weißt du noch? Als du noch ganz klein warst, hast du mich einmal gefragt, wie du überhaupt wissen könntest, ob alles um dich herum nicht ein Traum sei.«

»Nee, weiß ich nicht mehr.«

Natürlich fängt Constance sofort an, sich über mich lustig zu machen.

»Und wie ist es mit dir, Nance? Hast du dir je Gedanken darüber gemacht, ob wir nicht alle nur Schatten auf einer Höhlenwand sind?«

Nancys Löffel verharrt auf halbem Wege zwischen Teller und Mund. Sie schaut verwirrt drein.

»Nicht?« Constance beugt sich näher zu ihr. »Hast du dich dann vielleicht einmal gefragt, ob ein Baum, der im Hof steht und den außer Gott niemand sehen kann, überhaupt da ist?«

Nances irritierter Blick wird wieder klar.

»Da bräuchte ich doch nur rauszugehen und nachzusehen.«

Constance zuckt die Schultern.

»Mach dir nichts draus, Olly. Sie sind beide von dir, ich schwör's.«

Auch wenn der gute Alasdair sich aufregt – egal, ich gebe Kontra.

»Constance! Ich hatte ja keine Ahnung, daß du auf dem langen, steinigen Weg unserer Ehe so viele Goldklümpchen aufgelesen hast. Nur schade, daß du keinerlei Vorstellung von ihrem Wert hast.«

Ein Glück, daß ich nicht das Tortenstück bin, das sie gerade erdolcht.

»Werd nicht pampig, Oliver. Du brauchst dich nicht zu beklagen, wenn ich mich über deine Philosophie lustig mache. Schließlich bist du selber immer schnell bei der Hand mit deinen spöttischen Bemerkungen über Dinge, mit denen andere Leute sich den ganzen Tag über beschäftigen!«

Schon lehnt sich Ally zurück und langt auf den Kühlschrank, wo Nance vor dem Essen weisungsgemäß ihre große Popcorntüte abgelegt hat. »Würdest du bitte draußen weiteressen, Nance? Ich hab' hier gerade gefegt.«

Dankbar gleitet die friedliebende Nance vom Stuhl und verschwindet. Bonnie dagegen bleibt sitzen, sichtlich ganz Ohr. Sie zeigt ein ungesundes Interesse für Auseinandersetzungen zwischen mir und ihrer Mutter.

»Ich glaube nicht, daß ich spöttische Bemerkungen darüber mache, was andere Leute tun, Constance.«

»Ach, nein? Und wie war das gestern, als ich mich hier mit Ned darüber unterhalten habe, daß er uns nicht immer anlügen soll, seinen Vater und mich? Was hast du da gesagt, als du hereinkamst?«

Jetzt ist Ally sichtlich hin und her gerissen. Ein Teil von

ihm will das Ganze auf der Stelle beenden, aber ein anderer will wissen, was ich gesagt habe, denn schließlich ist Ned sein Sohn.

Aber es ist ohnehin zu spät. Constance hat Blut geleckt.

»Na, Oliver? Was hast du da gesagt?«

»Das weiß ich nicht mehr so genau.«

»Aber ich. Ich weiß es noch genau. Als ich zu Ned sagte, daß Lügen unrecht ist, konntest du gar nicht schnell genug einhaken. ›Manchmal kann eine Lüge auch das Richtige sein‹, hast du gesagt. ›Angenommen, ein Irrer stürzt herein, mit Schaum vor dem Mund. Über dem Kopf schwingt er eine blutige Axt, und er fragt dich, wo Ally ist. Da würdest du ihm doch nicht sagen, daß dein Dad splitternackt unter der Dusche steht, die Augen voller Seife, oder? Er ist einkaufen gegangen, würdest du sagen.‹ «

Sie imitiert mich wirklich gut. Ich merke genau, wie Ally sich Mühe gibt, ernst zu bleiben. Aber jetzt hält sie inne und lehnt sich ärgerlich über den Tisch. »Ich versuche, einem kleinen Kind den Unterschied zwischen Gut und Böse beizubringen« – sie schnippt vor meiner Nase mit den Fingern – »aber dich interessiert das nicht *so* viel!«

Aha.

»Es mag ja sein, daß ich ein wenig vor der Aussage zurückgeschaudert bin, Lügen sei immer und unter allen Umständen moralisch verwerflich, aber ich bin sicher, ich habe das alles nie gesagt.«

»Doch, das hast du!«

»Nein.«

»Doch!«

»SCHLUSS JETZT!«

Ally ist aufgesprungen.

»Zum Kuckuck!« sagt er und stapelt hastig die Teller aufeinander. »Ich wußte gar nicht, daß Philosophie etwas so Aufregendes ist. Gib mir deinen Teller, Constance. Sind die ganzen dicken Bücher in deinem Zimmer voll von solchem Kram, Oliver? Von geifernden Irren und blutigen Äxten?«

Na, gut. Immerhin hat er das halbe Essen gekocht. Da muß man es ihm schließlich nicht von A bis Z verderben.

»Nicht ganz, Alasdair. Aber es gibt viele Philosophen, die sich etwas auf ihre plastischen Beispiele zugute halten.«

»Auf ihr plastisches Leben können sie sich ja wohl auch kaum etwas zugute halten«, murrt Constance gehässig, »diese Versager!«

Das Problem mit Constance ist: Sie weiß nie, wann es genug ist. Aber ich will nicht ungerecht sein: Meiner Meinung nach ist das ganze mehr eine Frage wohlgefüllter Adrenalindepots als ein bewußtes Sabotieren von Allys behutsamen Strategien der Friedenssicherung. Aber es fordert eben doch seinen Tribut, besonders von ihm.

»Also gibt es eine ganze Menge von diesen komischen philosophischen Beispielen, Oliver?«

»Dutzende. Hunderte wahrscheinlich.« Ach, zum Teufel! Schließlich hat er auch die Küche ausgefegt. Warum ihm also nicht entgegenkommen? »Ich erzähl' dir mal eins, das die arme Constance immer ganz verrückt gemacht hat. Es heißt ›Das Schiff des Theseus‹.«

»Das Schiff des Theseus! Das hatte ich ja völlig vergessen!« Ihre Augen blitzen, und schon legt sie wieder los.

Wir können uns entspannen. »Ich sag' dir, Ally, das ist das Dümmste, was du je gehört hast! Und mit so was beschäftigen die sich stundenlang! Wochenlang! Jahrelang!«

(»Ihr Leben lang«, könnte ich soufflieren, aber sie hört nicht zu.)

»Also, dieses Schiff gehört Theseus, und deswegen heißt es ›das Schiff des Theseus‹.«

»Logisch«, meint Ally. (Es klingt erleichtert.)

»Mit der Zeit wird das Schiff immer klappriger, und ab und zu werfen die Matrosen eine morsche Planke über Bord und setzen eine neue ein.«

»Das leuchtet ein.« (Es klingt überrascht. Hat er gedacht, wir Berufsphilosophen leben in einer Traumwelt?)

»Nach und nach, im Laufe der Jahre, wird jede einzelne Planke auf dem Schiff durch eine neue ersetzt. Auch die allerletzte. Und – jetzt kommt's, Ally – zufällig werden die ganzen alten Planken in dieselbe Richtung abgetrieben und landen schön der Reihe nach auf ein und derselben Insel.«

Jetzt lehnt er sich zurück und beginnt die Geschichte zu genießen. Ein Hauch von Selbstzufriedenheit legt sich auf seine Züge.

»Und auf dieser einsamen Insel«, fährt Constance fort, »lebt zufällig ein Schiffbaumeister. Er sammelt die Planken ein, die an seinen Strand angeschwemmt werden, und eines Tages, als er glaubt, er hat genug, macht er sich an die Arbeit und baut sich daraus ein Schiff. Und zufällig – durch puren Zufall, verstehst du – sitzt am Ende jede einzelne morsche Planke wieder genau an ihrem alten Platz!«

Bonnie hat verstanden, wie ich mit Interesse sehe. Schon legt sich ihr Gesicht in nachdenkliche Falten. Ally dagegen schaut noch immer höflich interessiert drein. Er weiß nicht, ob die Geschichte zu Ende ist oder nicht.

»Und? Verstehst du's? Welches ist nun das Schiff des Theseus?«

»Welches das Schiff des Theseus ist?«

O Gott. Ich wußte, er würde es nicht kapieren. Natürlich nicht.

»Ja, welches? Das alte – ich meine, das Schiff, das aus den alten Planken zusammengebaut worden ist, oder das neue, mit dem Theseus herumsegelt?«

Ein langes Schweigen tritt ein. Dann wendet sich Ally mir zu.

»So ist das also! Über solche Sachen denkt ihr Philosophen nach und verdient euren Lebensunterhalt damit?«

Bevor ich es ihm erklären kann, fährt Constance triumphierend dazwischen: »Ganz genau! Mit so etwas beschäftigen die sich! Und kriegen auch noch Geld dafür. Vom Steuerzahler! Von dir und mir! Von dir jedenfalls. Das heißt, nein, dieses Jahr nicht, du hast ja wieder nicht genug verdient. Aber wenn du mehr verdient hättest –«

Es ist schon erstaunlich. Sie ist jetzt wieder glänzender Laune. Sie ist so sprunghaft. Ich habe nie begriffen, wie sie es fertigbringt, von einem Augenblick zum anderen von fast pathologischer Wut auf gelöste Heiterkeit umzuschalten.

Ich könnte jetzt natürlich einhaken und Ally erklären, daß das Problem der Identität – woran genau Identität sich festmacht – seit jeher eine der Großen Zentralen Fragen Der Westlichen Philosophie ist. Aber was soll's? Damit würde ich Constance nur reizen, und sie ist jetzt so guter Stimmung – in vollem Galopp auf einem der strapazierteren Taylorschen Familien-Steckenpferde: der völligen Sinnlosigkeit des Wissens um seiner selbst willen. Wie konnte es nur geschehen, daß ich eine Frau wie sie geheiratet habe? Eine intellektuelle Maschinenstürmerin! Das muß mir doch von Anfang an klar gewesen sein. War mir das damals egal?

Komm, sei ehrlich, Oliver. Du kennst die Antwort ganz genau. Sie liegt klar auf der Hand. In vieler Hinsicht hat es dir doch auch gefallen. Es fällt schwer, das zu glauben, denn heute treibt es dich zum Wahnsinn, aber damals muß Constance auf dich ganz ähnlich gewirkt haben wie heute auf Alasdair: geistreich, attraktiv, amüsant, anders als andere. Sie brachte Abwechslung in all den Ernst und Ruhepausen in das Denken. Schau sie dir an, wie sie den gutgläubigen Ally mit weiteren Beispielen des von ihr so genannten philosophischen Schwachsinns entzückt und sicheren Fußes von einer wirren Travestie zur anderen hüpft. (Ich sollte Bonnie wirklich hinausschicken.) Ihr Gesicht leuchtet, sie ist unglaublich glücklich und redet so schnell, daß der arme Ally ihren Worten kaum folgen kann, geschweige denn deren zerfleddertem Sinngehalt oder ihren laienhaften Aussagen. Wahrscheinlich hört er gar nicht zu. Seinem Gesicht ist anzusehen, daß er einfach nur dasitzt und sie in sich einsaugt, ihre Wohlgelauntheit und Beredsamkeit anbetet. Vermutlich begehrt er sie auch ein bißchen. Mir ging es früher genauso, besonders nach dem Mittagessen. Nachmittags ist sie amüsanter. Aber wir sind nicht mehr verheiratet, und es ist nicht meine Aufgabe, sie zu bremsen, wenn sie diese schrecklichen Verzerrungen und Verdrehungen von sich gibt. Was kümmert es mich, ob Ally je verstehen wird, warum ich mich mein Leben lang mit Philosophie befassen werde? Ob er jemals begreift, warum dies für mich ehrfurchtgebietende Fragen von gewaltigen Dimensionen sind; warum die Dauer eines Lebens nicht einmal einen Bruchteil der Zeit bietet, die ich brauche, um jenen Grad des Verstehens zu erlangen, den ich mir wünsche; warum mir die Jahre zerrinnen, als wären es Sekunden, und ich noch immer über genau die gleichen Probleme nachdenke, nur tiefer, viel tiefer. Leute wie Constance haben's gut. Sie sind frei. Ein Mensch wie sie kann sich bei Tisch vor Lachen biegen und den neuen Liebhaber mit billigen philosophischen Salonspielchen unterhalten. Nur weiter so, Constance. Manche von uns aber verbringen ihr Leben in Ketten. Ich stehe mit Theseus in steifer Brise auf seinem festgefügten neuen Deck, sehe zu seiner Verwunderung ein Schiff vorübersegeln und frage mich mit ihm: »Welches ist mein Schiff?« (Keins von beiden? Beide? Dieses? Jenes? *Und warum*? Auf den ersten Blick vielleicht jenes, aber bis zu einem gewissen Grad auch dieses, oder umgekehrt. Aber bis zu welchem Grad? Und warum? Warum? *Warum*?)

Wenigstens ist das Essen vorüber, Gott sei Dank. Und da kommt auch schon, was kommen mußte, was Constance unter Großen Zentralen Fragen versteht: »Wer räumt heute die Spülmaschine ein? Bist du dran, Olly?«

2

Er ist wirklich ein undankbarer Kerl, ich muß schon sagen – beißt in die Hand, die ihn ein halbes Leben lang genährt hat! Gerade hab' ich wieder was gefunden. Noch einen Stapel vollgeschriebener Blätter, in einem Holly-Hobbie-Kissenbezug. Es geht also weiter.

Wer schreibt diese Autobiographie eigentlich? Das möchte ich doch gern mal wissen. Heute morgen habe ich endlich mein Oxford-Kapitel beendet, und zwar in allerbester Stimmung. Ich gab eine ziemlich ausführliche Charakteristik derjenigen Professoren, die mir im Gedächtnis haften geblieben sind, ich beschrieb meine Räume im College, soweit ich mich überhaupt an sie erinnere, und ich wagte mich sogar an ein paar kleine Federzeichnungen meiner beiden Freunde: Tanny, ein ziemlich schüchterner älterer Mann aus Taiwan, und Silas Allardyce, ein launischer konservativer Anglikaner in meinem Alter, der für seine reichlich aufreibenden Phasen der Zerknirschung im ganzen College ebenso bekannt war wie für seine periodisch auftretenden Anfälle von Streitsucht. Zugegeben, ich habe mich für diese Beschreibungen nicht allzusehr ins Zeug gelegt; rückblickend wird mir auch klar, daß wir drei gar nicht so eng befreundet waren. Außerdem wollte ich mit dem weiterkommen, was mich wirklich interessierte, nämlich mit meiner damaligen intellektuellen Entwicklung. Darüber schrieb ich eine ganze Menge, und es wurde recht gut, obwohl die Materie wahrhaftig nicht einfach ist. Ich war ganz stolz darauf, als ich es fertig hatte.

Und dann, was geschah dann? Ich machte einen schweren Fehler: Ich ging hinunter, um mir eine Tasse Kaffee zu holen. (Natürlich war niemand auf die Idee gekommen, mir eine zu bringen.) Constance und Bonnie saßen in eines ihrer Plauderstündchen vertieft (Hexenzirkel nennt Ally sie, und zwar ungestraft – mit Frauen hat er so seine Art) nebeneinander am Küchentisch und schwenkten riesige erdverschmierte Kartoffeln in Wasserschüsseln.

Constance begrüßte mich einigermaßen wohlgelaunt.

»Na, wie sieht's aus im Land der Erinnerung?«

Ich langte nach der Kaffeekanne. Irgendein Idiot hatte sie mit dem Griff genau über der Herdplatte abgestellt, und da ich nicht daran dachte, einen Topflappen zu nehmen, verbrannte ich mir die Finger. Es tat richtig weh. Auf dem Weg zum Ausguß rutschten die Blätter, die ich mir unter den Arm geklemmt hatte, heraus und flatterten zu Boden, und während ich meine Hand unters kalte Wasser hielt, hob Constance sie auf.

»›Kapitel zwei‹«, las sie, »›Oxford‹«, und wühlte neugierig in den Papieren. »Irgendwelche aufregenden neuen Enthüllungen?«

Ich hatte wenig Hoffnung, sie vom Thema abbringen zu können, versuchte es aber zumindest.

»Wie man's nimmt«, sagte ich, »es ist eine ziemlich schonungslose Beschreibung der Ersten Leamingtoner Tagung und des dazugehörigen Kongreßberichts. Und ich nehme kein Blatt vor den Mund, wenn ich davon rede, wie ich zu meinen Schlußfolgerungen hinsichtlich der Konsequenzen für die gebotene Kürze in der spezielleren infinitären Logik gekommen bin.«

»Nun mach aber mal halblang«, sagte Constance. »Immerhin warst du damals noch Student. Du warst noch *jung*.« Sie fischte auf gut Glück ein Blatt heraus und reichte es Bonnie. »Lies vor, Bonbons.«

Bonnie geht meiner Meinung nach nur allzu bereitwillig auf das Theater ein, das Constance um meine Arbeit macht. Sie stand auf, völlig unnötigerweise, und leierte monoton wie beim Gedichtaufsagen in der Schule herunter: »›...und in meinem zweiten Studienjahr im Magdalen College veröffentlichte ich den ersten von zwei Aufsätzen zu einer Theorie der klassischen und konstruktiven Objekte. Die fraglichen Objekte waren Teil einer Hierarchie bestimmter Basisbereiche des Individuums. Diese Hierarchie bewegte sich sowohl in klassischer als auch zugleich in konstruktiver Richtung aufwärts. Sie umfaßte somit klassische und konstruktive Funktionen der Basis-Individuen, aber auch klassische Funktionen der konstruktiven Objekte sowie konstruktive Funktionen der klassischen Objekte. Die Theorie unternahm indessen nicht den Versuch einer konstruktivistischen Darstellung der konstruktiven Objekte; der verfolgte Ansatz war vielmehr der einer topologischen Konzeption dieser Objekte. Eine konstruktive Funktion des Individuums galt somit als –‹« Am Ende der Seite angelangt, brach Bonnie unvermittelt ab, verzog das Gesicht zu einer Miene tiefster Verachtung und setzte sich wieder.

Constance wühlte unterdessen heftig in den Blättern.

»Eine konstruktive Funktion des Individuums galt somit als was?« fragte sie und hielt Blatt für Blatt auf Armeslänge von sich, um die Anfangszeilen zu lesen. (Reines Theater natürlich; Constance hat bessere Augen als ich.) »›Ein Terminus, der keine klassischen Typen enthält? Ein topologischer Raum? Eine übervorsichtige Haltung gegenüber der Möglichkeit, klassische und konstruktive Argumentationsformen miteinander zu verbinden?‹ Oder das hier, was immer es sein mag, wenn man das ganze Drum und Dran mal wegläßt.« Sie hielt ein weiteres Blatt hoch, auf dem als Überschrift in aller Deutlichkeit geschrieben stand: »Ein Automorphismus von φ.«

»Gib her, bitte«, sagte ich so höflich wie möglich. »Ich will wieder nach oben.«

Constance griff nach dem Blatt, das sie Bonnie gegeben hatte und schob es, ohne auch nur hinzusehen, verkehrtherum irgendwo zwischen die anderen Blätter.

»Also, ich würde so was nicht kaufen«, verkündete sie, »nicht mal als Taschenbuch. Jedenfalls nicht, solange es nicht ins Englische übersetzt ist.«

Ich entriß ihr mein kostbares Kapitel.

»Für Leute wie dich ist es auch nicht geschrieben«, versetzte ich kühl, »sondern für Leute wie mich.«

»Aber für Leute ist es doch geschrieben, oder? Und es ist das Kapitel über deine Jugend«, sagte sie und schwang den Kartoffelschäler. »Wo bleiben denn die ganzen Berg-und-Talbahnfahrten, die jugendlichen Zweifel, die sozialen und emotionalen Entwicklungen? Und wo bleibt Sadie Devereux?«

»Die kommt mir da nicht rein!« gab ich entsetzt zurück. »Ich versuche ja heute noch, sie zu vergessen!«

»Wer ist denn Sa–?« begann Bonnie, kam aber zum Glück nicht weiter, weil sie von Constance unterbrochen wurde.

»Mein Gott, Olly, wenn du so weitermachst, wird nicht mehr dabei herauskommen als deine eigene Heiligenlegende. Du kannst doch nicht einfach riesige Teile deines Lebens weglassen!«

»Glaub mir, Constance«, klärte ich sie auf, »ich habe eine bedeutende philosophische Arbeit nicht deshalb für einen ganzen Sommer unterbrochen, um die perversen Gelüste von Leuten wie dir mit Berichten über meine sexuellen Nöte zu befriedigen. Diese Autobiographie verfolgt einen ernsthaften intellektuellen Zweck und wendet sich an eine ernsthafte Leserschaft – Wissenschaftler, die auf ähnlichen Gebieten arbeiten wie ich, zum Beispiel. Leute, die sich für meine damaligen Ideen interessieren und wissen möchten, wie ich dazu gekommen bin. Ich schreibe in erster Linie für Leute, die etwas über mein intellektuelles Leben wissen wollen, und nicht über mein Sexualleben.«

»Über die Größe deines Kopfes«, sagte Bonnie, »und nicht über die Größe deines P–«

»Bonnie!«

Ich will Ihnen sagen, was mit meiner älteren Tochter los ist. Sie war viel zuviel mit ihrer Mutter allein. Sie schwenkt ganz auf die Linie ihrer Mutter ein, besonders was mich betrifft. Aber Constance ist im Grunde ihres Herzens freundlich, auch jetzt noch, nach allem, was geschehen ist. Immerhin hat sie mein Leben mit mir geteilt. Sie war Zeugin meiner Versuche (und ihres Scheiterns), mich von Kopf bis Fuß in eine andere Spezies zu verwandeln: die des verheirateten Mannes. Sie hat mich leiden sehen – und ich litt genauso wie sie selbst – ob meiner völligen Unfähigkeit, den Typ von Mann aus mir zu machen, den sie brauchte, den Typ von Ehemann und Vater, der ich nicht bin und nie sein werde. (Ally also, um es kurz zu sagen.) Bonnie dagegen macht nicht einmal den Versuch, mich zu verstehen. Bei ihr verbinden sich die Parolen eines wildgewordenen Feminismus mit der abscheulichen Hauruck-Mentalität der Jugend. Ihr Urteil über mich ist viel zu streng. Manchmal mag sie mich nicht einmal. Ich mache Constance keinen Vorwurf daraus, daß es mit Bonnie so gekommen ist. (Mit Nance habe ich keine Schwierigkeiten.) Constance brauchte eine Vertraute, und Bonnie war ein süßes Kind: sensibel, zärtlich, fürsorglich. Und sie war immer da. Die arme Constance wußte nicht, daß jedesmal ein Eissplitter in Bonnies weiches Herz drang, wenn sie nach einem unserer fürchterlichen Kräche im Katzenkörbchen saß und sich die Augen ausweinte, wenn sie mir die Tür vor der Nase zuknallte, als sei ich gemeingefährlich, oder mir wüste Beschimpfungen nachschrie. Heute kommen Constance und ich miteinander klar. Gegen Ende zu hatten wir einander so oft über die ehelichen Barrikaden hinweg ins Auge geblickt, daß wir eine wirklich gute Taktik der Schadensbegrenzung und des raschen Waffenstillstandes entwickelt hatten. Bonnie aber ist das Opfer. Wie ein Kind in einem kriegsgeschüttelten Gebiet hat sie in allzu jungen Jahren, am Rockzipfel der Mutter hängend, allzu viele kleine Greuel mitansehen müssen. Die letzte große Schlacht fand vor drei Jahren statt, aber das Eis in Bonnies Herz ist bis heute nicht geschmolzen. Noch immer hat sie stets das Messer in der Tasche offen.

»Das war nicht besonders lustig, Bonnie.«

»Tut mir leid.«

»Das will ich hoffen. Außerdem unterhalte ich mich mit deiner Mutter, und nicht mit dir.«

Leider. Constance fuchtelt wieder mit dem Kartoffelschäler herum.

»Du willst also kein Wort über das arme Mädchen schreiben, das du wochenlang Tag und Nacht durch ganz Oxford verfolgt hast?«

»Amy Vanderpole? Nein, ganz bestimmt nicht!«

»Oder über dieses Schickeria-Mädchen, mit dem du nach einer Party die Nacht im selben Bett verbracht hast? Als du die ganze Nacht kein Auge zugetan und nicht gewagt hast, sie anzurühren?«

»Nein, Constance, auch über die nicht.«

»Und was ist mit dem dicken Mädchen in der Käseabteilung bei Woolworth, das immer eine große Tüte Käsereste für dich aufgehoben hat? Erzählst du, wie du einmal auf dem St.-Giles-Jahrmarkt mit ihr Achterbahn gefahren bist und dich dann übergeben mußtest, direkt auf ihre Füße?«

»Natürlich nicht. Das ist doch Unsinn, Constance.«

»Und *gar nichts* über den Abend mit Sadie Devereux?«

»Nein! Nein, nein, nein! Dieser grauenvolle Abend war mit Abstand der peinlichste meines Lebens!«

»Das hat sich früher aber anders angehört.«

»Wirklich?« (Eins muß ich sagen: Mit Constance zusammenzuleben ist ein permanenter Erziehungsprozeß.)

»Ja. Früher hast du immer gesagt, das peinlichste Erlebnis deines Lebens sei gewesen, als du Leiter des mathematischen Kolloquiums warst und Professor MacFie zum Essen ausführen mußtest. Du hast gesagt, du hättest bei Giovanni zwei Flaschen Wein bestellt und seist schier in Tränen ausgebrochen, als Professor MacFie dich vor versammelter Mannschaft korrigiert hätte: ›*Gi*-anti, nicht Tschi-anti‹.«

»Im Laufe der Jahre habe ich wohl einen gewissen Sinn für die Relativität solcher Trivialitäten entwickelt.«

»Du meinst, du hast sie vergessen?«

»Ja, Constance. Genau das wollte ich damit sagen.«

»Und was ist mit deiner Reise nach Sussex damals, zu dem Vorstellungsgespräch?«

»Was soll damit sein?«

»Du hast doch gesagt, das sei so peinlich gewesen. Du hast gesagt, die Flöhe in deinem Trenchcoat hätten genau in dem Moment zu hüpfen angefangen, als du dabei warst, die zentrale Theorie deiner Forschungsarbeit darzulegen, und Dr. Marjorison hätte dich gefragt, ob du deinen Mantel nicht draußen aufhängen wolltest, damit sie und die anderen Kommissionsmitglieder deinen Worten ihre volle Aufmerksamkeit widmen könnten. Hast du das auch vergessen?«

Was meinen Sie: Ob Bertrand Russell sich wohl auch mit so etwas herumzuschlagen hatte?

»Also bitte, Constance, muß das sein?«

Constance wendet sich wieder ihren nackten Kartoffeln zu.

»Wie du willst, Olly, es ist schließlich dein Buch. Wenn du nichts anderes willst, als eine kleine akademische Selbstbeweihräucherung, dann mach nur weiter so. Aber eins kann ich dir sagen. Nichts von dem ganzen Schrott mit der Leamingtoner Tagung und dem dazugehörigen Kongreßbericht wird deine Autobiographie auch nur in die Nähe der Bestsellerlisten rücken. Aber was zwischen dir und Sadie Devereux passiert ist, das könnte sie auf Platz eins katapultieren.«

»Dad, was ist denn da pass–«

»Constance, versuch bitte einer simplen Tatsache ins Auge zu sehen: Ich bin kein Popstar, ich bin Philosoph. Die Leute interessieren sich nicht dafür, was ich mit Sadie Devereux gemacht habe, sie interessieren sich dafür, wie ich arbeite.«

»Was *hast* du denn mit Sa–?«

»Bonnie! Halt dich da raus!« (Sind anderer Leute Kinder auch so penetrant?)

»Wie du arbeitest...« Nachdenklich sticht Constance einer Kartoffel die Augen aus. »Ja, das wäre vielleicht lesenswert.« Ihr Gesicht hellt sich auf. »Das könnte ich für dich schreiben. Ich weiß, wie du arbeitest.«

»Nein danke«, sagte ich bestimmt, »das mach' ich lieber selbst.«

Jetzt bin ich wieder hier oben, in Sicherheit, aber verunsichert hat sie mich doch. Ich blättere noch einmal durch, was ich geschrieben habe, und bin auf einmal gar nicht mehr so ganz überzeugt, gute Arbeit geleistet zu haben. Constance hat recht. Wo sind all die Zweifel, das ganze Auf und Ab? Wo ist die emotionale Entwicklung? Es muß sie doch gegeben haben. Wenn ich nur daran denke, wie ich Amy Vanderpole auf Schritt und Tritt gefolgt bin, Woche für Woche, obwohl sie mir unmißverständlich zu verstehen gegeben hatte, daß sie nichts von mir wissen wollte! (Ich muß schon sagen, sie muß eine Engelsgeduld gehabt haben. Ich hätte mir das nicht gefallen lassen. Wäre mir eine Frau gegen meinen Willen nachgelaufen, ich hätte mich nach einmaliger Warnung umgedreht und ihr eine runtergehauen.) Was hat mich nur getrieben, die arme Amy Vanderpole in so extremer Weise zu verfolgen? Etwas vom alten genetischen Erbe der Rosens, das unter dem Streß meines neuen Lebens wieder hervorbrach? Oder war ich bis über beide Ohren verliebt? Wenn das der Fall war, ist nicht die geringste Spur davon zurückgeblieben. Vielleicht hatte sie's mir einfach angetan, und ich wußte einfach nicht, wie ich mich verhalten sollte. Von Frauen kann ich nicht viel Ahnung gehabt haben: keine Schwestern, in der Schule keine Mädchen, keine weiblichen Verwandten, wenn man von Granny Ruth absieht, und die zählte für mich natürlich nicht. Aber es ist trotzdem komisch. Machen wir uns doch nichts vor. Ally hat auch keine Schwestern, und er war sogar auf einer dieser grauenhaften schottischen Schulen. Aber bei Ally kann ich mir nicht vorstellen, daß er unverdrossen hinter der großen Liebe seines Lebens her durch die Straßen traben würde, jedenfalls nicht, nachdem sie sich schon ein paarmal umgedreht und ihn weggescheucht hat. Ich glaube, um ehrlich zu sein, ich war ein bißchen übergeschnappt.

Ich hatte wirklich seltsame Stimmungen, daran erinnere ich mich noch. Nehmen wir nur meine allererste Bahnfahrt. Ich hielt den Koffer und meine ganzen Plastiktüten fest zwischen die Knie geklemmt, weil mir nicht klar war, daß es für das Gepäck einen eigenen Platz gab. Bis dann dieser alte

Mann sich vorbeugte, mir die Hand auf den Arm legte und nach oben blickte, um mich auf den Zweck der Netze über mir hinzuweisen. Ich wuchtete gehorsam alles hoch und saß dann wenigstens bequemer. Und ich hatte einen Fensterplatz. Ich lehnte die Stirn gegen das kühle Glas und sah die Landschaft zwischen meiner Heimatstadt und Oxford vorüberdrehen – buchstäblich drehen, wie ich zum ersten Mal in meinem Leben feststellte. Was in der Nähe ist, saust dorthin zurück, wo man herkommt, die Mitte bleibt konstant, und was weiter entfernt ist, bewegt sich langsam und stetig dorthin, wo man hinfährt. Eine ziemlich elementare Beobachtung. Sie kann kaum einem Reisenden auf dieser Erde entgangen sein (von Constance abgesehen natürlich, die sehr erstaunt war, als ich sie darauf aufmerksam machte). An jenem Tag aber löste sie aus unerfindlichen Gründen eine Flut von Gefühlen in mir aus. Ich saß da und starrte – völlig fassungslos vermutlich – aus dem Fenster. In meinem Innern aber wuchs die Freude, mit Erleichterung gemischt. Hatte ich es geschafft? War ich wirklich fortgegangen, so wie vor mir Finn, Gerry und Sol? Gab es daran noch einen Zweifel? Da war mein Koffer, über meinem Kopf. Und hier saß ich. In meiner Tasche war die Fahrkarte mit dem Vermerk »einfache Fahrt«. Der Kontrolleur hatte nicht mit der Wimper gezuckt, als ich die Sperre passiert hatte. Schließlich gingen täglich Menschen von zu Hause fort. Felder flogen vorbei. Die Sonne kam hervor und zerstreute meinen letzten Zweifel. Heiterkeit trat an die Stelle von Verwirrung. Niemand konnte mich mehr zurückholen. Ich war fortgegangen! Es kribbelte in meinen Fingerspitzen. Die Füße schwollen mir in den neuen braunen

Schuhen an. Plötzlich fühlte ich mich durch und durch lebendig. Es war, als könnte ich die Luft in meinen Lungen und das Blut in meinen Adern spüren. Ich konnte all das Schwirren und Pochen und Pulsieren in mir hören. Ich war fortgegangen. Ich war entkommen!

Das ganze Abteil starrte mich an. Im ersten Moment konnte ich mir überhaupt nicht vorstellen, warum. (Zu Hause hatte mir kein Mensch gesagt, daß ich mir angewöhnt hatte, laut zu denken.) Und als mir klar wurde, weshalb sie mich so komisch anschauten, war es mir auch egal. Ich wußte, daß in diesem Augenblick nichts wichtig war, wenn ich es nicht wollte. Ich war *frei*.

War das der Grund, warum ich, in Oxford angekommen, als erstes mein Musikstipendium sausen ließ und mich für Philosophie einschrieb? Hat sich mein ganzes Leben an jenem Tag nur deshalb geändert, weil ich beweisen wollte, daß ich meine Freiheit zu gebrauchen wußte, nachdem ich dem Dunstkreis der krittelnden väterlichen Kontrolle entronnen war? Bereue ich es, oder würde ich es wieder tun?

Schwierige Frage. Ich bin mir da nicht sicher. Ich weiß nur so viel: Jahrelang hielt ich insgeheim an der Überzeugung fest, daß ich an jenem Tag nichts allzu Drastisches getan hatte. Ich war noch immer Revilo Nesor, der Herrscher des Mars. Zu gegebener Zeit würde ich große Philosophie schreiben und große Musik komponieren. Was meine galaktische Unerfahrenheit natürlich nicht mit einkalkulierte, war das schwarze Loch jenes bescheidenen kleinen Ausdrucks »zu gegebener Zeit«. Denn genau das braucht man dafür: Zeit. Große Musik schreibt sich nicht von allein, genauso wenig wie große Philosophie. Wie alt bin ich jetzt?

Vierzig? Ich darf gar nicht daran denken. Es ist entsetzlich. Mein Leben ist schon halb vorüber, aber wenn Sie mich danach fragen würden, dann müßte ich ehrlicherweise antworten, daß ich bisher kaum Zeit gefunden habe, überhaupt auch nur anzufangen. Ich könnte tausend Jahre leben, und es wäre mir noch immer nicht genug. Die Zeit reicht eben niemals aus. Ich hätte natürlich auch Komponist werden können. Hinten auf dem Dachboden stehen ganze Überseekoffer vollgestopft mit meinen unausgereiften Kompositionen (erst gestern abend hat Constance mir wieder zugesetzt, daß Bonnie mindestens zwei von den Koffern braucht, wenn sie aufs College geht). Es sind größtenteils nur banale kleine Versuche, aber sie wecken gute Geister. Ich brauche nur einen dieser schmuddeligen alten Notizblöcke hervorzuziehen und ein paar Stücke herunterzuspielen, und schon überwältigt mich frisch exhumierter Groll gegen meine verwöhnten Altersgenossen von damals mit ihren feinen Instrumenten und regelmäßigen Musikstunden. Aber ich war derjenige, der das Musikstipendium bekam. Sie hatten vielleicht bessere Ausgangsbedingungen. Ich hatte mehr Talent.

Aber nicht mehr Zeit. Das war mir damals selbstverständlich noch nicht klar. Wie jeder Mensch in diesem Alter war ich noch unsterblich. Der Sensenmann war noch nicht hinter mich getreten und hatte mich noch nicht dazu gebracht, beklommene Seitenblicke auf Uhren und Kalender zu werfen, an denen ich vorüberkomme. Tatsächlich dachte ich, ich könnte nicht nur große Philosophie und große Musik hervorbringen, sondern auch – man höre und staune – Zeit verschwenden! Stunden muß ich in den Ruhezeiten, wenn es verboten war, Klavier zu spielen, unter dem riesigen College-Bechstein gelegen haben, schmollend und alle viere von mir gestreckt.

Seither mußte ich manchmal wochenlang ohne Klavier auskommen. Nicht hier natürlich. Hier ist mein wundervoller Flügel, ein echter Rönisch, im Wohnzimmer. Constance hat ihn behalten, »der Kinder wegen«. (Ich will Ihnen sagen, was dabei herauskommt: Zwanzig Minuten letzte Woche, als Bonnie sich vor einer Freundin produziert hat, und ein ganzer nervenaufreibender Nachmittag, als es draußen Bindfäden regnete und Nancy mit dieser Bohnenstange von nebenan den Flohwalzer herunterhämmerte.) Aber wie dem auch sei – es ist herrlich, wieder darauf zu spielen, nicht nur, weil es Ally auf die Nerven geht, sondern auch, weil es ein so machtvolles Instrument ist. Es singt geradezu, es donnert, und es dröhnt. Seit Constance den Teppich ins Zimmer gelegt und diese Vorhänge aufgehängt hat, kann ich ihm zwar nicht mehr genau die gleichen Klänge entlocken wie früher, aber es ist trotzdem ein Genuß...

Und manchmal leben auch Gefühle wieder auf. Wenn ich in meinen alten Noten wühle, die Constance in einen Schrank verfrachtet hat (sie wird nicht müde, mich daran zu erinnern, daß ich sie mitnehmen soll, wenn ich abreise), stoße ich manchmal auf eine Sonate oder eine Etüde, die ich völlig vergessen hatte. Ich denke mir noch nichts dabei, wenn ich sie aus ihrem schwankenden Stapel hervorziehe und mich zunächst nur vergewissere, ob keine Seite fehlt und Nancy nicht so darin herumgemalt hat, daß nichts mehr zu entziffern ist. Setze ich mich dann an den Flügel und fange an zu spielen, geschieht etwas Seltsames. Ich höre mein Spiel gar nicht. Ich höre nur, was ich beim ersten Mal gehört habe, die Aufführung, die mich damals veranlaßt hat, mir die Noten zu kaufen. Und was dabei wieder zum Leben erwacht, ist nicht einfach Rubinstein oder Gilels oder Barenboim. (Verzeih, Barenboim, aber du weißt schon, was ich meine.) Es sind vielmehr meine Gefühle, die ganze ursprüngliche Kraft und Intensität meiner damaligen Stimmung. Kaum zu glauben, daß Gefühle, selbst wenn sie nur halb so stark waren wie diese, auch nur eine halbe Stunde lang verschwunden sein können, geschweige denn zwanzig Jahre lang.

Aber nicht alle sind verschwunden. Manche meiner Gefühle waren treue Begleiter, damals wie heute. Welche? Nun ja, die Traurigkeit natürlich, die Einsamkeit, die Frustration. Ich neige zwar zu Stimmungsschwankungen, muß aber sagen, daß das Melancholische bei mir den Ton angibt. Ich bin kein glücklicher Mensch. Ich habe meine lichten Augenblicke, so wie jedermann. Auf Partys beispielsweise kann ich richtig aufdrehen. Ich gehe gern auf Partys. Unter der Woche trinke ich selten Alkohol, denn es beeinträchtigt mein Denken. Wenn ich am Wochenende aber wohlverdient die Arbeit niederlege und ein paar Gläser trinke, kommt eine ganz andere Seite meines Ichs zum Vorschein, und wer mich dann zum ersten Mal sieht, gewinnt einen völlig anderen Eindruck von mir. Verstehen Sie mich bitte richtig. Ich bin keiner von diesen Alltagsmiesepetern. Meinen Kollegen gegenüber war ich immer recht umgänglich. Ich würde Ihnen nicht die Ohren volljammern. Ich weine nicht in meine Teetasse. Aber ich bin nicht *glücklich*.

Nehmen wir nur mal Ally, da draußen im Garten mit Nance. Sie kreischt vor Vergnügen, und ihn höre ich hin und wieder glucksend lachen. Gott weiß, was sie da machen. Vielleicht bedroht er sie mit seinem Spaten, sobald sie in die Nähe eines seiner liebevoll gehegten Blumenbeete kommt. (Ich bin es übrigens, der all das liebevolle Hegen finanziert hat. Ally war unser Gärtner, bevor er es zu etwas brachte und mein Nachfolger wurde.) Oder sie wirft ihm Kompostklumpen an den Kopf. Vielleicht ist er auch mit seinem Grabber oder Grubber, oder wie das Ding heißt, zugange, um ihren heißgeliebten Puffmais für sie anzupflanzen. Ich weiß es nicht. Aber was immer sie da draußen machen – sie hören sich unbestreitbar glücklich an. Bei Nance ist das nicht anders zu erwarten, sie ist eben ein Kind. Ally aber hätte ihr schon vor Stunden sagen können, sie solle abschieben (ihr Kreischen ist seit einer halben Ewigkeit zu hören). Er muß wohl gleichfalls glücklich sein.

Nun ja, ich bin nicht so und bin es nie gewesen. Ich schlurfte trübselig in meinem heißgeliebten alten Mackintosh durch Oxford. (Kurz nachdem wir uns kennengelernt hatten, warf Constance den Mantel natürlich in den Mülleimer, ebenso wie fast meine gesamte übrige Garderobe.) Ich komponierte seelenvolle Musik, die mich mit noch stärkeren Gefühlen des Selbstmitleids erfüllte, als sie einem Menschen meines Schlages ohnehin in die Wiege gelegt sind. Ich weiß gar nicht, worüber ich so unglücklich war. Ich dachte immer, es läge an den Frauen (oder an deren Fehlern), aber wenn ich so zurückblicke, kann ich mir eigentlich nicht vorstellen, daß die Sache so einfach gewesen sein soll. Denn abgesehen von ein paar flötespielenden Achtkläßlerinnen der höheren Mädchenschule, die ich auf dem Klavier begleitete, hatte ich nie auch nur den geringsten Kontakt zu Frauen gehabt. Abgebrannt kann ich auch nicht gewesen sein; ich hatte mehr Geld als je zuvor. Und irgend etwas von zu Hause habe ich ganz sicher nicht vermißt – die Katze ausgenommen. Ich hatte daran gedacht sie mitzunehmen, weil ich fürchtete, sie würde Hunger leiden, wenn ich nicht mehr da war. Niemand außer mir schien es je zu bemerken, wenn sie ausgehungert durchs Haus strich. Und wenn die anderen es doch einmal bemerkten, dann war ihre Haltung nicht eben ermutigend. Einmal, als die Katze zwei Monate nichts anderes bekommen hatte als Dosenfutter mit Thunfischgeschmack, das mein Vater en gros aus brandgeschädigten Lagerbeständen erworben hatte, kam ich mit einer unversengten Dose Kaninchenragout nach Hause, um ihr ein wenig Abwechslung zu verschaffen. »Nicht«, warnte er mich säuerlich, »du darfst sie nicht verwöhnen.« Am Ende aber nahm ich nicht einmal die Katze mit. Ich wußte nicht, ob das Halten von Haustieren im College erlaubt war (das Handbuch hatte ich noch an dem Tag, an dem es kam, verloren), und die einzige Transportmöglichkeit wäre der Käfig gewesen, den Gerry einmal aus rostigen alten Stabilbaukastenteilen konstruiert hatte, als wir sie wegen einer Blutvergiftung zum Tierarzt bringen mußten.

Die Katze also fehlte mir. Und wie stand es mit unseren stundenlangen Kartenspielen? Vermißte ich sie auch?

Nein, eigentlich nicht. Obwohl mir das Kartenspielen im Gegensatz zu den meisten anderen Dingen in unserem Haus nicht unangenehm war. Wir waren gute Spieler, und ein gutes Spiel war bei uns jederzeit zu haben. Ich schlage heute jeden, egal bei welchem Spiel. Es fällt mir wirklich schwer, die Kinder gewinnen zu lassen. Constance wird dann ganz unwirsch: »Als ob es hier nur ums Gewinnen ginge, Oliver!« Aber ich kann nicht anders. Lieber setze ich mir ein so strenges Handicap, daß ich fast zwangsläufig verlieren muß – ich spiele mit der halben Anzahl Karten oder komme nur in jeder vierten Runde dran –, und trotzdem kämpfe ich verbissen. Die Kinder werden immer besser. Manchmal gewinnen sie tatsächlich (obwohl man das nie glauben würde, wenn man hört, wie Constance mir jedesmal zusetzt, wenn ich eine Runde Schnipp-Schnapp gewinne). Manches ändert sich ja im Laufe der Jahre. Den Kindern macht es nichts mehr aus, wenn sie verlieren. Constance aber macht es etwas aus, wenn ich gewinne, also ändert sich manches auch nicht.

Ich würde gern glauben, daß *ich* mich verändert habe, daß ich jenes schnittlauchlockige, traurige Genie dort zurückgelassen habe, wo es hingehörte, nämlich in seinen Schmollwinkel unter dem Flügel im Magdalen College, und daß –

Was ist denn das? Was zum Teufel ist das? Das ist ja wohl die Höhe! Hat sie doch tatsächlich die Stirn gehabt, eines der Kinder heraufzuschicken, damit es das hier unter meiner Tür durchschiebt: ihren jüngsten Beitrag zu meinen autobiographischen Recherchen, auf die Rückseite des Pfarrbriefs gekritzelt. Ich dachte zuerst, Nance oder Ned oder diese Bohnenstange von nebenan hätten meine Tür in eines ihrer entnervenden Spiele einbezogen, und das Gekrakel stammte von ihnen. Aber sehen Sie nur, hier, neben den Vorschlägen des Pfarrers zur Organisation der Altarblumenpflege während der Ferienzeit: Constances höchsteigene, unverwechselbare Handschrift.

Wie er arbeitet

Also zunächst einmal lümmelt er natürlich über seiner Arbeit. Er lümmelt schlimmer, als ich es je bei irgend jemandem gesehen habe, und vergessen Sie nicht, wir haben einen Teenager im Haus. Jeder mokiert sich darüber, wie er seine Jacken ruiniert, auch wenn es nur billige grüne Cordjacken von C & A sind. Meistens liegt er bäuchlings auf dem Boden, seine Papiere um sich ausgebreitet wie einen zerfledderten Fächer, der sich unter alle Möbelstücke ringsum vorschiebt, wo die Blätter dann auf Nimmerwiedersehen verschwinden, was ihn veranlaßt, in Panik durchs Haus zu stürmen und üble, ungerechte Beschuldigungen auszustoßen. Bekommt er auf dem Boden allmählich steife Glieder, setzt er sich wieder an den Schreibtisch und breitet die Bögen, die er gerade vollschreibt, in einer dünnen Schicht über den Ablagerungen der vorhergehenden Tage aus. Wieder in seine Arbeit vertieft, vergißt er, daß unter der obersten Schicht noch andere liegen und wühlt mit den Ellbogen alles durcheinander.

Die meiste Zeit sitzt er vorgebeugt da, die Arme wie Barrieren vor sich auf der Tischplatte, als hätte er Angst, jemand könnte sich einschleichen und seine Lemmata und Entwürfe und was weiß ich alles abschreiben. Wenn wir früher so am Tisch saßen, handelten wir uns eine Rüge ein.

»Laß das«, pflegte mein Vater zu sagen, »du brauchst keinen Zaun um dein Essen zu ziehen. Es ist bereits tot.«

Manchmal läßt Oliver den Kopf auf seine Papiere sinken, als wären sie eine schneeweiße Brust, und stöhnt und murmelt stoßweise vor sich hin. Finsteren Blickes vergräbt er die Fäuste im Haar. Dann steht er auf und tigert durchs Haus, ohne irgend jemanden zu sehen, und wenn man den Fehler macht ihn anzusprechen, schreit er: »Was?« Ich bin natürlich daran gewöhnt, und die Kinder auch, aber andere Leute finden es wirklich entnervend. Schon ein paarmal hat er die Avon-Beraterin von nebenan in Furcht und Schrekken versetzt, als sie vorbeikam, um ihre Kordelseifen bei uns abzuliefern. Und einmal warf jemand von draußen einen Blick in unsere Fenster und rief sofort im psychiatrischen Krankenhaus an, ohne auch nur nachzufragen, was los sei.

Er macht sich auch Notizen, mit denen er seine Konzepte über und über bedeckt. Die Seite füllt sich mit seinen ewigen φs und *d* (ξA)s und $\forall$f,g(f:A $\cong$ B & g:B $\leq$ C $\rightarrow$ f.g:A $\leq$ C)s oder woran immer er gerade arbeitet, und dann tauchen die Notizen auf, in allen Neigungswinkeln, über die ganze Seite verteilt. »Könnte gehen«, schreibt er etwa an den Rand, oder: »Wirft das Problem einer unendlichen Anti-Reihe auf.« Vom oberen Blattrand stürzt ein krakeliges »Das Ganze fußt auf inkomparablen Faktoren« herab, und in der linken unteren Ecke findet sich vielleicht ein säuberliches kleines »Aha!«

Diese Dinge waren es, die anfangs, als wir uns kennenlernten, den Verdacht in mir aufkommen ließen, er sei nicht ganz bei Troste. Dieser komische kleine Chinese, mit dem er befreundet war, Tinny oder Tunny oder wie er hieß, versicherte mir zwar, er sei ein ungewöhnlich kluger Kopf, aber das kennt man ja bei Männern: Sie behaupten steif und fest, der andere sei ein Genie oder ein Dummkopf, als wären sie außerstande, der Tatsache ins Auge zu sehen, daß die meisten von ihnen einfach nur mittelmäßig sind. Ich gab nicht allzuviel auf Tennys Meinung. Außerdem sprach er nicht einmal besonders gut Englisch.

Aber auch meine Mutter hatte gleich zu Anfang enormes Zutrauen zu Oliver. »War er nicht in zehn Fächern der Klassenbeste? Und in vieren der Zweitbeste? Männer sind ein bißchen wie Staubsauger, Liebes, das wirst du schon noch merken. Wenn sie am Anfang viel aufnehmen, dann tun sie das auch später.«

Aber ich hatte noch meine Zweifel. Oliver kam mir so *seltsam* vor. Die einfachsten Dinge bereiteten ihm größte Schwierigkeiten. Es tat geradezu weh, ihm zuzusehen, wie er kämpfte, wenn er sich eine Schürze hinter dem Rücken zubinden wollte (heute benutzt er eine Wäscheklammer). Sah er auf die Uhr, mußte er mehrere Sekunden lang auf das Zifferblatt starren, ehe er mit Überzeugung eine Zeitangabe äußern konnte. Es dauerte eine Weile, muß ich gestehen, bis ich ihn mit den gleichen Augen sehen konnte wie die anderen. Ich begrub meine Zweifel zugegebenermaßen erst, als er anfing, ein Forschungsstipendium nach dem anderen zu bekommen, von allen Seiten eingeladen zu werden und am laufenden Band zu publizieren. Sie konnten doch nicht alle unrecht haben, dachte ich.

Und wie es scheint, hatten sie das auch nicht. Denn selbst an Olivers ziemlich rigorosen Maßstäben gemessen, ist es ihm bis jetzt recht gut gegangen. Ich weiß noch, was er einmal alles an einem einzigen Morgen im Briefkasten fand: einen Brief, in dem er gebeten wurde, auf der Jahrestagung der Königlichen Philosophischen Vereinigung das Hauptreferat zu halten, die Anfrage einer amerikanischen Nobeluniversität im Hinblick auf die Besetzung ihres neuen Lehrstuhls für Mathematische Philosophie (derselben Nobeluniversität, an der er heute eine Stelle hat – sofern man einen gut bezahlten Posten ohne jegliche Pflichten eine Stelle nennen kann), und die Kopie einer Kritik seines ersten Buches, in der irgendeine Koryphäe seine Arbeit als »grundlegend« bezeichnete, als einen »Markstein im philosophischen Denken des zwanzigsten Jahrhunderts, von vergleichbarer Bedeutung wie Russells und Whiteheads *Principia Mathematica*«, als eine »Arbeit von außerordentlicher intellektueller Reife, besonders angesichts der Jugend des Autors«.

Aber was mich an Oliver anzog, waren natürlich nicht seine Geistesgaben. Es war sein Körper. Oder nein, eigentlich nicht einmal sein Körper, obwohl ich sagen muß, daß ich ihn wirklich mag. Er ist irgendwie fest und knuddelig, auch wenn Oliver die kältesten Füße hat, die mir je untergekommen sind. Trifft man nachts zufällig unter der Bettdecke auf sie, hat man das Gefühl, die eigenen mollig warmen Zehen legten sich auf Fischfiletstücke, und jedesmal wacht man in Panik auf. Das ist wohl der Grund, warum ich zu meiner jetzigen Schlafhaltung übergegangen bin: sicher zu einer Kugel zusammengerollt, mit dem Gesicht zur Wand.

Aber das sind nur die Füße. Füße sind nicht so wichtig. Das Wunderbare an Oliver ist sein Gesicht. Es ist so mürrisch und dabei so ausdrucksvoll. Ich glaube nicht, daß er gesteigerten Wert darauf legt, sein Konterfei auf dem Buchumschlag zu sehen. Schade. Akademiker sind in diesen Dingen schreckliche Snobs. Wäre er aber damit einverstanden und würde aus den Hunderten von Fotos, die ich im Laufe der Jahre von ihm gemacht habe, eines auswählen, dann kann ich Ihnen jetzt schon sagen, wie es aussehen würde, denn sie sehen alle genau gleich aus. Er hat so einen Zug von unterdrücktem Ärger im Gesicht (... also, mich jetzt hinzustellen und fotografieren zu lassen, ist wirklich das *letzte*, was ich mir wünsche, aber ich will natürlich auch kein Spielverderber sein... Die Ehe ist nun mal ein Geben und Nehmen... ich hoffe nur, diese alberne Angelegenheit dauert nicht zu lange und niemand erwartet von mir, daß ich meinen Gedankengang unterbreche und freundlich zu plaudern anfange...). Ich glaube, diese Fotos spiegeln das grundlegende Dilemma seines täglichen Lebens wieder. Deckt man die obere Hälfte zu, sieht man einen Mund, der halbwegs nett und freundlich zu lächeln versucht. Deckt man aber die untere Hälfte zu, verraten es die Augen: Schon wieder wird der Schwung der Geisteskraft gebremst durch eine weitere idiotische, verdammte Unterbrechung! Doch er sieht auffallend gut aus mit seinem ungekämmten Haar, den schönen braunen Augen und dem wunderschönen Mund. »Küßchen-Olly« pflegte ihn meine Mitbewohnerin zu nennen, und schon sein bloßer Anblick machte mich verrückt, wenn er vor sich hin murmelnd um eine Straßenecke hastete. (Das tut er heute noch, nur nicht mehr auf die gleiche Art.)

Ich selbst sah aber auch nicht schlecht aus. Auch ich hatte meine Bewunderer. Wir sind nicht so ein Fall von »Wie ist er bloß an *die* geraten?« Schon eher von »Wie kommt es, daß die zwei nicht längst unter der Haube waren?«

Zugegeben, sein fettiges Haar mag viele abgeschreckt haben. Man brauchte schon einen besonderen Blick, um über die Haarwassermengen hinwegzusehen, mit denen er dagegen ankämpfte. An jenem langen Nachmittag mit der rostigen Nagelschere aber muß ich das zweite Gesicht gehabt haben. Kaum hatte ich Oliver Rosen gesehen, juckte es mich in den Fingern, nach einer scharfen Schere zu greifen. (Das tut es heute noch, nur eben auch nicht mehr auf gleiche Art – leider...)

Tatsache ist, daß Oliver mir von Anfang an gefiel. Da saß er in dem Pub, allein in einer Ecke, mißmutig in sein Bierglas starrend, und – peng! – war mein Interesse in einem Maße erwacht, daß ich zu ihm hinüberging und meinen Drink über ihn verschüttete. (Nun ja, weshalb sonst sollte er in einem Mackintosh-Mantel im Pub sitzen?) Und als er nach halbstündiger Konversation auch noch erwähnte, sein Lieblingslied sei »Take my Hand, I'm a Stranger in Paradise«, da war es um mich geschehen.

Noch am selben Abend gingen wir miteinander ins Bett. Das heißt, nicht direkt ins Bett; er bot mir an, mich nach Hause zu bringen, und wir nahmen diese schlecht beleuchtete Abkürzung, die am Parkplatz der Brauerei entlangführt, und –

Nun ja. Ich glaube, ich sollte jetzt Schluß machen und diese Hexe, Allys Frau, anrufen. Aber die wird mir nur wieder sagen, daß sie Ned unmöglich fortlassen kann, nicht einmal für eine einzige läppische Stunde, damit er mit seinem Vater, Nancy und mir schwimmen gehen kann. Von hier ab kannst du selber weitermachen, nicht wahr, Oliver? Das Stichwort habe ich dir ja gegeben.

Ach! Sieh mal einer an! Gar nicht so einfach, wie du dachtest, was, Constance? Ein paar deftige, offenherzige Enthüllungen fließen dir leicht aus der Feder, solange du dich über meine komischen Angewohnheiten oder mein fettiges Haar verbreitest. Sobald du dich aber den Großen-Geständnissen-die-deine-Mutter-aus-der-Fassung-bringen-könnten näherst, ist ganz schnell Schluß. Was ist mit mir? Was ist, wenn du *mich* aus der Fassung bringst? Das ist dir wohl egal. Bei mir wird von vornherein unterstellt, daß ich so in den Wolken schwebe, so mit abstrakten Ideen vollgestopft und so in meinen Intellekt versponnen bin, daß es mich nicht kümmert, ob alle Welt meine Schuppen bemerkt oder nicht.

Also, es war nicht mein Lieblingsschlager, Constance. Ich wußte nicht einmal, daß es überhaupt einen Text dazu gab. Wenn ich mich recht erinnere, habe ich nur die Melodie vor mich hingesummt. Gesungen hast du. Es war eine meiner Lieblingsmelodien, das ist alles. Einer der Polowezer Tänze aus *Fürst Igor* von Borodin.

»Borodin?«

»Ja. Alexandr Porfirjewitsch Borodin, 1833–87.«

Sie hört auf, die Badesachen auszuwringen, und macht ein ganz erstaunlich bestürztes Gesicht.

»Nicht –?«

»Ich fürchte, nein.«

»Und du hattest den Text noch nie gehört, als ich ihn an dem Abend in dem Pub sang?«

»Nein, noch nie. Und ich fand ihn sentimental und peinlich, wenn du es genau wissen willst, eine aalglatte Verunglimpfung einer schönen Melodie. Hätte ich dich an dem Abend nur ein kleines bißchen besser gekannt, hätte ich dich gebeten, nicht so laut zu singen.«

Die triefnassen Badesachen klatschen mir mitten ins Gesicht.

»Weißt du, was du bist, Oliver? Ein Scheißkerl bist du! Sei froh, daß wir nicht mehr verheiratet sind – ich würde dich umbringen!«

Ich bin schon halbwegs aus dem Zimmer, als ich merke, daß Ally in der Tür steht und uns schweigend zuschaut. Normalerweise tritt er zur Seite, wenn wir uns im Flur oder an einer Tür über den Weg laufen. Diesmal aber weicht er nicht von der Stelle, und als ich an ihm vorbeigehe, ist sein Blick alles andere als freundlich.

Mein Hemd ist vorn völlig durchnäßt, aber es hat sich gelohnt.

3

Im Wäschetrockenschrank fand ich ein trockenes Hemd. Es war mir zu groß, also mußte es Ally gehören, aber es war bequem. Ich knöpfte mir gerade die Manschetten zu, da drang durch die Rohre ihr Liebesgeflüster zu mir herauf. »Oh, Ally!« »Oh, Constance!« Offenbar hatte er sie zu sich neben den Boiler gezogen: »Ist er nicht *schrecklich*?« »Schlimmer als die Hexe!« »Bald haben wir genau das gleiche Theater wie an Weihnachten.« »Oh, Constance!« »Oh, Ally!«

Ich fuhr zurück. Die winzige Wäschekammer war mein Arbeitszimmer gewesen, bis die Zentralheizung eingebaut wurde und Constance darauf bestand, daß ich unters Dach umzog. Ich muß Stunden damit zugebracht haben, Bettwäsche und Matratzenschoner in verschiedenen Kombinationen gegen die Rohre aufzutürmen, die an der Rückseite des Wäschetrockenschrankes emporführen, damit ich ihre Stimmen nicht mehr hörte, wenn sie unten in der Küche über mich herzogen. Nicht daß mir die Rolle des unfreiwilligen Lauschers an der Wand etwas ausgemacht hätte. Es war die Ablenkung, die mich zum Wahnsinn trieb. Ich konnte nicht mehr arbeiten. Es ist schon schlimm genug, wenn man Babys und Kleinkinder um sich hat, und ich wollte mir die wenigen ruhigen Stunden, die sie mir ließen, nicht von Allys empörten Reden ruinieren lassen, die durch die Rohre zu mir herauf dröhnten: »Das mußt du dir nicht bieten lassen!«

Das war von Anfang an sein Standpunkt. Ich weiß noch, wie ich einmal auf der Suche nach ein paar Handtüchern, mit denen ich mir meinen wackligen Arbeitsstuhl polstern wollte, die Trockenschranktür aufmachte und zum ersten Mal ganz deutlich die Hintertür über die Fliesen schleifen und Ally rufen hörte: »Mrs. Rosen! Mrs. Rosen!«

Kein Zweifel, es ging um sein Geld. Er hielt unseren Garten in Ordnung und brachte damit so viel Zeit zu, daß ich seine Hypotheken wahrscheinlich ebenso abtrug wie unsere. Ich hoffe, die Hexe ist mir dankbar dafür. Ally selbst hat sich wahrhaftig nie ein Bein ausgerissen, um zu zeigen, daß er diesen Umstand zu würdigen weiß, es sei denn man interpretiert das Ausspannen der Ehefrau als eine besonders wohldurchdachte und einfallsreiche Dankesbezeugung.

»Mrs. Rosen! Sind Sie da?«

Selbst ich begann jetzt aufzuhorchen. Durch die Rohre drang der Lärm der Topfdeckel zu mir herauf, die Bonnie mit hölzernen Kochlöffeln bearbeitete, oder was immer Kinder dieses Alters sich einfallen lassen, um sämtliche Personen ihrer Umgebung in hohläugige, knurrende Wracks zu verwandeln. Von Nance war nichts zu hören, also kann sie noch nicht auf der Welt gewesen sein. Ja, stimmt, Constance war damals schwanger.

»Was ist denn los?«

Eigentlich nichts, nur daß sie, durch den großen Tisch verdeckt, schluchzend zwischen den Scherben dreier

Milchflaschen in einer riesigen Milchpfütze saß. So fand er sie vor.

»Sie weinen ja«, sagte er vorwurfsvoll. »Wegen dem bißchen Milch?« Und fügte dann weise hinzu: »Das hat doch keinen Zweck.«

Ich hörte sie nicht lachen. Vermutlich hat sie nur gelächelt. Jahre später erst erfuhr ich in einer unserer Paartherapie-Sitzungen, daß sie damals zwischen Milch und zerbrochenem Glas nach der geeignetsten Scherbe Ausschau hielt, um sich die Pulsadern damit aufzuschneiden. Eigentlich müßte ich Alasdair Huggett dankbar sein und den Tag segnen, an dem er durch die Hintertür hereinkam, neben meiner Frau niederkniete und sie zum Lächeln brachte, denn damit hat er meiner Nancy das Leben gerettet. In Wirklichkeit aber nehme ich es ihm zutiefst übel, diesem verdammten Ritter Lanzelot. Verstehen Sie mich nicht falsch. Ich will damit keinesfalls sagen, daß ich Constance irgend etwas an den Hals gewünscht hätte. Natürlich nicht. Was ich meine, ist folgendes: Hatte ich überhaupt noch eine Chance, von dem Moment an, als er ihr aufhalf, ihr behutsam den milchgetränkten, splitterübersäten Umstandskittel über den Kopf zog und sie aus der Küche trug, mit seinen schweren Gartenstiefeln über die Bescherung knirschend, die er später so fabelhaft beseitigte (dabei gibt es nichts Schlimmeres als Milch, wie ich meine Schwiegermutter des öfteren habe sagen hören, wenn sie die atemberaubende Variationsbreite der häuslichen Betätigungen ihrer Tochter zu rechtfertigen suchte). Sagen Sie mir das eine: Hatte ich überhaupt noch eine Chance? Nein, nicht die geringste.

Tatsache ist: Ich bin von Natur aus kein Familienmensch. Es liegt mir nicht. Es interessiert mich einfach nicht besonders, ebensowenig wie Fußball, moderne Malerei oder linke Politik. Daß das alles etwas für sich hat, ist mir schon klar. Ich habe sogar Meinungen dazu, aber das ist auch alles. Ich bringe nicht das gleiche lebhafte Interesse für die Trivialitäten des Familienlebens auf wie Constance; ich kann es einfach nicht. Denken wir nur daran, was in den Köpfen von Kindern vorgeht. Daß das etwas höchst Sonderbares ist, weiß ich, ich sehe es ja mit eigenen Augen. Ich weiß, daß Babys vor Entzücken völlig außer sich geraten können, wenn man sie hochhebt und mit dem Lichtschalter spielen läßt. Ich weiß, daß Krabbelkinder die kompliziertesten Vorkehrungen treffen, um nicht vom Staubsauger verschluckt zu werden. Ich weiß, daß kein kleines Kind sein neues Malbuch auch nur aufschlagen würde, ehe es nicht seine Fingernägel mit zehn verschiedenfarbigen giftigen Filzstiften angemalt hat, daß auch das Lieblingskuscheltier seinen Pudding bekommen muß und daß man, wenn man ein sichtlich übermüdetes Kind auch nur andeutungsweise zum Schlafengehen auffordert, einen so vernichtenden Blick erntet, daß man sich fragt, wie man je annehmen konnte, es sei müde. Das alles *weiß* ich. Ich kann mich nur nicht in gleichem Maße dafür interessieren wie Constance. Ich kann Fragen wie »Sieh mal, wie Nance die Daumen in die Gürtelschlaufen hängt – woher hat sie das nur?« oder »Oh, Olly! Glänzt ihr Haar nicht wie Sonnenschein?« nicht beantworten. Ich weiß dann einfach nichts zu sagen.

Nun ist es aber nicht so, daß Constance die ersten Lebensjahre der Kinder ausschließlich damit zugebracht hätte, ihre verwegenen Cowboyposen und ihre sonnengoldenen Locken zu bewundern. Von dem Tage an, da sie Bonnie aus der Klinik mit nach Hause brachte, schien mir der Eckstein ihrer Philosophie der Kindererziehung in der Überzeugung zu bestehen: Wenn ich mich nur gründlich genug sorge, *könnte* vielleicht alles gutgehen... Mit dem Ergebnis, daß sie heute, nach fast vierzehn Jahren unbeirrbarer Besorgtheit, die ganze Welt mit anderen Augen sieht als andere Leute. Sie hat jede Menge Visionen. Man braucht schon viel Geduld mit ihr. Wo Sie und ich einen klaren, ruhig dahinplätschernden Fluß und einen guten Picknickplatz sehen, sieht sie ein ertrinkendes Kind oder zumindest bloße Füße und zerbrochene Flaschen. Und als diese Bohnenstange von nebenan geboren und stolz in einem Kinderwagen aus der Zeit der Jahrhundertwende umhergeschoben wurde, auf dessen Restaurierung ihre Mutter volle sechs Wochen verwendet hatte, grenzte Constances Reaktion geradezu an Wahnsinn: »Ihr müßt ihn verkaufen! Der Wagen muß weg! Die Griffe hier haben genau die richtige Höhe, um einem Kind die Augen auszustechen!«

Vom ersten Tage an nahm es fast Constances gesamte Zeit und Energie in Anspruch, die Kinder am Leben und im Vollbesitz ihrer Kräfte zu erhalten. Niemand war vor ihren Restriktionen sicher, am wenigsten ich. »Gib ihr das nicht zu essen!« »Dreh den Pfannenstiel nach hinten!« »Nimm deinen Rasierapparat da weg!« »Du darfst das heiße Wasser nicht zuerst einlaufen lassen!« Ein Glück, daß Kinder größer werden. Am Ende – und gerechterweise – werden sie selbst, die Ursache all dieser zermürbenden Ermahnungen, zu deren Opfern. »Setz dich nicht so dicht vor den Fernseher!« »Du sollst dem Hund kein Küßchen geben!« »Daß ihr mir nicht in alte Kühlschränke klettert!« »Haltet euch ja von Pennern fern!« »Mal dich nicht mit Filzstift an!« »Nicht die roten Smarties essen!« Man braucht Constance nur eine halbe Stunde zuzuhören, und schon glaubt man sich in den Libanon oder in noch gefährlichere Gegenden versetzt.

Die Kinder schien das alles nicht zu stören. Sie ließen die Flut der Ermahnungen so friedlich und unbeachtet über sich hinwegziehen wie Wolken am Himmel. Mich aber machte es verrückt. Was ich einfach nicht ertragen konnte, war Constances Inkonsequenz, die völlige Willkürlichkeit ihrer häuslichen Verhaltensweisen. Es war, als lebe man auf einer Blumenwiese voll versteckter Tretminen. An einem Tag kam man die Treppe herunter und überraschte Constance dabei, wie sie dem aufgebrachten Nachbarshund behutsam zwei Paar Gummistiefel von den Pfoten zog. »Ideen haben die Kinder! Sieht er nicht süß aus?« Am nächsten mußte man die Fenster schließen, um aus dem Garten ihr Gezeter nicht zu hören: »Wollt ihr wohl das arme Tier in Ruhe lassen! Wie oft muß ich euch noch sagen, daß ein Hund kein Spielzeug ist!« An einem Morgen blickt sie von der Zeitung auf und warnt in aller Milde: »Das Wort, das dazu paßt, wenn du die Eisschranktür vollkritzelst, heißt immer noch *nein*, Nance.« Am nächsten fegt sie wie eine Rasende durchs Zimmer, schreit und verteilt Klapse und versetzt mit ihrem Zorn alles ringsum in Furcht und Schrecken.

»Hör zu«, sage ich dann, »du kannst weder von Bonnie noch von Nance erwarten, daß sie auch nur im geringsten auf dich hören, wenn du das eine Mal überhaupt nicht darauf achtest, ob sie gehorchen oder nicht, und das nächste Mal dann völlig durchdrehst, wie eine Furie herumbrüllst und ihnen jede einzelne ihrer Untaten vom Tage ihrer Geburt an vorhältst. Ich habe dir bereits gesagt, wie ich darüber denke. Mit Kindern muß man konsequent sein.«

Ihre Hände umklammern die Tischkante, ihr Kopf senkt sich. »Du hast ganz recht, Olly. Du hast mir in der Tat gesagt, wie du darüber denkst. Ich wäre ja ein so viel besserer Mensch, wenn ich dir nur genauer zuhören würde.«

Ihre Fingerknöchel werden weiß. Der Tisch hebt sich an einer Seite, und alles, was darauf steht, saust zu Boden.

»Du aufgeblasener Widerling! Du kannst mich mal mit deinen ewigen Erziehungsratschlägen! Mach, daß du rauskommst, Oliver Rosen! Verschwinde endlich! Raus hier! Raus!«

Ich frage Sie also: Wer war schuld daran, wenn sie aufgelöst und verzweifelt dastand, inmitten der Verwüstungen eines neuerlichen haarsträubenden Wutausbruchs? Ich habe sie nicht darum gebeten, Kinder zu bekommen. Ich habe sie darum gebeten, keine zu bekommen – für ein paar Jahre wenigstens. Ich wollte keine Kinder. Ich war gerade erst dem einen Familiengefängnis entronnen und wollte nun nicht auf der Stelle damit anfangen, das nächste zu errichten, mein eigenes. Ich sagte ihr ganz offen, was ich davon hielt. Und ich war einfach nicht willens, mich mit billigen, vulgärpsychologischen Interpretationen aus den Frauenzeitschriften ihrer Mutter abspeisen zu lassen. Es war nicht etwa so, daß ich nicht bereit gewesen wäre, erwachsen zu werden und Verantwortung zu übernehmen. Und es war auch nicht so, daß ich stur meine Position des

»verwöhnten Mannes« und Hauptnutznießers ihrer verschwenderischen Hege- und Pflegeinstinkte verteidigt hätte. (Die waren ohnehin ein Reinfall. Alles was ich zu bekommen schien, waren ein Logenplatz für das Schauspiel eines jeden ihrer wehmütigen Blicke in vorüberfahrende Kinderwagen, endlose bittere Klagen über die Gefahren und Nachteile jeder nur denkbaren Verhütungsmethode sowie tägliche Bulletins über den potentiellen Stand ihrer Fruchtbarkeit.) Meine Abneigung gegen die Gründung einer Familie war absolut erwachsen und absolut legitim. Ich hatte anderes mit meinem Leben vor. Ich wollte mich nicht binden.

»Du bist gebunden, Oliver. Wir sind verheiratet.«

»Das ist nicht dasselbe.«

Ich hatte recht, nicht sie. Als Bonnie kam, zeigte sich, daß es nicht dasselbe war. Alle ihre leichtfertigen Beteuerungen von wegen sie würde »gern die Hauptarbeit machen« erwiesen sich schon in den ersten Stunden, nachdem sie frisch vernäht und tränenreich aus der Klinik entlassen worden war, als Unsinn. »Ach bitte, Olly, könntest du wohl –?« hieß es jetzt plötzlich, und »Olly, würdest du bitte –?«, und »Olly, ich kann einfach nicht –« und »Ach, Olly, *bitte* –« Sagen Sie mir nicht, mein Gesichtsausdruck, über den sie sich ständig ausließ, sei der eines erwachsenen Mannes gewesen, der sich ärgert, weil er von einem schreienden sechspfündigen Säugling entthront worden ist. Das stimmt einfach nicht. Mein Gesichtsausdruck war der eines Mannes, der sich bemüht, eine Lösung für das Problem einer Begründung der Kategorientheorie zu finden und zum x-ten Mal an diesem Morgen aufgefordert wird nachzusehen, wer an der Haustür ist, eine Windel herunterzuwerfen, ans Telefon zu gehen oder das Baby zu halten. Manchmal denke ich, wenn ich für jede von Constances Bitte-Olly-es-dauert-nur-einen-Moment-Unterbrechungen nur zwanzig Minuten Ruhe und Frieden gehabt hätte, dann hätte ich heute den Beweis für Fermats letztes Theorem erbracht.

Meine Arbeit erfordert Konzentration. Und Zeit. Ich kann dabei nicht einfach geradlinig in einer Richtung denken und an jeder beliebigen Stelle kurz unterbrechen. Die Ideen, an denen ich arbeite, sind nahezu grenzenlos komplex. Es ist wie Kartenhäuser-Bauen. Jede Karte ist Teil der Idee und muß, während das Haus langsam und präzise konstruiert wird, ständig im Auge behalten werden. Rutscht auch nur eine einzige Karte weg, fällt das Haus in sich zusammen, und man muß fast ganz von vorne anfangen. Wie soll man das schaffen, wenn einem jemand zuruft, man solle die Katze oder den Kohlenmann hereinlassen, Babys Schmusedecke suchen oder dem Milchmann sein Geld geben? Kein Wunder, daß ich mich zu guter Letzt in der Wäschekammer verbarrikadierte.

Womit ich diesem Ritter Lanzelot das Terrain überließ. Er versteht es wunderbar mit Kindern. Ein Glück, daß er ein so gesetzestreuer Bürger ist, denn ich kann Ihnen sagen: Sollte die Polizei je gezwungen sein, eine Akte über Alasdair Huggett anzulegen, dürfte es ihr außerordentlich schwerfallen, hier in der ganzen Straße mehr als dieses eine Faktum über ihn herauszufinden.

»Und was können Sie uns über diesen Mr. Huggett sagen?«

»Er versteht es wunderbar mit Kindern.«

Und mit anderer Leute Frauen. Er schien seine Tage damit zuzubringen, an meinem Boiler zu lehnen und meine Constance davon abzuhalten, daß sie sich (oder gar den Kindern) die Kehle durchschnitt. Dabei konnte er auf seine ruhige Art durchaus auch sehr direkt sein. Ich habe ihn ganz ungeniert Dinge sagen hören, für die Constance mir auf der Stelle den Hals umgedreht hätte. Einmal zum Beispiel, als ich herunterkam, um mir eine Tasse Tee zu holen. Constance stand am Fenster und drehte ihre Geranie in dem großen Blumentopf hin und her. »Die sieht ein bißchen angeschlagen aus, was, Ally?«

»Du hast wohl eine Weile auf sie eingeredet.«

Hätte ich das gesagt, wäre ich ein toter Mann gewesen. Von ihm aber ließ sie sich alles sagen. Die beiden vertrödelten Stunden damit, sich über das Mulchen von Rhabarber oder die Bekämpfung des Sternrußtaus und dergleichen mehr zu unterhalten. Zweifel, ob es sich noch immer um eine rein gärtnerische Freundschaft handelte, kamen mir dann aber doch, als ich eines Tages aus dem Fenster blickte und sah, daß Ally hinten im Garten in riesigen grünen Lettern das Wort CONSTANCE gepflanzt hatte: C für Chicorée, O für Oregano, N für Nieswurz, S für Spinat...

»Was ist zwischen dir und Ally?«

»Nichts. Ich mag ihn, das ist alles. Macht es dir was aus?«

»Was magst du an ihm?«

»Alles. Er ist ein netter Kerl. Er schaut nicht auf die Uhr, wenn er um die Mittagszeit kommt und uns alle noch im Nachthemd vorfindet. Er macht kein finsteres Gesicht, wenn er vom Stuhl aufsteht und feststellt, daß er den ganzen Hosenboden voll zerquetschter Ananasstücke hat. Und er bemerkt es, wenn das Haus frisch geputzt ist.«

»Da hab' ich aber mehr zu bieten. Ich merke gar nicht, wenn es schmutzig ist.«

Sie gönnt mir ein Lächeln, was selten vorkommt.

»Das ist auch wirklich lieb von dir.«

Ich weiß, es ist dumm, aber ich kann nun mal nicht anders.

»Es ist nicht *lieb* von mir, Constance«, belehre ich sie, »es ist ganz einfach die Wahrheit. Weißt du, was dein Problem ist? Immer wenn ich etwas sage, was du gern hörst, dann sagst du, wie lieb ich bin, und wenn ich etwas sage, was du nicht gern hörst, dann heißt es, ich sei gräßlich. Du verstehst einfach nicht, daß das alles gar nichts mit mir zu tun hat. Was du hörst, ist einfach die Wahrheit, Constance. Die Wahrheit. Die *Wahrheit*.«

Das Lächeln ist verschwunden, klar.

»Ach, sei doch still, Olly! Verzieh dich!«

Aber am nächsten Morgen versuchte ich es noch einmal.

»Was ist denn so Besonderes an diesem Ally?«

»Er redet mit mir.«

»Ich rede auch mit dir.«

»Nein, das tust du nicht. Nicht so wie Ally.«

Ich nahm meine Kaffeetasse, ging zur Tür und ahmte dabei die ruhigen, freundlichen Töne nach, die durch die Rohre zu mir herauf drangen: »Soll ich dir sagen, was dieses Jahr wirklich schön blüht...?« Sie lachte, trat zu mir und schlang von hinten ihre Arme um mich. Ich drehte mich um und gab ihr einen Kuß. Wir hätten ins Bett gehen können, wenn Bonnie nicht gerade Illustriertenfotos ausgeschnitten und sich dabei mit der Schere hätte erstechen können und wenn Nance nicht gerade mit Knetmasse hantiert und daran hätte ersticken können. Nein, keine Chance fürs Bett. Constance blieb also in der Küche, um den Todesengel ein paar Stunden länger von unseren Kindern fernzuhalten, und ich ging wieder nach oben. Aber ich dachte über ihre Worte nach. Sie hatte recht. Ich sprach nicht mit ihr. Nicht so wie Ally. Es liegt mir nicht. Ich kann einfach nicht stundenlang über Pfirsichfäule daherreden, über Krawalle in der Innenstadt oder über die Frage, ob der Papst in der Dritten Welt mehr Schlechtes als Gutes bewirkt. Wer so aufwächst wie ich, mit Leuten, die nur darauf warten, jedes Wort, das man sagt, zu zerpflücken, der lernt, nicht einfach leichthin auszusprechen, was er denkt. Noch heute bin ich nicht dazu imstande, auch nicht nach so vielen Jahren. Constance hat sich oft schrecklich über diese meine Unfähigkeit aufgeregt, das Feuer im heimischen Herd mit dem Brennstoff gedankenloser Äußerungen, aus denen sich Alltagsgeplauder zusammensetzt, am Flackern zu halten. Unsere Ehe war in dieser Hinsicht nichts als kalte Asche. Dennoch hat Constance nie die Hoffnung aufgegeben. Und ich habe es nie gelernt. »Was meinst du zu dieser Nordirland-Geschichte, Olly?« fragte sie zum Beispiel, gegen die Kissen gelehnt im Bett sitzend, Toast knuspernd und die Fernsehnachrichten verfolgend. »Was hältst du davon?«

Quälende Stille trat ein. Ich befand mich auf dem Prüfstand. Ich wußte es, und sie wußte es auch. Unsere ganze Ehe befand sich auf dem Prüfstand.

Schließlich – und ich wußte, daß sie mich dafür verabscheuen würde – erwiderte ich notgedrungen: »Ich weiß nicht, Constance. Ich habe nicht darüber nachgedacht.« Rückblickend kann ich kaum glauben, daß ich keine Lösung für dieses Problem gefunden habe. Mein Gott, sie suchte doch nur Zuwendung. »Ja, apropos«, hätte ich sagen sollen, »sag mir, du bist für sofortigen Truppenabzug, und ich werde mehrere Argumente dagegen anführen. Oder sag mir, du bist für eine Erhöhung der Truppenstärke, wenn dir das lieber ist, und ich werde entgegengesetzt argumentieren. Ich liefere dir jedes Argument, das du hören willst. Die Argumente sind nicht das Problem, Constance. Nur frag mich bitte nicht nach meiner Meinung, denn wie du siehst, habe ich nicht darüber nachgedacht.«

Dem guten Ally machte es nichts aus, nicht nachgedacht zu haben. Ich vernahm seine unausgegorenen Ansichten über Vergewaltigung, über Gehorsamsverweigerung, Wahlverhalten der älteren Generation, Konsumverhalten von Jugendlichen, Glas-Recycling, über Abtreibung im fortgeschrittenen Stadium und darüber, ob Knetmasse wirklich so ungiftig ist, wie auf der Packung behauptet wird. Es gab nichts, worüber Allys Meinung nicht die Rohre aufwärts drang. Und wenn ich hin und wieder meine Arbeit unterbrach, um zu lauschen, erfuhr ich auch so manches über meine Frau. Es stellte sich heraus, daß sie nicht ganz die kesse, kommunistisch angehauchte Individualistin war, als die sie sich auf Samstagabend-Dinnerpartys gern gab. Es kam mir vor, als ließen die Rohre fast faschistische Züge an ihr hervortreten. In der Tat erschienen mir ihre Ansichten über männliche Ärzte, über alte Männer, die sich pornographische Zeitschriften kauften, und über kinderlose Leute, die sich Rottweiler als Haustiere hielten, ausgesprochen intolerant, um nicht zu sagen inhuman.

Und damit standen sie wunderbar im Einklang mit ihren Ansichten über mich. Das Problem mit Constance ist: Objektives Denken ist ihr fremd. Wenn sie will, kann sie alles und jedes aus ihrer ganz persönlichen Perspektive betrachten. Und Ally ist ganz bestimmt nicht der Mann, ihr die Kehrseite einer Medaille vor Augen zu führen. Der Kerl trottelt doch nur hinter ihr her und betet den Boden an, auf den sie ihren Fuß setzt. Man könnte glauben, Lilien sprössen dort, wo sie gewandelt ist, empor. Es macht der fundamentalen Bösartigkeit seiner Ex-Frau alle Ehre, daß nach der Knechtschaft der Ehe mit ihr das Zusammenleben mit Constance eitel Sonnenschein für ihn ist. Ich fand es nicht so einfach, muß ich sagen. Und ich ärgere mich gründlich über das ständige Gejammer von wegen »Ist er nicht schrecklich?«, das da so munter die Rohre herauf tönt. Ich bin verdammt noch mal *nicht* schlimmer als die Hexe. Und was ihre Äußerung anbelangt, bald hätten wir »genau das gleiche Theater wie an Weihnachten«, so möchte ich gern wissen, was das heißen soll. Ich fand Weihnachten sehr schön. Ich dachte, alles sei doch eigentlich ganz gut gegangen ...

Na, haben Sie mitgezählt? Nein? Aber ich. Es sind vier: vier »Probleme mit Constance«. Er hat wirklich Nerven, dieser Oliver Rosen. Nistet sich hier in meinem Haus ein – es ist inzwischen mein Haus – und stopft meine Kissenbezüge bis obenhin mit Beschimpfungen voll. Besonders übel nehme ich ihm die Passage, in der er behauptet, ich sähe die Dinge ausschließlich aus meiner ganz persönlichen Perspektive. Er muß gerade reden! Wenn hier jemand eine schiefe Weltsicht hat, dann Olly. Denken Sie nur an all das, was er in der Großen Autobiographie, der sein langer (kostenloser) Aufenthalt hier angeblich gewidmet ist, nicht einmal erwähnt. Die schreckliche Zeit vor unserer Heirat, als wir uns ständig stritten? Kein Wort darüber. Unsere triste, grauenvolle Hochzeit? Auch sie taucht nirgends auf. (Vielleicht hat er's vergessen – der Glückliche.) Verliert er auch nur ein Wort über Solly, außer daß er beiläufig erwähnt, er sei tot? Nein, keine Rede. Er hat ihn ebenso unterschlagen wie andere, unbedeutendere Dinge, zum Beispiel den Tag, an dem er Vater wurde. (Stellt euch vor, Leute, als Bonnie zur Welt kam, dachte er, sie sei kleinwüchsig. Nein, allen Ernstes: Er war überzeugt, sie sei kleinwüchsig. Es stellte sich heraus, daß er noch nie auch nur einen flüchtigen Blick auf das Foto eines Neugeborenen geworfen hatte. Er ging einfach davon aus, daß sie genauso groß und frisch und rosig aus dem Mutterleib kämen wie diese strammen Brocken, die in ihren Buggys festgeschnallt vor Woolworth stehen und an ihrem Milky Way nuckeln.)

Überrascht hat es mich allerdings nicht, daß Olly alle Geburten und Todesfälle einfach ausgeblendet hat. Der Ärmste hat eine panische Angst vor Anfang und Ende des Lebens, er haßt deren bloße Erwähnung und kann es nicht ertragen, auch nur eine Sekunde lang darüber nachzudenken. Aber es hat nun mal keinen Sinn, herzugehen und anderer Leute Kissenbezüge mit überlebten Klagen darüber vollzustopfen, daß man hin und wieder gebeten wurde, ans Telefon zu gehen oder eine saubere Windel herunterzuwerfen. Niemand kann wirklich glücklich sein, wenn er die Dinge nicht so sieht, wie sie nun mal sind. Und so wird Olly auf dieser Erde niemals glücklich sein, es sei denn, er findet sich mit zwei simplen Tatsachen ab. Erstens: Alles hat irgendwann ein Ende, für jeden, auch für den Herrscher des Mars. Und zweitens: Es werden immer noch Leute lebendig herumlaufen, wenn er längst mausetot und begraben ist.

Aber er ist nicht der einzige Vertreter seines Fachs, der es nicht fertigbringt, ein paar unliebsamen Wahrheiten ins Auge zu sehen. Vermutlich sind die meisten Philosophen aus genau dem gleichen Holz geschnitzt. Freunde der Weisheit? Daß ich nicht lache! Von allen, die ich kenne, war die Hälfte einfach jämmerlich. Jämmerlich! Kaum daß sie in der Lage waren, sich die Schuhe zuzuschnüren. (Aber in philosophischen Kreisen gehört es ja zum guten Ton, herumzulaufen und nicht zu merken, daß einem jemand von hinten die eigene Strickjacke auftrennt. Es gilt als ein Zeichen von Intelligenz. Und wer wirklich begabt ist, der wird vielleicht eines Tages zu einem ihrer Helden: unfähig, in den richtigen Zug einzusteigen oder sich ein Spiegelei zu braten.) Ich meine, ehrlich gesagt, der ganze Verein müßte eine große gemeinsame Anstrengung unternehmen, um ein bißchen was aus sich zu machen, oder aber er müßte seine Berufsbezeichnung ändern, bevor er der Unlauterkeit bezichtigt wird. Was ist denn so philosophisch daran, so zu leben, wie sie es tun, außerstande, als selbstverständlich hinzunehmen, was für jeden anderen Menschen auf diesem Planeten klar auf der Hand liegt? (*Hinzunehmen*, verstehen Sie, als etwas *Gegebenes*.)

Der ganze Quatsch von wegen »Woher weiß ich, ob der

Stuhl, auf dem ich sitze, wirklich existiert?« geht mir entschieden auf die Nerven. Oliver hat meine Mutter damals angeschnauzt, als Bonnie auf dem Klo herumgealbert hat, aber ich stand, um ehrlich zu sein, auf Mums Seite. Ich möchte nicht, daß meine Töchter so aufwachsen wie Oliver. Zeigen Sie mir auch nur einen Philosophen, der sich nicht eine Tüte so tief über den Kopf gestülpt hat, daß er kaum noch das Tageslicht sehen kann! Es ist ja wohl kein Zufall, daß fast alle Philosophen Männer sind. Frauen haben viel zuviel gesunden Menschenverstand, um sich über längere Zeit mit dergleichen abzugeben. Nach einer Weile haben sie die Nase voll und wenden sich sinnvolleren Dingen zu, es sei denn, sie sind darauf erpicht, sich selbst versehentlich in Brand zu stecken oder Zeit und Raum um sich her zu vergessen. Nein. Für Philosophen hab' ich nicht viel übrig. Im Augenblick bin ich gebunden, aber wenn Ally sich je mit der Heckenschere enthaupten und ich mich nach einem anderen Mann umsehen sollte, dann werde ich mein Heil bestimmt nicht wieder in der Ehe mit einem Philosophen suchen.

Nicht daß ich es bereut hätte, Olly geheiratet zu haben. Reue ist sinnlos. Die Dinge passieren nun mal. Als ich Oliver heiratete, war ich zwanzig, und ich glaube, ich kann ehrlich sagen, daß er mein Ein und Alles war und daß ich ihn abgöttisch liebte. Als Bonnie geboren wurde, liebte ich ihn immer noch, aber nicht mehr abgöttisch, und mein Ein und Alles war er auch nicht mehr. Ich hatte nie genug Gelegenheit, mit ihm zusammenzusein und unsere Beziehung zu pflegen, denn er saß fast immer über seiner Arbeit. Allerdings kann ich nicht sagen, man hätte mich nicht gewarnt.

Ich habe mir die Suppe selber eingebrockt. Es ist ganz allein meine Schuld. Ich hätte so gescheit sein sollen, die ganze Sache abzublasen, und zwar am Tag vor unserer Hochzeit, als ihm »eine nette kleine Idee zur intuitionistischen Analyse« kam, die er noch ausarbeiten wollte, bevor er (man höre!) »eine ganze Woche für einen Urlaub verplempern« würde.

Nachdem wir geheiratet hatten, ging es rapide abwärts. Wir verbrachten kaum noch Zeit miteinander, und wenn wir es taten, dann schien er in Gedanken immer ganz woanders. Er war natürlich sehr beschäftigt. Wenn er nicht seine eigenen Thesen bewies, dann bewies er sich selbst, daß er anderer Leute Thesen zu beweisen imstande war. Und wenn er sich zu sehr erhitzte, um solche Probleme noch effektiv lösen zu können, dann spielte er zur Beruhigung ein paar Stunden Klavier. Danach kam es vor, daß er mir anbot, ein wenig Zeit mit mir zu verbringen. Da war ich dann aber bereits überzeugt, daß er es nur tat, weil er sich übernommen hatte, und saß längst im Schmollwinkel. Im übrigen fand ich es nicht einmal besonders angenehm, mit ihm zusammenzusein. Ich hatte immer das Gefühl, daß ihm noch irgendein kleines Problem im Hinterkopf herumspukte. Oder ich verdächtigte ihn, mich nur zu Erholungszwecken zu benutzen: In der Zeit, die er mit mir verbrachte, sammelte er sozusagen neue Kräfte, bevor er sich wieder in seine geistigen Schlachten stürzte. Ich hatte nie den Eindruck, daß Oliver einfach nur mit mir *zusammensein* wollte. Immer wollte er mit mir spazierengehen (das klärt die Gedanken) oder Marmelade kochen (etwas Nützliches tun) oder ins Bett gehen (da du schon mal da bist). Allmählich hatte ich davon die Nase voll, und außerdem hatte ich ein Baby.

Daran war meine Mutter schuld. Sie wußte, daß Oliver von der Idee nicht gerade begeistert war. Ich hatte es ihr gesagt. Aber sie meinte: »Ach was, mach dir keine Gedanken! Wenn es erst auf der Welt ist, wird er es auch liebhaben. Ich weiß, im Moment glaubt er, er will kein Kind, aber wenn das kleine Persönchen erst einmal da ist, wird er seine Meinung schon ändern.«

Besten Dank, Mutter, mein Kompliment. Ich würde dir das nie so ins Gesicht sagen, aber von den Ratschlägen, die du mir im Laufe der Jahre gegeben hast, waren eine ganze Menge doch recht zweifelhaft. Dieser aber war mit Abstand der schlechteste. Mit Abstand! Denn als Oliver sagte, er wolle keine Familie, da hat er es auch so gemeint. In seinen Kissenbezug-Memoiren hat er allerdings vergessen zu erwähnen, daß ich ebenso klar gesagt habe, daß ich eine Familie *will. Und* daß ich ihm freigestellt habe zu gehen. Aber das wollte er auch nicht. Mit nichts ist er zufrieden. Es tut mir ja leid, daß ich nicht erkannt habe, welche Fron und Frustration es für Seine Gnaden bedeutete, profane Vaterschaft auf sich zu nehmen. Aber versuchen Sie sich mal in meine Lage zu versetzen. Es ist nicht eben angenehm, sich an der Seite eines Mannes durch neun Monate der Schwangerschaft zu schleppen, der durch jede seiner Äußerungen (oder deren Ausbleiben) unmißverständlich kundtut, daß es ihm lieber wäre, die ganze Sache erwiese sich als ein schrecklicher Irrtum, und dieser kleine Mond aus Fleisch und Blut, den seine Frau im Leibe trägt, würde ebenso sang- und klanglos wieder untergehen, wie er aufgegangen ist.

Oliver hegte die düstersten Gedanken, das war deutlich zu sehen. Die Tatsache, daß neues Leben in mir sproß, erfüllte ihn mit Todesängsten. Brachte man ihm seinen Tee oder seinen Kaffee nach oben (wenn man Olivers Darstellung liest, könnte man glauben, er hätte nie welchen bekommen), war offenkundig, daß er dem bevorstehenden freudigen Ereignis auch nicht im entferntesten mit Gelassenheit entgegensah. Er schaute mich weder an noch sprach er mit mir, außer um ein Danke für den Tee in seinen Bart zu murmeln. Er hielt den Kopf gesenkt und starrte auf die schwarzen kleinen logischen Symbole, die seine Papiere über und über bedeckten. Und dabei sah er so niedergeschmettert aus, daß seine komischen kleinen Symbole mich noch heute an herumschwirrende, sich entwickelnde Embryozellen erinnern. Man konnte deutlich sehen, was der arme Olly dachte. Faßte man ihn unters Kinn, um ihm in die Augen zu sehen, stand es darin zu lesen: Es wird länger leben als ich; es wird sich im warmen Bett mit jemandem vergnügen, wenn ich alt und einsam bin; es wird noch am Leben sein, wenn ich längst tot bin.

Die letzten Wochen sprach er überhaupt nicht mehr mit mir. Es war furchtbar. Fairerweise muß man aber sagen, daß er nicht etwa schmollte. Er wurde nur immer unsicherer und sprachloser. Ich glaube, mein veränderter Körper ängstigte und entsetzte ihn, und er fand keine Worte, wie jemand, der verzweifelt überlegt, was er einem verunstalteten Fremden sagen soll. Manchmal ertappte ich ihn dabei, wie er mich aus dem Augenwinkel betrachtete, und ich wußte genau, was er dachte. Ich war keine Schönheit mit prangendem, schwellendem Leib. Ich war scheußlich aufgebläht. Das sagte er natürlich nicht – wohlweislich. Aber ich wußte es. Er begann früher am Morgen zu arbeiten und hörte später auf, und er erfand allerlei Ausreden, warum er noch über seinen Papieren saß, wenn ich längst wohlbedeckt im Bett lag und fest schlief. O doch, wir trieben's noch, im Dunkeln. Aber es hätte mich offen gestanden nicht im geringsten gewundert, wenn nicht sein Vater, sondern er selbst mir dieses Buch mit der absurden, mit Bleistift markierten Passage unter die Nase gehalten hätte, in der es heißt, Sex in der Schwangerschaft habe zu unterbleiben, sonst könnte das arme Kind schwachsinnig zur Welt kommen.

Das alles hätte ich niemandem ein zweites Mal zumuten wollen, am wenigsten mir selbst. Beim nächsten Kind tat ich einfach so, als sei es von Alasdair. (Natürlich nicht vor Oliver. Nur vor mir selbst.) Ich überließ Ally all das Bauchtätscheln und Horchen und Bewundern, und er war wirklich gut darin. Er war ein Naturtalent. Das war noch vor der Hexe, müssen Sie wissen, als Ally noch ein einsamer, schüchterner Gärtner war, der sich am liebsten selbst auf einen guten Wurzelstock gepfropft hätte, um schöne Sorten und Blüten hervorzubringen. Ich glaube, der gute Ally hat mindestens ebensoviel Zeit wie ich damit zugebracht, sich vorzumachen, das Baby sei von ihm. Oh, er versuchte sich ganz cool zu geben. Er nahm den abgenutzten alten Strampelanzug aus dem Handkoffer, der fertig gepackt in der Ecke stand, und fragte mich: »Was erwarten Sie denn diesmal, Constance? Einen Zwerg?« Aber ich wußte, wie besorgt er in Wirklichkeit war. Nicht zufällig ging er während des letzten Monats keinen Abend mehr ins Pub und war daher auch zur Stelle, als es galt, meine Mutter zu holen, mich in die Klinik zu bringen und bei mir zu bleiben, als sich herausstellte, daß sonntags so gut wie keine Züge fuhren und Olly unmöglich rechtzeitig von der zweiten Leamingtoner Tagung zurück sein konnte.

Was Oliver schreibt, stimmt einfach nicht. Ally hat wirklich nicht seine Tage damit zugebracht, müßig an unserem Boiler zu lümmeln und seine Ansichten die Rohre hinauf zu schicken. Er war mir eine *echte Hilfe* (im Gegensatz zu gewissen Leuten, die keineswegs Tausende von Meilen entfernt sind – aber ich möchte keine Namen nennen). Man brauchte ihn nicht erst um etwas zu bitten. Er kam jeden Tag zur Teezeit durch die Hintertür hereingeschlendert und ließ den Schlüssel unseres Gartenschuppens vom kleinen Finger baumeln.

»Morgen bin ich wieder hier in der Gegend, bei den Fairways«, sagte er, hob die schreiende Bonnie aus ihrem Hochstuhl, wischte ihr mit einem feuchten Tuch die eiverschmierten Finger sauber und setzte sie dann auf den Boden. »Macht es Ihnen was aus, wenn ich meine Geräte in Ihrem Schuppen lasse?«

»Nein«, sagte ich, während er kochendes Wasser aus dem wie rasend scheppernden Teekessel in die Kanne goß und in der Zeit, in der der Tee zog, stapelweise stinkende Windeln in die untere Toilette trug, um sie provisorisch auszuspülen. »Nein, das macht mir nichts aus.«

»Soll ich noch rasch die nächste Waschmaschinenladung einfüllen?« fragte er, als er wieder auftauchte. »Kochwäsche?«

»Ach ja, bitte.«

»Bleiben Sie sitzen, sonst hört sie auf zu trinken. Ich bringe Ihnen den Tee.«

Ich weiß nicht, wie er das alles schaffte. Er war ein Engel. Ich empfand für Alasdair Huggett, was die verwundeten Soldaten in der Türkei für Florence Nightingale empfunden haben müssen. Sobald er in der Tür erschien, fühlte ich mich etwas besser. Er war kaum ein paar Minuten im Haus, schon waren die Gardinen zugezogen, Bonnie saß mit ihren Buntstiften am Tisch, ich hatte die Füße hochgelegt und ein Teetablett neben mir, und das beruhigende Rumoren einer kraftvollen arbeitenden Maschinerie erfüllte das Haus und drängte die Ränder des Chaos zurück. Wenn Ally in meiner Nähe war, fühlte ich mich den Dingen beinahe gewachsen.

»Bleiben Sie noch auf ein Glas?«

»Bleiben Sie sitzen, ich hol' mir was.«

Woher war er gekommen? War er von Feen gesandt? Und wie, frage ich Sie, kam er zu mir? Er wischte den Tisch sauber, spülte das Geschirr und lockte Bonnie ins Bad, in ihren Schlafanzug oder ins Bett. Zwei Wochen lang las er ihr täglich Rumpelstilzchen vor, ohne je ungeduldig zu werden, Teile auszulassen oder zu mogeln, indem er zwei Seiten auf einmal umblätterte. Auf Knien pulte er Knetmasse vom Küchenboden, er spülte die Milchflaschen aus und sah nach, ob etwas zum Abendessen im Haus war, bevor der Laden in unserer Straße schloß. Dann ließ er sich neben mir auf dem Sofa nieder und leistete mir Gesellschaft. Manchmal inspizierte er auch die Kratzer, die Bonnie tagsüber davongetragen hatte, manchmal spielte er mit Nancys Füßchen, und manchmal saß er einfach nur so da. Nie machte er eine Bewegung in meine Richtung (außer um auf die kleine goldene Sicherheitsnadel zu deuten, die ich von einem BH-Träger an den anderen versetzen mußte, damit ich wußte, auf welcher Seite ich Nance das nächste Mal anzulegen hatte). Ich schrieb diese Zurückhaltung seiner schottischen Erziehung zu und dachte, er hätte nun einmal gelernt, daß eine Ehefrau ihrem Mann gehört und daß man sie nicht anrühren darf, ebensowenig, wie man sich erlauben würde, seine Stereoanlage oder seine Bohrmaschine zu benutzen, ohne ihn vorher zu fragen. Nur einmal, ein einziges Mal, als ich an dem einzigen scheußlichen Umstandskittel, der mir noch paßte, herumzupfte und in meiner Verzweiflung sagte: »Ich kann Ihnen gar nicht sagen, wie satt ich meinen Körper habe«, da antwortete er unwillkürlich und prompt: »Dann geben Sie ihn mir.« Als ich mich aber umdrehte, um ihn ihm anzubieten, tat er so, als sei er in Bertrand Russells *Autobiographie* vertieft, die Olly auf der Sofalehne hatte liegenlassen.

»Glauben Sie das ganze Zeug hier?«

»Welches Zeug?«

Er tippte mit dem Finger auf die Seite.

»Diese Geschichte da von Bertrand Russell, wie er im Kinderwagen saß und seine Tante Agatha fragte: ›Tante, können Napfschnecken denken?‹ «

»Nein«, sagte ich, »das glaube ich nicht. Ich glaube, das ist Blödsinn.«

»Aber Bertrand Russell soll doch sehr gescheit gewesen sein. War er nicht ein großer Philosoph?«

Ich nahm Nance auf die andere Seite, bevor mir der Arm einschlief.

»Genau das schreiben große Philosophen doch, oder

nicht?« sagte ich. »Blödsinn.« Ich langte nach dem Buch und blätterte darin. »Hier«, sagte ich, »hören Sie sich das an.« Und ich gab meine Bertrand-Russell-Imitation zum besten, die Olly immer so auf die Palme bringt. »›Dann setzte ich mich aufs Rad und fuhr davon. Dies war das Ende meiner ersten Ehe.‹«

»Ist das alles? Mehr hat er dazu nicht zu sagen? Wie lange war er denn verheiratet?«

Ich blätterte ein ganzes Stück zurück.

»Viele Jahre.«

»Das glaub' ich nicht.«

»Natürlich nicht. Es ist ja auch Blödsinn.«

»Niemand kann seine Ehe so leicht beenden ...«

(Er sah so schwermütig drein, daß ich es kaum ertragen konnte.)

»Ich vielleicht schon«, sagte ich. »Wenn Oliver sich nicht allmählich ein bißchen mehr um mich und die Kinder kümmert.«

Ally betrachtete nachdenklich das süße, stupsnasige Baby, dessen Vater er so gern gewesen wäre.

»Komische Leute, diese Philosophen.« Er nahm das Buch und blätterte es von hinten nach vorne durch. »›Heiliger Strohsack!‹« las er vor. »›Der ontologische Beweis stimmt!‹« Aber der Klang seiner Stimme verriet mir, daß er sich nicht wirklich dafür interessierte.

»Sie können aber auch leidenschaftlich sein«, versuchte ich uns behutsam auf das zurückzubringen, was sich so überaus scheu in uns beiden regte. Ich nahm ihm das Buch aus der Hand. »Hören Sie zu. ›... verbrachten wir den ganzen Tag – ausgenommen die Mahlzeiten – mit Küssen, wobei von morgens bis abends kein Wort gesprochen wurde, von einem Zwischenspiel abgesehen, in dem ich *Epipsychidion* vorlas.‹ «

Er verstand den Wink nicht. Er saß da wie ein Klotz und starrte verdrossen vor sich hin.

»Genau wie andere Leute auch – in gewisser Hinsicht«, beharrte ich. »Sie nehmen sich eine Geliebte oder einen Liebhaber...«

»Einen Liebhaber?«

Kamen wir auch nur einen Schritt weiter? Nein. Ally war schockiert.

»Bertie zum Beispiel«, insistierte ich und klopfte auf das Buch. »Er hatte einen fürchterlichen Mundgeruch. Und trotzdem hatte er Geliebte.«

Ich blätterte ein paar Seiten weiter und zeigte auf eine Stelle. (Und dabei achtete ich sogar darauf, es mit der unberingten Hand zu tun.) » ›Aus rein zufälligen äußeren Gründen kam es an diesem Abend nicht bis zur letzten Erfüllung; wir waren uns jedoch darüber durchaus einig, so bald wie möglich ein Liebespaar im vollen Sinne des Wortes zu werden.‹ «

Ally schwieg.

»Vielleicht konnte sie ihr Diaphragma nicht finden«, versuchte ich das Gespräch auf eines jener Diskussionsgeleise zu zwingen, die durch schottische Erziehung so nachhaltig verbarrikadiert sind.

Ally aber war nicht minder entschlossen, es in unverfänglichere Bahnen zu lenken.

»Wahrscheinlich saß ihr Mann im ersten Stock und hat gearbeitet.«

Ich war verärgert. Ich hab' die Nase gründlich voll von diesen Männern, die sich so rührend um die Interessen ihrer Geschlechtsgenossen sorgen.

»Vielleicht hatte sie einen Blasenkatarrh«, spottete ich, »oder einen Scheidenkrampf.«

Ally schauderte steif zurück. »›*Äußere* Gründe‹, schreibt er«, gab er zu bedenken.

»Dann waren es vielleicht Polypen an den Schamlippen. Oder Filzläuse. Oder ein besonders schlimmer Prolaps.«

»Im Park schießt wieder überall der Bärenklau aus dem Boden.«

Ich weiß, wann ich verloren habe. Ich gab auf. Nur ein paar Minuten schienen vergangen zu sein, da kam Oliver aus der Wäschekammer heruntergeschlendert, wo er in aller Ruhe den Beweis für ein Lemma erbracht, ein Theorem aufgestellt oder vielleicht sogar ein Korollarium abgeleitet hatte, während Ally nicht zuletzt auch zu seinem Nutzen über das frühabendliche Haushalts-Schlachtfeld geprescht war.

»Ist noch Tee in der Kanne? Oder ist er inzwischen eiskalt?«

Ally machte sich auf den Weg. Alles, was ich gesagt hatte, hatte ihn nur verlegen gemacht, und Olivers höflich erstauntes Lächeln besorgte im Nu den Rest. Kaum war er gegangen, warf Oliver einen Blick ins Backrohr (kalt), in den Kühlschrank (nahezu leer) und dann auf mich (die ich noch immer gemütlich mit der Teetasse in der Hand auf dem Sofa saß). Er brannte sichtlich darauf, das Abendbrot zur Sprache zu bringen, wagte es aber nicht, aus Angst, angeknurrt zu werden, er solle es selbst machen.

Statt dessen eröffnete er das Gefecht an einer anderen Front.

»Ist dieser Mensch hinter dir her?«

»Nein. Nein, das ist er nicht.«

»Du scheinst dir ja ziemlich sicher zu sein. Dabei sitzt er die ganze Zeit hier herum und verbreitet sich über Kräuselkrankheit und Bärenklau.«

»Ich *bin* mir sicher. Zufällig habe ich mich ihm soeben angeboten, und die Reaktion war so ungefähr: Nein danke, Constance.«

»Scheißkerl. Soll ich hinter ihm her und ihm sein undankbares Hirn aus dem Schädel pusten?«

Statt dessen langt er nach der Teekanne. Aber die gute Absicht zählt schließlich auch.

»Du bist vielleicht ein linker Vogel, Olly!«

Er horcht auf. War das ein Kompliment? Wieder sieht er sich in der Küche um, diesmal mit etwas anderen Augen. Kein Abendessen, das im Rohr dem Gipfel der Vollkommenheit entgegenschmort. Gut. Keine interessanten Salätchen auf dem Tisch, die es vor der Katze in Sicherheit zu bringen gilt. Dafür aber eine wohlkontrolliert rumorende Waschmaschine, ein Kind, das zufrieden im Bett, und ein zweites, das nach ruhevoller Mahlzeit komatös im Körbchen liegt. (Natürlich alles Allys Werk. Aber der ist längst fort.)

»Wenn ich ein linker Vogel bin, wie wär's dann jetzt mit etwas vögeln, Constance?«

»Warum nicht?«

»Dann komm.«

»Okay.«

Auf der dritten Treppenstufe bleibe ich stehen und frage, an Olivers entschwindende Rückseite gewandt: »Liebst du mich eigentlich, Olly?«

Es dauert einen Augenblick, bis dieser Kerl sich überhaupt bequemt, sich zu mir umzudrehen.

»Natürlich liebe ich dich, Constance.«

»Das hört sich aber nicht so an.«

»Kann sein. Ich hab's nur schon so oft gesagt, daß es mir langsam auf die Nerven geht.«

Müssen andere Frauen sich so etwas auch anhören? Kein Wunder, daß sie Herz-und-Schmerz-Romane in der Handtasche mit sich herumschleppen.

»Nicht so schnell, Olly.«

»Constance, ich krieche praktisch die Treppe hinauf!«

»Ich bin *müde*! Schließlich bin ich eine stillende Mutter!«

»Du meinst, du hast dir's anders überlegt?«

Schon wird sein Ton gereizt. Hätte ich es mir bis dahin noch nicht anders überlegt gehabt, dann hätte ich es jetzt mit Sicherheit getan. Während Oliver mit finsterer Miene über mir steht, frage ich mich, was genau eigentlich in meinem Kopf vorgeht. Der Umgang mit Babys und Kleinkindern macht einen so fertig, daß man allmählich den Kontakt zu den eigenen Gehirnzellen verliert. Man muß Pausen machen, stützt sich aufs Geländer wie ein armes altes Mütterchen im letzten Stadium der Alzheimerschen Krankheit und versucht verzweifelt, wenigstens so weit zu den noch verbliebenen grauen Zellen vorzudringen, daß eine Sonde eingeführt werden kann. »Na, Jungs, wie sieht's aus bei der Lady? Was macht das Gehirn?« *»Nicht viel los, Sir. Scheint vor ein paar Wochen alles ein bißchen eingeschlafen zu* *sein.«* »Selbstbewußtsein?« *»Im Moment nichts davon zu sehen, Sir.«* »Energielevel?« *»Bedenklich niedrig, Sir. Praktisch auf dem Nullpunkt.«* »Sexuelle Ansprechbarkeit?« *»Nicht vorhanden.«* »Nicht vorhanden? Und was war das auf dem Sofa mit Alasdair Huggett, vor knapp zehn Minuten?« *»Keine Ahnung, Sir. Ich weiß nicht, was Sie gesehen haben – hier hat sich jedenfalls nichts getan.«* »Na gut, Jungs. Ziemlich mageres Ergebnis! Hat dieser junge Arzt in der Klinik nicht behauptet, die Frau sei gesund? Hat niemand hier was Positives zu berichten? Wie steht's mit den Hormonen?« *»Überstrapaziert, Sir!«* »Reaktionsfähigkeit?« *»Lebhaft!«* »Nerven?« *»Zerrüttet!«* »Drüsen?« *»Arbeiten zufriedenstellend, Sir! Sehen Sie mal, hier – eine Träne – noch eine – und noch eine! Eine ganze, fabelhafte Überschwemmung, Sir! Sie ist gesund und munter!«*

»Um Himmels willen, Constance, was ist denn los? Warum weinst du denn? Ich dachte, du wolltest mit nach oben!«

»Ach, sei doch still, Olly! Was weißt du schon davon, was ich will oder nicht will! Das interessiert dich doch überhaupt nicht!«

Und los geht's. Vorhang auf. Ich kenne meinen Text, und er kennt seinen. Wir haben lange genug geprobt, und so geht eine weitere großartige und überzeugende Vorstellung des jungen Ehepaares in der Bonnington Avenue 23, einer Straße, die die Ihre sein könnte, über die Bühne. Schon erstaunlich, wenn man's bedenkt. Die halbe Welt weiß, wie es weitergeht. Ich wette, alle könnten mit uns schreien und weinen, sich erniedrigen und Süßholz raspeln, während alle Tränen in Sex und aller Sex in Tränen enden. Und die andere

Hälfte würde es nicht glauben, auch wenn man ihnen den Text in die Hand drücken und das Video vorführen würde. »Nein, unmöglich. So hat er's bestimmt nicht gemeint!« »Sind Sie sicher, daß er es so gesagt hat?« »Das kann doch nicht sein!« »Da haben Sie sich bestimmt verhört!« »*Wie* hat sie ihn genannt?«

Willst du wissen, was ich denke, Oliver? Nein, vermutlich nicht. Du hast ja gerade selbst gesagt, daß du Stunden damit zugebracht hast, Bettwäsche und Matratzenschoner gegen die Rohre aufzutürmen, nur um nichts hören zu müssen. Schade, daß du nicht schon damals angefangen hast, deine Memoiren zu schreiben. Sie hätten wirklich einen guten Schallschutz abgegeben. Dieser Holly-Hobbie-Kissenbezug ist schon so gut wie voll. Es macht dir doch nichts aus, wenn ich das hier kurz mit reinstecke? Ich will es lieber nicht herumliegen lassen, sonst könnten die Kinder es finden, und ich muß jetzt schnell wieder hinunter. Es hört sich ganz so an, als ginge in der Küche gerade Hexenkrach Nr. 884 los.

4

Ich kann kaum glauben, daß ich schon so viel geschrieben habe. Ich mußte bereits auf den zweiten Kissenbezug zurückgreifen. Inzwischen ist mehr im Wäscheschrank versteckt als sich auf meinem Schreibtisch stapelt, und daran ist Constance schuld. Das Schreiben geht mir viel leichter von der Hand, wenn ich weiß, daß sie nicht mitliest. Und eine große Hilfe ist sie auch nicht, wie sich zeigt.

»Constance, weißt du, wo meine Doktorarbeit ist?«

»Wieso? Hast du sie verloren?«

»Ich hab' sie nicht ›verloren‹, Constance, ich weiß nur nicht genau, wo sie ist.«

»Wenn du sie nicht findest, Olly, dann hast du sie verloren. Das bedeutet das Wort nach allgemeiner Übereinkunft unter uns einfachen Leuten.«

Von allen ihren entnervenden Touren geht mir diese ganz besonders gegen den Strich: du, der gelehrte Schwachkopf – ich, das ungebildete kluge Kind.

»Constance, ich würde gern auf eine Predigt deinerseits verzichten und mich statt dessen mit einem brauchbaren Hinweis begnügen, den du mir vielleicht liebenswürdigerweise gewähren könntest.«

Sie legt sich mächtig ins Zeug mit ihrer Bügelei.

»Wahrscheinlich steckt sie irgendwo zwischen dem ganzen Gerümpel auf dem Dachboden. Du solltest wirklich mal gründlich ausmisten, Olly. Was ist, wenn du stirbst ...«

Typisch. Das sieht ihr ähnlich. Die Hexe verdirbt Ally mit einem Anruf den Vormittag, und prompt holt Constance zum großen Schlag gegen mich aus. »Was ist, wenn du stirbst ...« Sie weiß, daß ich das nicht hören kann. Sie weiß, daß es mich aufregt. Früher war das anders, da waren es nur Worte, ein Kürzel für all das vernünftige Kleingedruckte, das ich im Zusammenhang mit Hypotheken, Testamenten und Versicherungspolicen im Kopf hatte. »Was ist, wenn du stirbst ...«, das war für mich gleichbedeutend mit der täglichen Litanei im Fernsehen: »Was ist, wenn der Wechselkurs sinkt, Herr Minister?« »Was ist, wenn die Zinsen fallen?«

Dann starb Solly. Ich sah, wie er unterging, aber ich war immer überzeugt, er würde irgendwann wieder auftauchen und ganz der alte sein. Ich habe ihn nie tot gesehen. Finn hat seine Leiche identifiziert, als sie ein paar Tage später weiter unten an der Küste geborgen wurde. Bei der Beerdigung tat ich so, als sei ich jemand anderer, ein völlig Fremder. Jemand, den ich nicht kannte. Ich kam mir komisch vor dabei, aber es funktionierte. Die Trauerfeier war eine sinnlose Angelegenheit, und ich hielt den Blick stur vom Sarg abgewandt. Die Alpträume löste erst Constance aus – natürlich nicht mit Absicht. Aber ein paar Monate später, als sie ein Taschentuch aus dem Regal nahm, rieselte ein wenig Sand daraus hervor, und sie sagte gereizt: »Menschen sind keine Uhren. Ich mag gar nicht daran denken, daß sie trotzdem einfach stehenbleiben.«

Und in der Nacht darauf begannen meine Alpträume.

Es waren nicht wirklich Träume, denn ich schlief nicht. Ich lag wach und mußte unentwegt an Sollys Gehirn denken, an die vielen Stunden, die es im Wasser getrieben und auf dem Strand und später in der Leichenhalle gelegen hatte. Es war mir völlig unvorstellbar, daß seine ganze Kraft und Stärke abgeschaltet war. Das war aus irgendeinem Grund viel schwerer zu verkraften als die Tatsache, daß Solly nie wieder zwischen seinen Affären bei uns aufkreuzen würde, um einen Schlafplatz, eine Mahlzeit oder etwas Mitgefühl von Constance zu schnorren. Von allen meinen Brüdern war mit Solly zwar weitaus am leichtesten auszukommen, wie ich fand, aber wir standen uns, ehrlich gesagt, nicht besonders nahe. Ich war selbst überrascht, wie sehr mich der Gedanke an sein armes Gehirn, das da so leblos in seinem Schädel lag, entsetzte und erschütterte. Es war eine furchtbare Zeit. Bis zu dem Tag, an dem meine Alpträume begannen, hatte ich nie verstanden, weshalb Leute wie Constances Mutter sich zu Lebzeiten Gedanken darüber machten, was nach ihrem Tod aus ihnen werden würde. Beerdigung, Einäscherung – was spielte das für eine Rolle! Und nun lag ich plötzlich zum ersten Mal in meinem Leben Nacht für Nacht wach und schleuderte bis zur Erschöpfung eine zusammengeknüllte Papierkugel rationalen Denkens nach der anderen gegen das grauenerregende Bild von Sollys stillem, starrem Gehirn. Dabei kann ich froh sein, daß mir noch schlimmere Phantasiebilder gnädig erspart blieben. Das Gewebe hat sich vermutlich frisch gehalten, zunächst durch die konservierende Wirkung des Salzwassers, später dank städtischer Kühlung. Ein Glück, daß er verbrannt wurde, kann ich Ihnen sagen! So wie ich heimgesucht wurde, hätte ich ihn, wäre er begraben worden, wieder ausgraben und aus den weichen, gefräßigen Maden ein Feuerchen machen müssen. »Hör zu!« Ich weiß noch, wie ich die arme Constance in einer pechschwarzen Nacht wachrüttelte. »Sollte ich sterben – Wach auf, Constance! Hör mir zu! Sollte ich sterben –«

Die Bettdecke bewegte sich. Die krasse Brutalität ihrer Antwort hatte seltsamerweise fast etwas Tröstliches.

»Du meinst, wenn du einmal stirbst, Olly ...«

Manchmal muß man einfach Kompromisse schließen.

»Sollte ich *zuerst* sterben, Constance, dann versprich mir, daß du mich sofort und ohne Umstände mit Haut und Haar verbrennen läßt. Du mußt jemanden bestechen, damit er die Papiere so manipuliert, daß ich als erster drankomme. Tu, was du kannst, und sorg dafür, daß auch das kleinste Fitzelchen von mir verbrannt wird. Vor allem mein Gehirn.«

Jetzt war sie natürlich hellwach.

»Dann gib jetzt was von deinem Körper her, als Anzahlung.«

»Constance, ich meine es ernst.«

»Ich auch ...«

Was geht nur in den Frauen vor? Ist ihre Toleranzschwelle für Langeweile so niedrig?

»Laß das. Nimm deine Hände weg, bitte. Ich bin nicht in Stimmung.«

»Komm schon, Olly, schließlich hast du mich aufgeweckt.«

Stimmt.

»Also gut, aber nur, wenn du's mir versprichst. Versprichst du's mir?«

»Ich versprech's dir, Olly.«

»*Was* versprichst du mir?«

(Nur zur Kontrolle; das ist wichtig.)

»Daß du verbrannt wirst, noch bevor du kalt bist. Du kannst dich auf mich verlassen.«

Ihre warmen kleinen Hände hatten ohnehin schon fast gesiegt. Auf Constance ist hundertprozentig Verlaß. Verspricht sie Ihnen sofortige Verbrennung, dann kriegen Sie die auch. Sie arrangiert alles, das war schon immer so. Ich brauchte nicht einmal zu befürchten, daß sie meine nächtlichen Anwandlungen einfach als Spinnerei abtun würde. Alle Schrecken der Nacht sind für Constance durchaus real. Wie oft mußte ich, aus tiefstem Schlaf gerissen, eine zitternde Constance festhalten, den Exorzisten spielen und ihr dann das ganze Frühstück über zuhören, wenn ihre Ängste in bezug auf überfahrene, verlorengegangene oder in spitze Nägel gefallene Kinder praktisch Wort für Wort noch einmal aus ihr hervorbrachen. Dem notorisch Besorgten bringt das Tageslicht keine Linderung. Zumindest aber respektiert er anderer Leute Ängste gleichermaßen.

Das alles hört sich ausgesprochen krankhaft an. Blicke ich aber auf die Jahre zurück, als die Kinder noch klein waren, erscheinen sie mir in der Tat als ein einziges großes schwarzes Loch des Elends und der Erschöpfung. Es mögen nur ein paar kurze Jahre gewesen sein, aber sie schienen sich endlos hinzuziehen. Die Einzelheiten habe ich zum Glück vergessen. Würden Sie aber insistieren, kämen zweifellos ein paar Erinnerungen an die Oberfläche. Erinnerungen an quälende Frustration, Feindseligkeit, Groll, Verzweiflung. Ich liebte Constance nicht so und kümmerte mich nicht so um sie, wie ich es hätte sollen. Weshalb sonst schwebte sie ständig in tausend Ängsten, trank weit mehr, als ihr offensichtlich guttat, schluckte sogar, wenn es ganz schlimm kam, all die Pillen, die ihr dieser Idiot von Arzt verschrieb, und zerstörte damit vollends das labile Gleichgewicht, das sie sich noch bewahrt hatte. Ich hielt still, aber es nützte nichts. Sie brauchte mehr als das. Und wieder hatte ich nicht mehr zu geben. Doch auch sie liebte mich nicht so, wie sie es hätte sollen. Wie kann man jemanden lieben und ihn zugleich Tag für Tag schmähen, auf seinen Schwächen und wunden Punkten herumhacken, kein gutes Haar an ihm lassen? Ich sehe mir die Fotos an, die noch immer in der Küche an der Wand hängen: ich, wie ich Bonnie im Sportwagen auf das eine Ende einer Wippe schiebe; Constance, wie sie mit Nance, die in einer gesprungenen Porzellanschüssel sitzt, Backe-backe-Kuchen spielt. Wir sehen nicht einmal unglücklich aus. Das ist mir ein Rätsel, denn wir *waren* unglücklich. Es ging mal besser, mal schlechter, aber gut ging es nie. Darin waren wir uns einig, denn als in einer unserer Paartherapie-Sitzungen der Therapeut aus heiterem Himmel fragte: »Und was ist mit den guten Zeiten?«, da empfand ich fast Mitleid mit Constance, als sie mich hilfesuchend ansah. Auch ich konnte mich an keine guten Zeiten erinnern.

Nun sagen Sie mir: Was um Himmels willen stimmt denn nicht mit uns? Warum werden wir so gestraft? Warum kann ich nicht ewig leben – mehr will ich doch gar nicht! Warum konnte Constance nicht glücklich sein? Eine gute Ehe hat sie sich mehr gewünscht als ein angenehmes Leben, ein hübsches Gesicht oder ihren Anteil an meiner dynamisch anzupassenden Pension. Warum war das nicht möglich? Was ist falsch gelaufen? Den einzigen Anhaltspunkt liefert mir eine Episode in einem Restaurant namens Blauer Himmel Chinas, als plötzlich eine Schüssel mit Glücksplätzchen vor Constance niederschwebte. Alle Kinder am Tisch streckten natürlich sofort die Hände danach aus, aber der Kellner schwenkte sie elegant außer Reichweite. Kein Zweifel, er hatte Constance ausersehen. Von den achtzehn Personen am Tisch war sie diejenige, die sich als erste ihr Plätzchen mit dem eingebackenen Schicksalsspruch aussuchen sollte.

Ihr endloses Zaudern ging allen auf die Nerven. Man hätte meinen können, es gehe um Leben und Tod. Als aber ihre Hand sich schließlich in die Schüssel senkte, war klar, auf welche der knusprigen Plätzchen-Hüllen sie es abgesehen hatte. Wir schauten ihr zu, wie sie sie aufknackte und den kleinen Zettel entfaltete. Ich kenne meine Constance in- und auswendig; hätte der Kellner nicht noch hinter ihr gestanden, hätte sie, seinen chinesischen Akzent nachahmend, laut vorgelesen: »Was du am stärksten auf der Welt begehrst, wirst du bekommen. Was du am zweit- und drittstärksten begehrst, das wirst du nicht bekommen.«

Die Kinder rätselten daran herum, während unsere älteren Tischgenossen nur lächelnd die Schultern zuckten. Constance aber war außer sich und blickte starr zu mir herüber.

»Oh, Olly! Ist es das?«

Mag sein. Keine Ahnung. Ich bin kein Philosoph von dieser Sorte. Aber wenn ich mich so umsehe, muß ich sagen, daß die Theorie mit den Tatsachen zusammenzupassen scheint. Niemand kann alles haben. Denken wir nur an den armen Ally, er ist das beste Beispiel dafür. Man brauchte nur etwas von seinem Telefonat mit der Hexe heute morgen aufzuschnappen, und man wußte sofort, daß hier ein guter Mensch im Innersten zerrissen wird, weil er für die Erfüllung eines seiner Herzenswünsche mit der Nichterfüllung eines anderen in Naturalien bezahlen muß. Selbst ich, der ich doch kaum der Hauptnutznießer seiner ehelichen Spaltung bin, warf ihm unwillkürlich einen mitfühlenden Blick zu, als ich mich an ihm vorbeischob. Der arme Kerl war bereits sichtlich in Bedrängnis.

»Erzähl mir nicht, du hättest meinen Zettel nicht gelesen, Stella! Ich weiß, daß du ihn gelesen hast, dafür hab' ich gesorgt. Ich hatte ihn an den Scheck geheftet!«

Kurze Pause. Allys Gesichtsausdruck verriet, daß die Hexe am anderen Ende der Leitung unentwegt weiter über den geringen Betrag oder das späte Eintreffen des Schecks zeterte.

»Gibt's Ärger wegen des Geldes?« fragte ich Constance freundlich und hielt ihr meine Kaffeetasse hin.

Sie zuckte die Schultern. »Nicht mehr als üblich.«

Ich warf einen Blick zu Ally hinüber, der offensichtlich auf eine vernichtende Niederlage zusteuerte.

»Sie kriegt doch hoffentlich nichts von dem Geld in die Finger, das du von *mir* bekommst.«

Constance ließ absichtlich den Kaffeesatz in meine Tasse laufen.

»Um Geld geht es heute nur am Rande«, erklärte sie frostig. »Das eigentliche Thema sind die Ferien.«

»Ferien? Wollt ihr denn in Ferien fahren? Davon hast du mir gar nichts gesagt!«

Constances Gesicht nahm plötzlich den gleichen verdrossenen Ausdruck an wie Allys Gesicht am Telefon. Dem wollte ich mich nicht aussetzen. Meinen Kaffee hatte ich bekommen, also verließ ich den Raum.

Auf der Treppe saß Nance mit der Katze im Arm. Im Vorübergehen sagte ich zu ihr nicht mehr als: »Ich hab' gehört, ihr fahrt in Ferien.«

Sie wurde aschfahl und starrte mich aus schreckgeweiteten Augen an.

»In Ferien? Nein! Ich will nicht in Ferien fahren! Nein!«

Sie ließ die Katze los, schoß auf die Küchentür zu und stürmte hinein.

Ein solcher Gemütszustand sah meiner ruhigen, ausgeglichenen Nance gar nicht ähnlich. Ich hörte, wie sie in höchster Aufregung Constance attackierte.

»Dad sagt, du willst mit uns in Ferien fahren! Aber als er noch nicht da war, hast du mir versprochen, daß wir nicht in Ferien fahren! Du hast mir's *versprochen*!«

Ich war gerührt. Obgleich mir weiß Gott klar war, daß ein bißchen Ruhe und Frieden meiner Autobiographie nur guttun konnten, fand ich es doch unüberlegt und rücksichtslos von Constance, während meines Aufenthaltes einen Urlaub mit den Kindern einzuplanen. Die Neugier trieb mich an die Küchentür zurück.

Ally hatte das Telefonkabel bis zum äußersten langgezogen und versuchte, den Tiraden der Hexe zu folgen, während er gleichzeitig Nance vom Bügelbrett wegriß. Constance stellte eilig das zischende Bügeleisen auf den Boden.

»Aber Liebes! Keine Angst –«

»Keine Angst!« schrie Nancy wütend. »Keine Angst! Das hast du an Weihnachten auch gesagt!«

Noch nie hatte ich Nancy so außer sich gesehen. Als Constance nach ihr griff, riß sie sich los. Als ich nach ihr griff, schüttelte sie mich ab und rannte aus der Küche. Ihr Schreien hallte im ganzen Haus wider, als Constance sich an mir vorbeischob und ihr die Treppe hinauf nachstürzte. Ich hätte gern Ally gefragt, was in aller Welt das zu bedeuten habe und was dieses dauernde Gerede von Weihnachten eigentlich solle, aber er war beschäftigt.

»Nach Pontypridd?« brüllte er ins Telefon. »Für *fünf* Wochen? Da bleibt ja gerade noch eine einzige läppische Woche für uns! ... Stella, du weißt ganz genau, was ich mit ›einer läppischen Woche‹ meine ... Du bist dermaßen rücksichtslos und egoistisch ... Schließlich bin ich immer noch sein Vater ... Nimm dich in acht, Stella, ich warne dich ...«

Doch sie hatte bereits aufgelegt.

Er drehte sich um. Seine Augen glichen glühenden Kohlen. Er murmelte etwas, das nicht mir galt, sondern ihm selbst.

»Ich bring' sie um! So wahr mir Gott helfe: Irgendwann gehe ich in meinen Garten, reiße meinen preisgekrönten Lauch heraus und stopfe ihr damit ihren verfluchten walisischen Schlund!«

Man weiß gar nicht so recht, was man zu einem Menschen sagen soll, der so in Rage ist.

»Ich wußte gar nicht, daß sie Stella heißt.«

Er starrte mich an. Er sah aus, als hätte er den Verstand verloren.

»Mein Gott, Oliver! Was weißt du schon von anderer Leute Sorgen! Hast du dich je für jemand anderen interessiert als für dich selbst?«

Unverschämtheit! So eine Frechheit! Was fiel dem Kerl ein, sich hier in meine Küche zu stellen und mich herunterzuputzen! Wäre er nicht größer als ich, ich hätte ihn niedergeschlagen, diesen Gartengorilla. Ist es vielleicht meine Schuld, daß seine Verflossene ihn so unterbuttert? Nein, ist es nicht. Und ich will Ihnen noch etwas sagen. Es gefällt mir ganz und gar nicht, wie er und seine Herzensdame, meine Verflossene, mein Verhalten und das der Hexe neuerdings in einen Topf werfen und sich damit höchst raffiniert zum Märtyrerpaar stilisieren. Ich bin nicht wie die Hexe, und sie ist nicht wie ich. Soweit ich es beurteilen kann, denkt sie, wie sie so durchs Leben segelt, ausschließlich an sich selbst. Ich dagegen hab' mir sämtliche Beine ausgerissen, um Constances Erwartungen und den Bedürfnissen der Kinder zu entsprechen. In einer idealen Welt hätte mein Leben ganz anders ausgesehen. Ich glaube, selbst Constance wird zugeben, daß ich mein Bestes getan habe. Es hat Zeiten gegeben, da war sie mir für meine Anstrengungen dankbar. Ich gab mir alle Mühe, zwang mich, nicht zu schimpfen, wenn mein Schlaf die zehnte Nacht hintereinander zuschanden gemacht wurde, ließ mir meinen Ekel nicht anmerken, wenn sich mir der Inhalt einer Windel unter die Fingernägel schob oder wenn ein Bäuerchen mir weiches Ei den Hals hinabrinnen ließ. Vielleicht hat Constance recht, und ich hätte, wenn es nach mir gegangen wäre, vorsichtige Distanz gewahrt und mich auf ein gelegentliches freundliches Kopfnicken beschränkt, bis die Kinder groß gewesen wären. Aber was soll's? Es ging nun mal nicht nach mir. (Zeigen Sie mir den Mann, bei dem das anders ist!) Und schließlich schaffte ich es auch. Ich lernte. Ich lernte, quirlige Popos einzucremen, Erbrochenes aufzuwischen und zu entscheiden, ob das, was man mir vor die Nase hielt, aufgezogen, richtig herum gedreht oder ganz schnell in ein Papiertuch gehüllt und ins Klo hinuntergespült werden mußte. Was kann ich dafür, daß ich mir im Umgang mit den Kindern meiner Sache nie sicher war? Wie hätte ich es auch sein sollen? Ich bemühte mich redlich, und unter dem Ansporn von Constances strengen Blicken wurde ich auch besser. Ich lernte, kleine krakelige Kunstwerke pflichtschuldigst zu bewundern und sie an den Kühlschrank zu heften. Ich übernahm die gräßlichsten schulischen Ehrenämter und quälte mich durch Diskussionen über das Fahrradfahren auf Hauptverkehrsstraßen, die Höhe des Taschengeldes und die Käfighaltung von Ratten. O ja, ich habe mir durchaus Verdienste erworben. Aber wie dem auch sei: Ich bin nun mal ihr Vater, und von einem Alasdair Huggett lasse ich mich nicht zur Schnecke machen. Hätte ich den ganzen Tag nichts anderes zu tun als herumzuspazieren, verblühten Stiefmütterchen die Köpfe abzuknipsen und mich über die häßlichen braunen Flecken auf den Blättern zu grämen, dann könnte auch ich ein reizender, umgänglicher Ehemann und Vater sein. Die Hexe Stella allerdings wußte seine Verdienste offenbar nicht zu würdigen ...

»Ich habe gewisse Zweifel, ob ich es so ganz ernst nehmen kann, wenn sich jemand, der nicht einmal mit seiner eigenen Ex-Frau zu Rande kommt, zu meinen persönlichen Unzulänglichkeiten äußert.«

»Mit Stella kann man einfach nicht zu Rande kommen – das heißt, *du* könntest es vielleicht.«

So, wie er das sagte, klang es fast wie eine Beleidigung.

»Willst du damit etwa andeuten, ich sei unsensibel? Dann sag mir mal, was bei deiner ganzen Sensibilität herauskommt, Alasdair. Leute wie du sind zu nichts zu gebrauchen, wenn es drauf ankommt.«

»Eben weil wir Gefühle haben!«

Das ließ ich mir nicht bieten.

»Deine kostbaren Gefühle scheinen dir auch nicht weiterzuhelfen, wenn du deinen Sohn sehen willst!«

Er fing an zu brüllen, buchstäblich zu brüllen. Er wankte durch die Küche wie ein verwundeter Riese.

»Aber vielleicht helfen sie meinem *kostbaren Sohn*!«

Daran hatte ich nicht gedacht. Vielleicht taten sie das ja wirklich. Ich muß sagen, bis zu seinem gequälten Gebrüll von eben war ich immer der Meinung gewesen, Ally mache sich zum Narren, wenn er, wann immer die Hexe eine getroffene Abmachung nicht einhielt, weil sie ihr gerade nicht in den Kram paßte, aus der Küche rannte, um auf der Hintertreppe still mit den Zähnen zu knirschen, anstatt schnurstracks zu ihr zu eilen und sie in der Luft zu zerreißen. Aber vielleicht war es gar nicht Schwäche. Vielleicht half es Ned tatsächlich, und Ally ist in Wirklichkeit ein Heiliger Narr.

Eine Rolle, in die ich für mein Teil nicht so ohne weiteres verfallen würde ...

»Du solltest *mich* hinschicken. Ich würde sie mir schon vorknöpfen.«

Nach seinem Ausbruch war er völlig zusammengesackt. Auf mein großzügiges Angebot, hinzugehen und seiner Frau in puncto einvernehmliche Ferienregelungen die Flötentöne beizubringen, ging er zwar nicht ein, aber er schien es zumindest als eine Art Friedensangebot aufzufassen. Er sank auf einen Stuhl und vergrub den Kopf in den Armen. So fand ihn Constance vor, als sie kurz darauf wieder die Küche betrat.

»Was ist denn mit Ally los? Was hast du ihm getan, um Himmels willen?«

»Ich hab' ihm gar nichts getan, er ist völlig in Ordnung. Aber apropos: Was ist eigentlich mit Nancy los?«

Constance wich meinem Blick aus. »Ach nichts. Nichts weiter. Ein kleines Mißverständnis, das ist alles. Kein Grund zur Aufregung. Es ist schon wieder gut.«

Nun kann ich nicht gerade behaupten, daß es zu Constances Gepflogenheiten gehört, mich über irgend etwas zu beruhigen. Augenblicklich schöpfte ich Verdacht.

»Was sollte dann das ganze Theater?«

»Gar nichts, Oliver. Es war ein Irrtum. Nancy geht's wieder gut, sie ist schon wieder ganz vergnügt. Kein Problem. Vergessen wir's.«

»Vergessen wir was?«

»Ach Olly, hör auf, *bitte*. Laß gut sein.«

Sie war hochrot im Gesicht, und ihre Haltung verriet verlegene Spannung. Es war deutlich, daß sie mir um keinen Preis erklären wollte, was Nancy so aus der Fassung gebracht hatte. Aber es ist nicht Constances Art, mit etwas hinterm Berg zu halten. Viel eher neigt sie dazu, schlummernde kleine Geheimnisse mit einem Ruck ans grelle

Tageslicht zu zerren. Ich konnte mir keinen Reim darauf machen. Irgend etwas stimmte nicht. Etwas war hier im Gange, das ich nicht begriff, und niemand schien besonders scharf darauf zu sein, mich aufzuklären. Die beiden boten ein merkwürdiges Bild – Ally, ein gebrochener Mann, und Constance, argwöhnisch und zugleich schützend an seiner Seite. Sie erinnerten mich lebhaft an ein viktorianisches Gemälde, etwa mit dem Titel »Zerbrochenes Heim« oder »Entschwundenes Glück«. Was mochte passiert sein, daß alle in diesem Haus so außer sich geraten waren? Es sah Constance gar nicht ähnlich, über irgend etwas Stillschweigen zu bewahren, noch sah es Nance ähnlich, Tobsuchtsanfälle zu bekommen, oder Ally, sich über die Tischplatte zu werfen – ein Bild der Verzweiflung.

Oder war es Zerknirschung?

Ich lese regelmäßig Zeitung. Und obgleich ich ein Mann von höchster geistiger Disziplin bin und diffusem Spekulieren sehr wohl Einhalt zu gebieten weiß, zog mir ein so grauenerregendes Bild durch den Sinn, daß ich nichts anderes tun konnte, als ruhig und höflich zu fragen: »Constance, könnte ich dich kurz unter vier Augen sprechen?«

»Ach Olly, hat das nicht Zeit?«

»Ich fürchte, nein.«

Sie kennt meine Untertöne so gut wie ich ihre. Ein letztes Tätscheln der breiten Schultern, und sie folgte mir aus der Küche.

Ich begann die Treppe hinaufzusteigen. Constance legte willig die Hand aufs Geländer, blieb dann aber stehen.

»Olly, ist es denn so wichtig?«

»Ja.«

Doch sie schien eine Diskussion um jeden Preis vermeiden zu wollen. »Es paßt mir im Moment gar nicht. Ich mache mir wirklich Sorgen wegen Ally.« Die Knöchel ihrer Hand, die das Geländer umklammerte, wurden weiß, und sie startete ihr übliches Ablenkungsmanöver, die wilde Attacke. »Wieso ist er in dieser Verfassung? Was war denn das für ein Gebrüll? Ich möchte wissen, was du mit der Hexe ausgeheckt hast, das ihn so fürchterlich aufregt!«

»Dafür wirst du vielleicht so gut sein«, erwiderte ich, »mir ganz genau zu sagen, was ihr beide mir verheimlicht, das Nancy so fürchterlich aufregt.«

Das trieb sie ziemlich plötzlich ein paar Stufen aufwärts. Einen Moment lang sah sie aus, als stünde sie im Begriff, mit etwas herauszuplatzen, aber dann riß sie sich sichtlich zusammen, und ihr Gesicht nahm einen zugleich aggressiven und verschlagenen Ausdruck an.

»Ich hab' dir doch gesagt«, zischte sie, »Nancy geht's wieder gut.«

»Wenn es ihr gutgeht, warum dann diese Heimlichtuerei?«

»Heimlichtuerei?«

Sie ist wie Jane Fonda – sie kann einfach nicht schauspielern.

»Heimlichtuerei, jawohl. Du willst mir keine klare Antwort auf eine klare Frage geben. Statt dessen stehen wir hier auf der Treppe und flüstern miteinander. Was ist hier eigentlich los?« Ich faßte sie am Arm und zog sie die letzten Stufen hoch. Ich schob sie in die kleine Wäschekammer, knallte die Tür zu und drückte sie gegen die Tür des Wäschetrockenschrankes.

»Was ist los?« fragte ich noch einmal. »Was druckst du so herum? Warum regt Nancy sich so auf? Und warum vergräbt dein heißgeliebter Alasdair Huggett den Kopf in den Armen? Warum sieht er so verdammt schuldbewußt aus, Constance? Antworte!«

Morgen wird sie blaue Flecken an den Armen haben. Und ich ein blaues Auge.

»Was fällt dir ein! Bist du verrückt geworden? Zur Hölle mit dir, Oliver!« Sie stürzte sich auf mich wie eine Furie. Sie zerkratzte mir das Gesicht, mein Hemd zerriß, und sogar mein Pullover bekam ein Loch.

»Ich bring' dich um, Oliver! Ich erwürg' dich! Ich geh' mit dem Schlachtbeil auf dich los! Ich schlag' dir das Gehirn zu Brei!«

Ich bin ziemlich kräftig, und doch konnte ich sie mir nur mit Mühe vom Leibe halten, bis Ally zu Hilfe kam. Es war wirklich knapp. Wäre er nicht hereingestürmt und hätte sie zurückgerissen, hätte sie mich erwürgt. Ich war bereits blau angelaufen.

»Was soll denn das jetzt wieder? Seid ihr beide denn völlig übergeschnappt?«

Er sah fast so grimmig drein wie sie, und sie konnte vor Wut kaum sprechen.

»Der Scheißkerl denkt, du und Nance –«

Die Stimme versagte ihr, und sie ging erneut auf mich los. Ally mußte ihr die Arme hinter dem Rücken zusammendrücken, um sie von mir fernzuhalten.

»Ich und Nance – und weiter?«

Er sah sie verständnislos an.

»Ja, eben!« kreischte Constance. »Nance und du!«

»Nance und ich?«

Er sah sie noch immer verständnislos an. Seine strahlende Unschuld schien sein schwerfälliges Hirn vollends blokkiert zu haben.

»Mein Gott, Ally, die Zeitungen sind doch voll davon. Du kannst dir doch denken, was der Kerl meint!«

Ich glaube, endlich dämmerte es ihm. Jedenfalls wandte er sich mir zu, und seine Augen wurden dunkel vor Abscheu und Empörung. Langsam ballte er seine Pranke zur Faust und brachte sie in Stellung.

Schnelles Denken ist nicht gerade meine Stärke. Im allgemeinen bin ich eher langsam und gründlich, aber selbst ich habe meine lichten Momente. »Constance! Was fällt dir ein! Davon hab' ich kein Wort gesagt!«

Die Faust verharrte in der Luft. Ally wartete ab. Man muß gerechterweise zugeben, daß er nicht der Typ ist, der am falschen Platz Hiebe verteilt.

Ich muß schon sagen, Angst löst die Zunge.

»Hör zu, Ally: Ich wollte einfach in Ruhe mit Constance reden, das ist alles. Und das ist meiner Meinung nach nur recht und billig. Soweit ich sehe, ist Nancy bei der bloßen Erwähnung einer kurzen Urlaubsreise völlig ausgerastet. Als ihr Vater habe ich jedes Recht, Constance nach dem Grund zu fragen. Aber solche finsteren Vermutungen sind hier entschieden fehl am Platze. Ich hatte nur den Eindruck, daß Nancy dir im Augenblick aus irgendeinem dummen, belanglosen Grund vielleicht nicht allzu wohlgesonnen ist. Das kann ja mal vorkommen. Vielleicht setzt es ihr im Moment auch ein bißchen zu, daß sie ihre Mutter nicht für sich allein hat. Da dachte ich, ich frage mal nach.«

Die Faust ist herabgesunken.

»Das war's, was du gedacht hast?«

»Wenn ich's doch sage. Ich dachte, ich hätte mich deutlich genug ausgedrückt.«

Auf Constance ist immer Verlaß, wenn es darum geht, die angebotene Friedenspfeife in den Dreck zu schleudern.

»›Schuldbewußt‹ hast du gesagt. Du hast gesagt, Ally sieht schuldbewußt aus.«

»›Sieht aus‹, hab' ich gesagt, nicht ›ist‹.«

Rückblickend glaube ich, das war mein großer Fehler. Hätte ich, anstatt ihr mit dieser Haarspalterei zu kommen, einfach den reuigen Sünder gespielt, wäre ich vielleicht ungeschoren davongekommen. Wie ich schon sagte, ist Constance ein freundlicher Mensch. Aber ich war einen Schritt zu weit gegangen, und ihr Zorn flammte augenblicklich wieder auf.

»Willst du's wirklich wissen, Oliver? Willst du wissen, *warum* Nance solche Angst hat, in Ferien zu fahren? Dann werd' ich's dir sagen. Schließlich bist du ihr Vater, wie du so scheinheilig betonst, und hast ein Recht darauf, es zu wissen. Letztes Jahr an Weihnachten –«

Allys riesige Hand legte sich auf ihren Mund und brachte sie zum Verstummen.

»Entschuldige«, sagte ich, »aber ich würde doch sehr gern wissen, was meine Ex-Frau zu sagen hat.«

Ally beugte sich zu mir herab, Constance noch immer fest im Griff.

»Glaub mir, Oliver«, sagte er, »Nancy geht's gut. Und niemand hat vor, sie oder Bonnie irgendwohin mitzunehmen. Davon war nie die Rede. Es ging einzig und allein um Neds Schulferien.«

»Und was war das mit Weihnachten?«

Constance wand sich verzweifelt, und Ally verstärkte seinen Griff.

»Nichts«, sagte er bestimmt. »Letzte Weihnachten war letzte Weihnachten. Und jetzt gehen Constance und ich hinunter, damit wir vor dem Abendessen noch ein bißchen in Ruhe unter uns sein können.«

Er schob Constance hinaus, fast auf die gleiche Art, wie ich sie hineingeschoben hatte. Pax Alasdair. Zum Glück ist er Manns genug, um auch für deren Durchsetzung zu sorgen. Wir brauchten einen Waffenstillstand, und sei es auch nur um der Kinder willen. Der Nachmittag war für Nancy nicht einfach gewesen. Aus dem Fenster sah ich sie wie benommen im hinteren Teil des Gartens umherwandern, ihre heißgeliebte Katze, der sie in die zuckenden Ohren flüsterte, fest an sich gedrückt.

Ich tat das meine und blieb hier oben in der Wäschekammer, während sich unten alles ein wenig beruhigte. Aber jetzt bekomme ich allmählich etwas Hunger. Es ist schon nach sieben. Als mir durch den Luftschacht hinter dem Wäschetrockenschrank diese seltsamen Gerüche in die Nase stiegen, dachte ich zuerst, Constance wolle mich möglicherweise vergiften. Zugetraut hätte ich es ihr. Aber dann schloß ich aus ein paar übellaunigen Bemerkungen, die durch die Rohre herauf tönten, daß sie die verschiedensten gesundheitsschädigenden Haushalts-Chemikalien ausprobierte, um den Brandfleck von ihren nagelneuen Fliesen zu entfernen. Ich werde kein Wort sagen, wenn ich in die Küche komme. Ich will mir nicht anmerken lassen, daß ich all die unschönen Dinge, die sie über mich geäußert hat, Wort für Wort mitbekommen habe. Offen gestanden sehe ich überhaupt nicht ein, wieso das Ganze meine Schuld sein soll. Sie hätte wenigstens so schlau sein können, den Bügeleisenstecker rauszuziehen, bevor sie mit mir nach oben ging.

Wo ist mein Flugticket? Wo hab' ich es bloß hingetan? Oben auf meinem Schreibtisch ist es nicht, in meiner Jakkentasche auch nicht. Bestimmt hat Constance es an sich genommen und irgendwo an einem sicheren Platz verwahrt. Wo soll ich nur danach suchen? Ich muß es unbedingt rechtzeitig wiederhaben, um das Kleingedruckte zu lesen und zu sehen, ob ich meinen Rückflug nicht eine Woche oder so vorverlegen kann. Ich halte es hier nicht mehr aus. Ich drehe langsam durch.

Die Sache ist die, daß ich einfach nicht das geringste Talent fürs Familienleben habe. Wie lange war ich jetzt unten? Etwas über eine Stunde. Es kann nicht später als neun sein, aber schon sitze ich wieder hier oben in der verdammten Wäschekammer fest, völlig durcheinander und ohne die leiseste Ahnung, was eigentlich schiefgelaufen ist. Es hatte sich doch alles so gut angelassen! Constance hantierte am Herd lautstark mit ihren Töpfen. Bonnie war in ein zerfleddertes Taschenbuch vertieft, auf dessen Umschlag grellfarbene Menstruationskalender und der vielsagende Titel *Bist du schon so weit?* zu sehen waren. Und Ally brütete still über einem abgekauten Fingernagel und sorgte sich darum, ob er Ned vor September überhaupt noch einmal zu Gesicht bekommen würde. Da sprang ich in die Bresche und versuchte, Nance mit einer kleinen Denkaufgabe aufzumuntern.

»Hör zu«, sagte ich, als sie verständnislos dreinzuschauen begann, »es ist ganz einfach. Ich erklär's dir noch mal.« Ich nahm etwas von dem Besteck, das auf dem Tisch lag, und baute zwischen den Gläsern und der Butterdose eine sich gabelnde Straße. »So«, sagte ich, »das ist die Gabel.«

Sie sah noch immer verständnislos drein. Ich zeigte auf mein Werk.

»Soweit alles klar?« fragte ich geduldig. »Siehst du die Gabel?«

»Welche Gabel?«

»Wieso, wie meinst du das?« Ich tippte auf die Tischplatte. »Die Gabel hier.«

Mißmutig sagte Nancy: »Da liegen vier Gabeln. Welche meinst du?«

Ich blickte auf den Tisch nieder. Wir redeten aneinander vorbei. Meine Straßengabel bestand hauptsächlich aus Gabeln.

Man muß die Dinge nicht unnötig komplizieren, und so griff ich mir ein paar Messer und Löffel. Ally schien dieser Usurpation seines Eßgeräts völlig gleichgültig gegenüberzustehen, aber Bonnie langte hinter ihrem Buch hervor und schnappte sich das ihre wieder.

»Tschuldigung, aber das brauch' ich.«

»Okay. Du brauchst nicht gleich einzuschnappen.«

»Und du brauchst mir nichts wegzuschnappen.«

»Und ihr braucht nicht gleich überzuschnappen«, warf Constance ein, während sie in ihren Töpfen rührte.

Ich fing noch einmal von vorne an.

»Also, versuch dich zu konzentrieren«, sagte ich zu Nance. »Neben der Gabel hier stehen zwei Engel.«

»Neben welcher Gabel?«

»Der Straßengabel.«

»Ach so.«

Kinder können nicht zuhören. Ist Ihnen das auch schon aufgefallen?

Ich versuchte, ruhig zu bleiben.

»Also, wie gesagt, neben der Gabel stehen zwei Engel. Sie sehen genau gleich aus. Die beiden Straßen sehen auch gleich aus, aber die eine führt in den Himmel, die andere in die Hölle. Der eine Engel sagt immer die Wahrheit, der andere lügt immer. Welche Straße ist die richtige?«

»Die richtige Straße wohin?«

»In den Himmel natürlich. Wer will schon in die Hölle?«

Constance murmelte etwas in ihre Töpfe, und ich Idiot fragte sie: »Wie war das, Constance?« Eine Mutter mit mehr Verantwortungsgefühl hätte sich vermutlich so weit beherrscht, »Ach nichts« zu sagen, aber Constance mußte natürlich mit zusammengebissenen Zähnen laut und vernehmlich wiederholen: »Gewisse Leute schickt man vielleicht ganz gern zur Hölle.«

Ich zog es vor, ihre Worte zu ignorieren, und wandte mich wieder Nance zu.

»Paß auf, du darfst nur eine einzige Frage stellen. Und der Engel kann nur mit ›ja‹ oder ›nein‹ antworten. Was mußt du also fragen?«

Ich lehnte mich zurück und wartete. Es ist eine sehr reizvolle kleine Denkaufgabe, und ich habe erlebt, wie ganze

Tischrunden von Philosophen sich stundenlang damit amüsierten.

»Ja?« sagte Nancy. »Was muß ich denn fragen?«

»Das mußt *du* wissen.«

»Wieso? Du weißt doch die Antwort, oder?«

»Ich weiß eine mögliche Lösung, ja.«

»Dann sag sie mir.«

»Aber du sollst sie doch selber herausfinden, das ist ja der Sinn der Sache.«

»Aber wie soll das denn gehen? Einer von den Engeln lügt doch, und keiner weiß, welcher!«

»Das ist ja das Spannende daran.«

Nancy schaute nur düster drein. Als sie aber hörte, wie Constance »Idiotisch!« in ihre Töpfe murmelte, siegte ihre töchterliche Loyalität.

»Mal überlegen. Ich würde mir eine von den Engeln aussuchen und sie fragen ...«

Jetzt blickte Bonnie erstmals von ihrem Buch auf.

»Es heißt nicht *die* Engel«, verkündete sie, »sondern *der* Engel.«

»Nicht immer«, sagte Nancy. Ein Wort gab das andere, und es entspann sich eine lebhafte kleine Diskussion, bei der selbst Ally ein wenig die Ohren spitzte und natürlich auch Constance ihre Meinung zum besten gab.

»Könnten wir uns dann bitte wieder unserem Thema zuwenden?« unterbrach ich. »Was mußt du fragen?«

Bonnie sagte gereizt: »Du weißt es doch, also sag's uns.«

»Ihr sollt es selbst herausfinden.«

Schweigen. Von Constance erwartete ich natürlich von vornherein keinen vernünftigen Beitrag, und Ally ist ohnehin ein hoffnungsloser Fall. Aber was machen eigentlich die Kinder den ganzen Tag in der Schule? Bringt ihnen denn keiner das *Denken* bei?

»Also, hört zu«, sagte ich. »Es ist ganz einfach. Ihr sucht euch einen Engel aus, zeigt auf eine der beiden Straßen und stellt folgende Frage: »Wenn ich den anderen Engel fragen würde, ob das die Straße zum Himmel ist, würde er dann mit ›ja‹ antworten?«

Niemand sagte etwas. Es war seltsam. Constance begann das Essen aufzutragen, und Ally inspizierte seine Schrammen. Bonnie wandte sich wieder ihrem Buch zu, und Nancy sah mich über den Tisch hinweg verständnislos an.

»Na?« fragte ich. »Was sagst du dazu?«

»Was ich dazu sage?«

»Ja. Was sagst du dazu? Ganz schön schlau, was?«

»Ich weiß nicht, ich hab's nicht verstanden.«

Hatte Albert Einstein Kinder? Mußte er sich bei Tisch ebenfalls mit dergleichen herumschlagen?

»Also, hör zu«, begann ich wieder. »Es ist ganz einfach.«

Constance knallte eine dampfende Schüssel vor mir auf den Tisch. Der halbe Inhalt spritzte mir in den Schoß.

»Sag das nicht noch mal, Olly!«

»Was?«

»›Es ist ganz einfach!‹ «

»Aber es ist wirklich ganz einfach!« Ich beförderte große Löffel voll Bohnen aus meinem Schoß in die Schüssel zurück. »Wenn man die Lösung hört, faßt man sich an den Kopf, daß man nicht sofort draufgekommen ist. Sagt der Engel ›nein‹, dann führt die Straße, auf die man zeigt, in den Himmel; sagt er ›ja‹, dann führt sie in die Hölle.«

Nancy spießte eine Bohne auf ihre Gabel und wies damit anklagend auf mich.

»Wie kannst du das wissen?«

»Das ist doch sonnenklar.« Ich beugte mich vor, um es ihr zu erklären. »Angenommen, du hättest den ehrlichen Engel gefragt. Der würde dir wahrheitsgemäß antworten, daß der andere Engel dir eine unehrliche Antwort auf deine Frage geben würde. ›Ja‹ würde dann also ›nein‹ bedeuten, und ›nein‹ würde ›ja‹ bedeuten. Jetzt aber angenommen, du hättest den unehrlichen Engel gefragt. Der würde dann fälschlicherweise behaupten, der andere Engel würde dir die falsche Antwort geben. Also würde auch in diesem Fall ›ja‹ ›nein‹ und ›nein‹ ›ja‹ bedeuten.«

Es herrschte Totenstille. Man hätte eine Stecknadel fallen hören können. Dann sagte Constance, eine Spur gereizt: »Ist doch logisch, oder?« Und Ally fragte verwirrt: »Wo ist eigentlich mein Besteck?«

Nancy streckte die Hand aus und schob meine Straßengabel (sein Messer und seinen Löffel) über den Tisch zu ihm hin.

Constance wandte sich Bonnie zu.

»Du sollst bei Tisch nicht lesen«, sagte sie, »schon gar nicht so was.«

Dann wandte sie sich Alasdair zu: »Und du hör auf, dir wegen Ned Sorgen zu machen.«

»Jawohl, mein Führer!«

Und schließlich wandte sie sich mir zu: »Und was dich betrifft, Olly: Könntest du wohl ein einziges Mal aufhören zu denken, solange wir beim Essen sitzen?«

Aufhören zu denken! Ally hat recht. Constance ist wirklich von Natur aus ein Faschist. Allen will sie ihren Willen aufzwingen. Aufhören zu denken! Dumme Kuh! Als wir noch verheiratet waren, hat sie mich damit immer auf die Palme gebracht. Das Denken ist nun mal nicht wie Wasser, das aus einem Wasserhahn fließt. Man kann es nicht einfach abstellen. Ja, gut, Schwachköpfe können das vielleicht. Ich kann es nicht.

Hin und wieder habe ich es allerdings versucht, nur um ihr eine Freude zu machen. Hinten im Garten beispielsweise, an warmen Sommerabenden, wenn ich hinausging, um ihr ein wenig Gesellschaft zu leisten. »Du bringst es einfach nicht fertig, dich ruhig und friedlich zu entspannen und dabei nicht zu denken, was?« pflegte sie dann zu spotten, wenn sie mich unruhig dasitzen sah. Ich versuchte daher ernsthaft, sie eines Besseren zu belehren. Ich streckte mich flach auf dem Rücken neben ihr im Gras aus, schaute zum Himmel auf und versuchte, meinen Geist ganz leer werden zu lassen. Liegt man auf dem Rücken, sieht der Himmel völlig anders aus. Wenn man durch die Straßen geht oder aus dem Fenster schaut, sieht man nur einen winzigen Ausschnitt davon. Auf dem Rücken liegend aber sieht man alles, die ganze riesengroße umgedrehte Schüssel, meilenweit in friedlichem Blau oder auch dunkel dräuend, zum Überlaufen bereit. Es war immer wieder ein wunderbares Gefühl, so als gleite man unter Wasser plötzlich in eine andere Welt. Ich spürte das stachelige Gras unter mir und hörte die Vögel singen. Hatten sie das ganze Jahr so gesungen, ohne daß ich es bemerkt hatte? Ich spürte den Lufthauch auf meinem Gesicht und nahm den Geruch des Flieders wahr, dessen Zweige aus dem Nachbargarten zu uns herüberhingen. Schlug ich die Augen wieder auf, sah ich zum ersten Mal seit dem vergangenen Jahr die Gänseblümchen und bestaunte ihre Blüten oder ihre zarten Knospen. Ich war verblüfft, wie weiß und rein sie gegen unseren wuscheligen Rasen abstachen. Und wenn ich dann den Kopf hob und mich umsah, kam die Sonne als dünne, silberne Scheibe hinter einer Wolke hervorgesegelt, und ich staunte, wie lang die Schatten waren.

Aber es währte nie lange. Es liegt mir einfach nicht. Minuten später grübelte ich bereits wieder über meine Pläne für das kommende Trimester nach: ich fragte mich, wie ich die alte Nervensäge Fletcher so unter Druck setzen konnte, daß er ein paar von diesen Nieten da oben dazu brachte, sich an ihre Lehrverpflichtungen zu halten, wie ich meine Lehrveranstaltungen so planen konnte, daß sie mich nicht Stunden ermüdender Vorbereitung kosteten, wie ich es deichseln sollte, daß mir noch ein wenig Zeit für meine eigene Arbeit blieb.

»Weißt du, Constance, wenn ich meine Abhandlung über ›Objektive Probabilität‹ bis Ende Oktober fertigkriege –«

»Siehst du! Du denkst schon wieder!«

»Eine Weile hab' ich aber nicht gedacht. Ich hab' die Vögel singen hören.«

Jetzt gackert sie wie eine überdimensionale Henne.

»Mehr als eine Minute kann das nicht gewesen sein!«

»Das reicht auch.«

In der Tat. Wie halten manche Leute es nur aus, den ganzen Tag am Strand zu liegen? Haben sie überhaupt ein Gehirn im Kopf? Sind sie außerstande, sich zu langweilen?

Schon manchmal kam mir der Gedanke, mein Bruder könnte noch am Leben sein, wenn ich so wäre wie sie. In irgendeinem Winkel denke ich immer noch, ich hätte gesehen, wie Solly an jenem Nachmittag im Wasser in Schwierigkeiten geriet. Später hatte ich dieses quälende Bild wogenden, aufspritzenden Wassers im Hinterkopf, das irgendwie unnatürlich wirkte, zumindest im nachhinein. Aber was ich sah, reichte gewissermaßen nicht aus, um in mein Bewußtsein zu dringen. Als die Kinder noch kleiner waren, hat Constance mir deswegen immer wieder zugesetzt. Ich sehe sie noch vor mir, wie sie von der Last ihrer Einkaufstaschen gebeugt dastand, das Gesicht vor Wut verzerrt. »Um Gottes willen, Olly! Du *mußt* doch sein Schreien (den Aufprall/den Wasserschwall/die plötzliche Stille) gehört haben! Du hast doch *Ohren*! Hast du denn nicht hingehört?«

Nein, ich höre nicht hin. Ich sehe nicht mal hin. Tatsächlich glaube ich manchmal, ich lebe im Grunde gar nicht wie andere Menschen. Wie Constance zum Beispiel. Ich bin wie ein Mensch, der lebenslang in einem Zug fährt. Er setzt sich auf seinen Platz, packt seine Vesperbrote aus, und obwohl er weiß, daß die Dinge dort jenseits der Scheibe – der prasselnde Regen, die sturmgepeitschten Bäume, die tanzenden Blätter – der realen Welt angehören, wird er auf die Frage, wie ihm das alles erscheine, zur Antwort geben, für ihn sei es nur ein Hintergrundbild, das vorübereile wie, nun ja, wie Schatten auf einer Höhlenwand eben. Und so erscheint mir das tägliche Leben in der Tat. Was wirklich ist, befindet sich in meinem Kopf. Constance hat oft geklagt, es sei unmöglich zu verstehen, wie mein Geist arbeitet. Wie sollte sie auch? Es gibt zu ihm nur einen Zugang, und über der Tür hängt – Pech für sie – ein Schild mit der Aufschrift »Abstraktes Denken«. Und dafür hat Constance sich nie auch nur im mindesten interessiert.

»Wofür hab' ich mich nie auch nur im mindesten interessiert, Olly?«

O Gott. Aber was soll's? Bringen wir's hinter uns.

»Du hast dich nie auch nur im mindesten für Philosophie interessiert.«

»Das tun die wenigsten.«

O nein, so leicht kommt sie mir nicht davon.

»Aber wir waren verheiratet, da ist es etwas anderes.«

»Wieso? Du hast dich doch auch nie sonderlich fürs Bodenschrubben interessiert.«

Aha, das Eis wird dünn. Ich wende mich an Alasdair.

»Wie war das denn bei Stella?«

»Bei der Hexe? Die hat sich kein bißchen für meine Arbeit interessiert. Ich bezweifle, daß sie eine schwarze Johannisbeere von einer Tollkirsche unterscheiden kann.«

»Das könnte irgendwann ganz nützlich sein«, sagte Constance gedankenvoll.

»Aber Mum!« Nancy war schockiert. »Töten ist unrecht!«

»Ich weiß nicht«, meinte Constance. »Frag deinen Vater. Wahrscheinlich denkt er über das Töten genauso wie über das Lügen. Wie war das noch, Olly? Wenn ich mich recht erinnere, bist du ein wenig vor der Aussage zurückgeschaudert, Lügen sei immer und unter allen Umständen moralisch verwerflich.«

»Das muß er ja wohl sagen«, warf Bonnie ein. »Nach dem, was letzte Weihnachten passiert ist...«

»Jetzt hört mal zu«, sagte ich. »Was redet ihr da eigentlich die ganze Zeit von Weihnachten? Weihnachten war doch ein voller Erfolg! Ich fand es jedenfalls sehr schön, und ich dachte, ihr auch. Ich hatte doch schöne Geschenke für euch, oder nicht? Sogar für Ally. Ich hab' beim Geschirrspülen geholfen, und ich hab' eine ganze Woche lang das Haus gehütet, als ihr bei Granny wart –«

»Und du hast alle Wüstenspringmäuse umgebracht«, verkündete Bonnie.

J'accuse!

Dicke Tränen quollen aus Nancys Augen und rannen ihr unaufhaltsam die Wangen hinab. Ally streckte die Hand nach ihr aus, hielt dann aber widerstrebend inne, wahrscheinlich aus Rücksicht auf mich. Constance hätte sie auf den Schoß nehmen können, aber sie war mit Bonnie beschäftigt.

»Dein Vater hat sie nicht *umgebracht*. Es war ein Irrtum.«

»Wenn man Tiere sterben läßt, dann ist das kein Irrtum.«

Sols Gehirn – salzig und still.

»Ich hab' es nicht sterben lassen!«

Alle starrten mich an.

»Es?« Bonnie hob den Zeigefinger. »Du meinst *sie*! Sechs waren im Käfig. Vier waren schon tot, als wir zurückkamen. Die anderen konnten sich kaum noch auf den Beinen halten und sind dann auch gestorben.«

Zur Hölle mit den verdammten Springmäusen!

»Ich hab' eure räudigen Springmäuse bestens versorgt!

Jeden Morgen hab' ich ihnen frisches Wasser gegeben und in ihrer widerlichen Streu herumgestochert, ob sie noch genug Futter hatten!«

»Siehst du!« herrschte Constance Bonnie an. »Das sag' ich doch! Er wollte sie nicht verhungern lassen. Es war ein Irrtum. Überall lagen die Schalen von den Sonnenblumenkernen auf dem Käfigboden, und da hat er gedacht, sie hätten noch jede Menge zu fressen.«

»Eßt die Rinde mit! Eßt die Rinde mit! Wenn ihr die Rinde nicht eßt, gibt's kein Brot mehr!«

Constance packte Bonnie an den Schultern, schüttelte sie heftig und setzte so ihrem hysterischen Kreischen ein Ende.

»Stimmt!« zischte sie ihr ins Gesicht. »Genau das hat er gedacht. Und jetzt Schluß damit, laß ihn in Ruhe!«

»Er hätte aber nachsehen können!«

»Er sieht nun mal nichts!«

»Wieso – ist er blind? Oder beknackt?«

Nancy fing an zu schluchzen. Ally legte seine große Hand auf ihre Schulter und schob sie sanft vorwärts, in meine Arme. Sie umklammerte mich, so daß ich mir wie ein Baumstamm vorkam.

Constance sagte betont kühl zu Bonnie: »Wenn du groß bist, wirst du dich hoffentlich bemühen, freundlicher zu sein.«

»So wie du?« spottete Bonnie. »Es immer allen recht machen wollen? *Ein* solches Exemplar wie du im Haus genügt!«

Sie rauschte türenknallend hinaus, so daß der Verputz von der Wand rieselte.

Ally folgte ihr – ich brachte es nicht über mich. Ich saß

noch eine Weile mit Nancy da, bis Constance sie bei der Hand nahm, um ihr das Gesicht abzuwaschen. Dann stahl ich mich nach oben. Als ich am Schreibtisch saß, schickte mir Constance durch Alasdair eine Tasse Kaffee herauf.

»Tut mir leid, die ganze Sache.«

»Du kannst nichts dafür, Ally.«

»Ich weiß.« Er sah unglücklich aus. »Aber trotzdem. Es ist eben nicht so einfach.«

»Schwieriges Alter, klar.«

»Ja, aber trotzdem –«

»Und wohl auch der falsche Zeitpunkt im Monat. Hat sie nicht gerade vor dem Essen in so einem Buch gelesen?«

»Ja, ich glaub' schon. Aber trotzdem –«

»Sag Constance jedenfalls vielen Dank für den Kaffee.«

»Constance? Ach so, ja. Also, wenn irgendwas ist –«

»Danke, Ally.«

Danke, Ally. Auf dein Mitgefühl kann ich verzichten. Das habe ich an diesem Haus immer am meisten gehaßt: das Mitgefühl, das sich Tag für Tag über mich ergoß, an meinen Kräften zehrte und meinen Willen aushöhlte. Armer Olly hier, armer Olly da. Ihr könnt mich gernhaben mit eurem armen Olly. Spart euch euer Mitleid. Ich brauche kein Verständnis, und ich brauche auch keine Hilfe. Bonnie ist ganz in Ordnung. Constances Freundlichkeit ist wie eine Schlinge, die sie einem um den Hals legt. Ganz langsam und sanft zieht sie sich zu, ohne daß man es merkt. Behutsam und sachte wird man dann weggeführt von all seinen Hoffnungen und Träumen, von all seinen Ambitionen. Mit ihrem Mitgefühl würde sie einem die Eier abschneiden, wenn sie könnte, und einen so impotent machen wie all die anderen braven Familienväter, die sie so sehr bewundert.

Nun, sie haben mich unterschätzt, sie und ihre Mutter. Ich bin kein Staubsauger. Ich bin der Herrscher des Mars. Ich ging fort – was tausend andere nicht geschafft hätten – und legte einen ganzen Ozean und einen halben Kontinent zwischen das, was mir nur widerstrebend gewährt wurde, und das, was ich verdiente. Vor die Wahl gestellt, entschied ich mich dagegen, von einem armseligen, knauserigen Forschungsjahr zum nächsten dahinzuvegetieren. Machen Sie mir ein gutes Angebot – ein bißchen Zeit zum Denken –, und Sie bekommen Ihren Mann: Oliver Rosen. Man muß aber gerechterweise sagen, daß Constance sich nicht so leicht geschlagen gab. Als ich mit dem Brief, den ich im Institutsbriefkasten sofort erspäht hatte, nach Hause kam, war sie wie vor den Kopf geschlagen, zum einen weil sich meine Stimmung schlagartig gehoben hatte, zum anderen wegen der aufdringlichen amerikanischen Briefmarke, die darauf prangte wie ein grelles Signal aus der Hölle. Sie ist keineswegs dumm, meine Ex-Frau. Sie wußte sofort, was auf dem Spiel stand. Sie kannte meine Ansichten über den Niedergang britischer Universitäten, und sie wußte genau, was ich von meinen Kollegen hielt. In dieser Hinsicht zumindest war ihr mein Geist bekannt.

Constance kämpfte wie eine Löwin. Aber gewonnen habe ich.

5

Kaum kommt man in die Küche, legt sie los.

»Wie weit bist du gekommen?«

»Chicago.«

»Ach ja?«

Sie wartet, ob noch mehr kommt. Ich suche mein Heil im Rückzug zur Tür. Jedoch:

»Was hast du bis jetzt geschrieben?«

»Nicht viel.«

»Lügner. Du hast doch da einen ganzen Packen unterm Arm, Olly. Lies mir was draus vor.«

»›Auch hier wird die Relation 'A ergibt sich aus der Bedingung p' ausgedrückt als eine Bedingung erster Ordnung A' (p).‹«

»Nicht das. Die erste Zeile!«

Kann sie hellsehen?

»Das wird dir aber nicht sehr gefallen, Constance.«

»Ach komm, Olly, los! Lies vor!«

»Das Jahr meines Umzugs nach Chicago –«

»*Deines* Umzugs?«

Das Messer verharrt mit dramatischer Plötzlichkeit mitten im Hack-hack-hack. »Wer hat denn die ganze Arbeit gemacht? Wer hat die Umzugskartons gepackt?«

Mein Gott, begreift sie denn nicht, daß ich zu tun habe? Begreift sie nicht, daß ich einfach nicht die Zeit habe, meine

Arbeit zu unterbrechen und ein Remake unserer ›Szenen einer Ehe‹ zu inszenieren, nur weil sie sich beim Krauthacken langweilt?

»Hat's nicht eben geklingelt?«

»Nein. Weiter, Oliver. Das Jahr deines Umzugs nach Chicago ...?«

»›Das Jahr meines Umzugs nach Chicago war vor allem deshalb bemerkenswert, weil –‹«

Hack-hack-hack-hack-hack. Sie macht ein fröhliches Gesicht, aber mich kann sie nicht täuschen. Welcher der Schrecken jenes Jahres steht ihr am deutlichsten vor Augen? Die enorme Umstellung? Die Fehlgeburt, die infolge meiner mangelnden Kenntnis des Gesundheitswesens in einem fremden Land um ein Haar zur Katastrophe geführt hätte? Das Verschwinden meines Bruders? Der Zusammenbruch ihres Vaters?

»Weil ...?«

»Ich bin noch nicht fertig. Ich glaub', ich laß es lieber.«

»Nur noch ein klitzekleines Sätzchen, Oliver. Nur damit ich so ungefähr weiß, worauf du hinauswillst.« Hack-hack. »Bitte. Bitte, bitte! Ich mach' doch gerade das Abendessen für dich ...«

Schachmatt.

»Dann versprich mir, daß du mir nicht den Krautsalat an den Kopf wirfst.«

»Versprochen.«

»›Das Jahr meines Umzugs nach Chicago war vor allem deshalb bemerkenswert, weil ich mich endlich so weit von der subjektivistischen Tradition lossagte, daß ich objektive Probabilitäten zuließ‹ ...«

Ich stocke, weil das Hack-hack-hack plötzlich einer tödlichen Stille gewichen ist.

»Nicht, Constance, bitte nicht. Schmeiß mir das ganze Kraut an den Kopf, wenn es sein muß, aber fang nicht wieder damit an. Ich ertrag's einfach nicht.«

Es folgt, wie zu erwarten, eine kurze Pause, und dann sagt sie: »Na gut, Olly. Schieb ab.«

Und ich schob ab. Frauen sind seltsame Wesen, schon von Natur aus. Und durch die Ehe werden sie noch seltsamer. Mit der Scheidung aber verliert eine beträchtliche Zahl von ihnen schlicht den Verstand, wie mir scheint. Nur eine Ex-Frau bringt es fertig, einen ebenso mir nichts, dir nichts wieder laufenzulassen, wie sie einen zuvor geschnappt hat.

Mag ja sein, daß sie alle Umzugskisten gepackt und die ganze Arbeit allein gemacht hat, aber auch sonst war es in jeder Beziehung furchtbar.

»Constance, um Himmels willen, laß doch endlich gutsein. Es wird sie schon nicht stören, wenn sie ein paar Apfelbutzen unterm Bett finden.«

Der Mietvertrag kommt zum Vorschein, Gegenstand erbitterter Haß- und Hohntiraden. »Wände, Holzteile, Fußleisten, Kacheln und Fliesen, Fenster, Fußböden, Armaturen und Lichtschalter sind sauber zu hinterlassen ...« Nicht zu fassen, was alles zu einem Haus gehört! Es hatte mehr Nervenendigungen als ich selbst. Die Probleme nahmen kein Ende. Was tun mit der Katze? Mit der Joghurtkultur auf dem Fensterbrett in der Küche? Mit dem erst zur Hälfte abgelaufenen Abonnement von *Private Eye*? Der sommerlichen Jahreslieferung von Billigkohle? Manchmal fand ich Constance, wie sie mit tiefen Schatten um die Augen im Dämmer einer Zimmerecke vor sich hinbrütete.

»Meine Zukunft kommt zum Stillstand, ich kann es direkt fühlen. Wir alle werden dir geopfert, Olly. Ich schau' mir nicht mal mehr die Stellenangebote in der Zeitung an. Nancy mußte ihre Rolle in dem Stück abgeben, das sie im Kindergarten aufführen wollen. Und Bonnies Freundinnen tun sich bereits anderweitig um, jetzt, wo sie wissen, daß wir volle zwei Jahre fort sein werden. Unser ganzes Leben kommt deinetwegen zum Erliegen.«

»Ach komm, Constance, es wird dir dort bestimmt gefallen.«

»Mir gefällt es *hier*.«

Ihre Augen weichen meinem Blick aus. Sie wandern ruhelos im Zimmer umher, als wollte sie die Erinnerung daran speichern und zusammen mit all unseren Kisten und Kasten mit ins Exil nehmen. Frauen sind schlechte Flüchtlinge. Ihr Herz hängt an ihrem Heim. Bevor wir nach Chicago gingen, war ich wohl immer automatisch davon ausgegangen, daß Constances Bereitschaft, mit mir verheiratet zu bleiben, im wesentlichen durch mich und mein Verhalten bedingt war. Nichts hatte darauf hingedeutet, daß ihre Liebe davon abhing, ob sie sich auch weiterhin in vertrauter Umgebung, unter vertrauten Menschen und Dingen entfalten konnte. Die ganzen Jahre hatte Constance mich in Freud und Leid geliebt, in Reichtum wie in Armut (wenn es auch, wie bei den meisten Paaren, eher umgekehrt war), in Krankheit und Gesundheit (wenn man die eine, außerordentlich hartnäckige Virusgrippe berücksichtigt, die ich einmal hatte). Wie sollten wir ahnen, daß die einzige unübersteigbare Hürde »zu Hause oder in Amerika« heißen würde?

»Es wird bestimmt eine nette Abwechslung für dich und die Kinder.«

»Wir sind nicht scharf auf Abwechslung, ich und die Kinder.«

Stimmt. Sobald der erste blasse Schatten der Veränderung über den Haushalt fiel, fing Nancy an zu klammern und Bonnie zu quengeln. Die Kinder machten sich das Unbehagen ihrer Mutter, für die nach meiner Einschätzung Veränderung gleichbedeutend ist mit Tödlicher Bedrohung, unvermindert zu eigen. Das bißchen Gleichgewicht, das sie besitzt, beruht im wesentlichen auf Kontinuität und Routine. Je mehr ein Tag dem anderen gleicht, desto glücklicher ist sie. Sie läßt sich in den Rhythmus eines jeden Tages sinken wie andere in ein wohltuendes Bad. Sie kennt die Eigenheiten und Vorlieben alles dessen, was sie umgibt. »Nicht mehr gießen, Nancy, Nelken mögen kein Fußbad.« Und im Laufe der Jahre ging sie sogar dazu über, auch das Haus wie einen großen, empfindenden Organismus mit seinen eigenen Gesetzmäßigkeiten und Gewohnheiten zu behandeln. »In einer Minute ist das Licht aus deinen Augen verschwunden.« »Die Post muß gleich kommen.« »Du mußt früh dran sein, der Boiler hat sich noch nicht eingeschaltet.« »Wo ist die Katze? Wahrscheinlich vorn auf dem Mäuerchen. Oder sieh mal in Bonnies Bett nach, vielleicht scheint die Sonne schon herein.«

Eine enorme Menge an Kenntnissen ist hier zu beherrschen, und das braucht gewiß seine Zeit. Hinzu kommen Herkunft und Geschichte jedes einzelnen Gegenstandes im

Haus, einschließlich des Inhalts der Schränke, sowie der meisten Pflanzen im Garten. Mit Constance lebt man wie auf einem Flohmarkt. »Die? Nein, das sind nicht die Muscheln, die wir aus Frankreich mitgebracht haben, die sind in dem stinkenden Glas im Badezimmerregal. Das hier sind nur ein paar alte Muscheln, die die Bohnenstange am Strand von Salcey gesammelt und dann liegengelassen hat.«

Für mich sind es einfach nur »Muscheln« oder ein »Stuhl«, allenfalls noch ein »neuer Stuhl«. (»Nicht *neu*, Olly, der steht doch schon seit Wochen da. Tante Grace hat ihn bei Berthas Beerdigung meiner Mutter aufgeschwatzt, aber sie hat keinen Platz dafür. Das Ding fällt schon fast auseinander, aber es ist eben ›nostalgisch‹. Wenn wir's nicht haben wollen, sollen wir's ihr zurückgeben.«)

Ich höre zu, nicke, lächle sogar, aber ich registriere nichts. Kommt das fragliche Objekt eine Woche darauf erneut zur Sprache, hat es sich für mich bereits wieder in einen simplen »Stuhl« zurückverwandelt. Dagegen hat sich Constances Definition in dieser Zeit um ein buntes Spektrum erstaunlicher Zusätze erweitert. »Die arme Nancy hat sich gestern den Finger an der Lehne eingeklemmt. Der Stuhl ist die reinste Todesfalle. Ich muß unbedingt Holzleim besorgen und ihn reparieren. Und wetten, Tante Grace hat Mutter nichts von den Holzwurmlöchern gesagt, nur um das verdammte Ding loszuwerden. Da sind garantiert noch Hunderte von diesen Biestern drin, und zwar bei bester Gesundheit. Die lassen sich's da drinnen schmecken, und demnächst schwärmen sie aus und futtern sich durch unsere Dielen. Alte Leute sind dermaßen egoistisch! Mit ihren falschen Zähnen lügen sie dir die Hucke voll, nur um ihren Kopf durchzusetzen.«

Ich kann Ihnen sagen: Wären *meine* Gehirnwindungen von dieser Art häuslichen Unrats verstopft, ich würde mit dem größten Vergnügen ein Messer nehmen und mir die Kehle durchschneiden. Andere wären dankbar gewesen, wenn sie eine Chance bekommen hätten, alles hinter sich zu lassen, was ihnen ihr Leben verbaut, und einen neuen Anfang zu machen.

Nicht so Constance, o nein, ganz und gar nicht.

»Wofür hältst du mich eigentlich, Olly? Für eine Asylantin?« Die Schatten um ihre Augen werden dunkler – immer ein schlechtes Zeichen. »Seh' ich vielleicht so aus, als müßte ich verhungern? Als wär' ich politisch verfolgt oder heimatvertrieben?«

»Um Himmels willen, Constance –«

»Hör auf mit deinem ›Um Himmels willen, Constance‹, Olly! Wieso sollte ich lieb und verständig und kooperativ sein, wenn ich mein ganzes Leben einpacken und um den halben Erdball herum von hier fortziehen muß?«

»Weil wir verheiratet sind und ich es hier nicht aushalte!«

Schon saust das Geschirr durch die Luft, das sie gerade einpackt. Krach! Klirr! Knall! Kein Wunder, daß unsere beiden Kinder Nervenbündel sind.

»Wie *kannst* du so etwas sagen! Du hast hier dein Zuhause! Du hast uns! Du hast drei Mahlzeiten am Tag!«

»Und einen beschissenen Job!«

»Die meisten Leute haben beschissene Jobs!«

»Ich bin nicht die meisten Leute.«

»Nein, *du* ganz bestimmt nicht! Du hast die ganzen endlosen Universitätsferien und während des Trimesters noch zusätzlich zwei Tage pro Woche frei!«

»Vier Tage müßten es sein! Hätte Fletcher, dieser alte Trottel, so viel Verstand oder so viel Mumm, seine senilen Freunde dazu zu bewegen, daß sie ihre Lehrverpflichtungen einhalten, dann hätte ich vielleicht endlich Zeit zum *Denken*!«

Es muß verzweifelt geklungen haben, denn ihr Tonfall wird sanfter.

»Du könntest dich doch noch mal um einen Posten in der Forschung bemühen, Olly. Wer weiß, vielleicht hast du diesmal mehr Glück!«

Aufgepaßt jetzt, Revilo Nesor, da erhebt wieder das Mitleid sein Haupt. Laß dich nicht einwickeln!

»Mit Glück hat die Besetzung einer Forschungsstelle nun wahrhaftig nichts zu tun, Constance. Das Oxforder System ist keine Lotterie, verstehst du? Ich hab' das Forschungsstipendium aus einem ganz bestimmten Grund nicht bekommen, und dieser Grund ist, daß jemand aus dem Kollegium es jemand anderem aus dem Kollegium zugeschustert hat, jemandem, dessen Anspruch auf Ruhm sich einzig und allein daraus herleiten wird, daß er einmal einen Job bekommen hat, den ich nicht bekommen habe!«

Nun ja, das hat wenigstens dem Mitleid Beine gemacht.

»Oh, du! Du verdammter Mistkerl, du verdammter!« Unter völliger Mißachtung der Bestimmungen des Mietvertrages kickt sie die Scherben einer Schüssel außer Sichtweite, unter den Kühlschrank und den Herd. »Und was ist mit den Kindern? Was ist mit mir? Ich kenn' dich doch,

Olly! Jetzt sagst du zwei Jahre, aber dann werden's noch zwei und noch zwei!« Sie dreht sich um, hebt den Finger und verkündet laut und deutlich: »Aber ich warne dich Olly. Wenn es mir dort nicht gefällt, komm' ich hierher zurück, und *daß* es mir nicht gefällt, das kann ich dir jetzt schon sagen!«

Es gefiel ihr in der Tat nicht. Unglücklich war sie nicht direkt, ich hatte sogar den Eindruck, sie war um einiges vergnügter als in England, aber das hing vermutlich mit den vielfältigen Möglichkeiten der Kinderbetreuung zusammen, die es dort gab. Meiner Meinung nach hat es Constance immer gutgetan, wenn sie jeden Tag etwas Zeit für sich selbst hatte.

Was von dem Moment an geschah, als sie den Fuß auf fremden Boden setzte, läßt sich wohl am treffendsten damit beschreiben, daß sie ihre Hausfrauendepression gegen die Häme des Fremdlings eintauschte. Sie registrierte alles, betrachtete Dinge, die ihr zu Hause durchaus gefallen hätten, als reine Zufallsprodukte und legte Wert darauf, alles übrige zu verachten. Und wie ihr berühmter Vorgänger De Tocqueville sparte sie sich ihre tödlichen Geschosse für harmlose Ziele auf.

»Warum sprechen sie so langsam? Sind sie hirngeschädigt?«

»Natürlich nicht, Constance, sie können doch nicht alle hirngeschädigt sein.«

»Aber hier wird kein Mensch auf natürliche Art geboren. Sie kriegen alle möglichen Spritzen, um die Geburt einzuleiten, die Schmerzen zu unterdrücken, die Wehen zu fördern oder zu hemmen, die Milch zum Versiegen zu bringen und den Uterus zu kontrahieren. Dutzende von Spritzen kriegen sie.«

»So?«

»Da kann doch von dem ganzen Zeug auch etwas ins Gehirn gelangen.«

»Constance, es ist nicht physisch bedingt, es ist kulturell bedingt. Sie sprechen eben einfach langsamer.«

»Das Problem ist ja nicht nur, daß sie so langsam sprechen, Olly. Das Problem ist auch, *was* sie sagen. Ständig erzählen sie einem Sachen, die man längst weiß, zum Beispiel: ›Unser politisches System ist natürlich in mancher Beziehung anders als Ihres. Sie haben einen Premierminister, wir haben einen Präsidenten. Sie haben ein Oberhaus und ein Unterhaus, wir haben einen Senat und ein Repräsentantenhaus. Wir haben auch nicht die gleiche Verfassung wie Sie –‹«

»Sie wollen es einem doch nur leichtmachen.«

»Das wär' ja schön und gut, wenn sie nur nicht so langsam sprechen würden ...«

»Du wirst dich schon daran gewöhnen.«

»Das glaub' ich kaum. Außerdem sprechen sie nicht normal.«

»Was verstehst du unter ›nicht normal‹?«

»Sie benutzen nur ganz wenige Wörter, aber die permanent, wie Au-pair-Mädchen oder Betrunkene. Heute morgen zum Beispiel. Als ich in den Kindergarten kam, hatten sie gerade dieses Spiel gespielt, wo man sich zwei Minuten Ruhe verschafft, indem man alle Kinder losschickt, um etwas zu suchen. Sie schleppten alles mögliche an: Steine,

Kieselsteine, Feuersteine, Backsteinstücke, Hände voll dreckigem Kies. Ein Mädchen kam sogar mit einem ganzen Felsbrocken hereingewankt. Und die Frau, die die Gruppe leitet, nannte das alles ›Steine‹.«

»Sei nicht ungerecht, Constance. Wahrscheinlich sollten sie ja Steine suchen.«

»Vielleicht. Aber sie sagte zu jedem Kind genau das gleiche. Sie sagte: ›Das ist aber ein schöner Stein!‹ Und das achtmal hintereinander. Sie *muß* einfach hirngeschädigt sein. Ich wäre da längst durchgedreht.«

»Du würdest auch nie in einem Kindergarten arbeiten.«

»Nicht weil ich es sagen müßte, Olly. Weil ich es mir *anhören* müßte.«

»Nancy scheint sich aber dort sehr wohl zu fühlen.«

»Ja, nicht?« Constance sah besorgt drein. Und vielleicht war es die schwache Erinnerung an einen Augenblick, da sie selbst, vor Schmerzen fluchend, nach mehr Lachgas verlangt hatte, die sie veranlaßte, ihre Theorie der Hirnschädigung aufzugeben und schon am nächsten Abend durch eine andere zu ersetzen.

»Ich weiß, warum sie alle so langsam sprechen. Das kommt von ihren schönen Kindergärten. Die Amerikaner werden von Leuten großgezogen, die relativ gut bezahlt sind, in angenehmer Umgebung arbeiten und im allgemeinen Freude am Umgang mit kleinen Kindern haben.«

»Ja, und?«

»Das ist eben nicht normal.«

Ich wußte genau, was sie meinte, ich bin schließlich auch Brite. Aber ich habe mein Leben an Universitäten zugebracht, und so fühlte ich mich mit Rücksicht auf einige andere Abteilungen auf meinem Flur und in den oberen Stockwerken verpflichtet zu sagen: »Was ist schon normal?« und ihrem ungläubig starrenden Blick standzuhalten.

»Also hör mal, Olly! Stell dich nicht dumm! Normal ist, wenn man die Schnauze voll davon hat, Tag für Tag dieselben blöden Spielsachen vom Boden aufzuheben. Normal ist, wenn man arme kleine, müde, weinende Krabbelkinder anschnauzt und, nur um noch halbwegs bei Verstand zu bleiben, Methoden anwendet, von denen man sich geschworen hat, daß man sie nie anwenden würde, nämlich Bestechung, Drohung und Erpressung. Normal ist, wenn man am hellichten Tag zur Schnapsflasche greift, wenn man sich reden hört wie die eigene Mutter, wenn man das Telefonkabel um drei Ecken herum langzieht, damit man sich in den Wandschrank unter der Treppe verkriechen und mit anderen Nur-Hausfrauen darüber lamentieren kann, wie einen das alles anödet und daß der Kindergarten eine Warteliste von drei Jahren hat und daß man ihnen demnächst den Hals umdrehen wird, wenn sie sich nicht in acht nehmen. Normal ist, wenn man dann aus dem Wandschrank wieder herauskriecht und sieht, daß sie von dort, wohin man sie geschickt hat, um sie nicht zu vermöbeln, längst zurück sind und die ganze Zeit vor der Tür gestanden und jedes Wort mitgehört haben.« Sie breitete die Arme aus. »Kein Wunder, daß britische Kinder sich alle Mühe geben, clever und amüsant zu sein, schnell zu sprechen und einem mit nagelneuen Wörtern zu imponieren, die man von ihnen noch nie gehört hat, also zum Beispiel ›Kieselstein‹ und

›Felsbrocken‹. Die armen Würmer denken wahrscheinlich, ihr Leben hängt davon ab.«

Eine interessante Hypothese. Und wie bei der überwiegenden Zahl von Constances Theorien könnte auch in diesem Fall mehr dahinter stecken, als man auf den ersten Blick vermutet. Ich persönlich habe mir angewöhnt, die Dinge, die Constance *ex cathedra* verkündet, nicht allzu laut und allzu schnell abzutun. Ich mußte mich eines besseren belehren lassen, als es um die Schädlichkeit von Neonröhren ging (»Es mag ja billig sein, Olly, aber dieses flimmernde, fürchterlich grelle Licht kann doch nicht gut für die Augen sein«), um die Gefahren von Solarien (»Wetten, irgendwann stellt sich heraus, daß sie Hautkrebs verursachen können«) und um die persönliche Integrität des Coop-Milchmannes (»Hab' ich dir nicht gesagt, er probiert, wie weit er's treiben kann?«). Wäre ich jemand, der regelmäßig Wetten abschließt, würde ich Geld auf Constance setzen, speziell auf einige ihrer gängigen, bislang aber unbewiesenen Theorien über den statistischen Zusammenhang zwischen Krebsanfälligkeit und geringer Orgasmushäufigkeit, den Stellenwert von Sprachlabors in Schulen (»Völlig sinnlos!«) und die langfristigen politischen Perspektiven des Labour-Politikers Gerald Kaufman. So würde im Laufe der Zeit einiges an Geld zusammenkommen, um mir für die nächsten Jahre ein sorgenfreies Leben zu ermöglichen.

Die nächsten Jahre... Aus den beiden ersten Jahren wurden tatsächlich vier und dann sechs, und schon der bloße Gedanke daran wurde zum Streitpunkt zwischen uns, zu einem Riß in unserer Ehe, der bald so weit auseinanderklaffte, daß jeder auf seiner Seite stehen und auf das hinabblicken konnte, was in dem Abgrund zwischen uns brodelte: Constances permanente Unzufriedenheit – oder auch meine.

Ich liebte Amerika. Für mich war es buchstäblich das Gelobte Land. Ein Land voller Menschen, die mit ihrer Freundlichkeit ebenso verschwenderisch umgingen wie mit Nahrungsmitteln, die sich von einer Begegnung zur nächsten meinen Namen merken konnten, die angesichts meiner Art zu essen, zu sprechen oder ohne Umschweife zur Sache zu kommen, nicht kaum merklich das Gesicht verzogen. Ein Land, in dem die Sekretärinnen bereitwillig tippten, nicht mit Büroklammern geizten und stets hilfsbereit waren. Ein Hochschulsystem, in dem auf jeden Schwarzen, jede Frau oder jeden Latino, der hauptsächlich aufgrund einer Politik der Quotenregelungen eingestellt wurde, mindestens ein Dutzend männlicher weißer Schwachköpfe kam, die aufgrund einer Politik des Lesens von Bewerbungsunterlagen abgelehnt wurden. Das alles war ganz anders als zu Hause, wo ich einmal, wie ich mich mit schmerzlicher Deutlichkeit entsinne, in einem Berufungsverfahren von einiger Bedeutung offensichtlich der einzige unter den Philosophen war, der sich die Mühe gemacht hatte, einen Blick auf die Arbeiten der Bewerber zu werfen, und das, obwohl ich nicht einmal offizielles Mitglied der Berufungskommission war. Mein Protest gegen die Berufung eines Scharlatans ging bis hinauf zum Senat und brachte die ganze Abteilung in Verlegenheit, doch das Ergebnis war gleich null. Er war ein netter Kerl, gewiß – er hielt Messer und Gabel korrekt und war zudem äußerst redegewandt. Aber es wundert mich nicht, daß keiner von den Leuten mehr hier ist, deren Namen vor zwanzig Jahren in den Kneipen und Cafés in aller Munde waren (der oder jener hat Köpfchen, hat einiges auf dem Kasten, arbeitet an einer interessanten Sache, ist ein angenehmer Gesprächspartner). Hätte ich jetzt, in diesem Sommer, das Bedürfnis, mich mit jemandem zu unterhalten, müßte ich nach Australien fliegen oder zurück nach Hause.

Denn inzwischen ist Amerika mein Zuhause. Ich liebe die riesigen Kühlschränke, die Handwerker, die genau zur vereinbarten Zeit erscheinen, die Straßen, die so breit und gerade sind, daß selbst ich den Führerschein machen könnte. Ich liebe es, in einer Leistungsgesellschaft zu arbeiten. Ohne Constances stetig sprießende Forderungen im Interesse der Kinder wären mir meine häufigen Gehaltserhöhungen aufgrund außergewöhnlicher akademischer Verdienste wahrscheinlich völlig gleichgültig. Gleichwohl ist es mir ein Vergnügen zu sehen, wie Dupinberry einkommensmäßig verkümmert und kaum noch mehr verdient als vor dreizehn Jahren, als er versehentlich eingestellt wurde. In England hätte er längst einen Lehrstuhl.

In Amerika arbeitet jeder – auch eine Sache, die mir sehr gefällt. Wer forschen kann, bekommt Gelegenheit dazu, und wer es nicht kann, hält Lehrveranstaltungen mit dem Titel *Einführung in die Logik*. Selbst Dupinberry wird regelmäßig zur Fortbildung verdonnert und praktisch unter Androhung von Kündigung gezwungen, die vernichtenden Berichte seiner Studenten zu lesen und sich auf hausgemachten Videos anzusehen, wie er seine nichtssagenden, undurchdachten Vorlesungen herunterleiert. Die Leute von der Verwaltung mögen zwar komisch angezogen sein und akademische Grade in Fächern wie Geschichte des Sports haben, aber eines muß man ihnen lassen: Sie tun ihr möglichstes, um das System von Nieten und Schmarotzern zu säubern. Ein Jammer, daß es in England nicht auch so ist. Dort besteht, sei es aufgrund von Fehleinschätzung oder böser Absicht, der einzig sichtbare Effekt eines langwierigen und schmerzhaften akademischen Schrumpfungsprozesses darin, daß nicht mehr jedermann eine gemütliche Nische findet. Von all den Begabten und den Strebern, den Speichelleckern und Opportunisten mußte jemand auf der Strecke bleiben. Nur schade, daß diejenigen, die ihre Energien in intellektueller Arbeit aufgezehrt hatten, als erste dran glauben mußten, weil sie nicht die Zeit gehabt hatten, ihre Position abzusichern.

Doch auch das ist heute nicht mehr mein Problem. Ich sage meine Meinung, wenn mich jemand danach fragt, aber ansonsten (und besonders seit jenem unerfreulichen Abend während der Dritten Leamingtoner Tagung), spare ich das Thema Philosophie in England tunlichst aus. Wenn sie die Manöverkritik als reine Familienangelegenheit behandeln wollen, dann ist das ihre Sache. Ich habe nichts mehr damit zu schaffen. Ich finde zwar, der Steuerzahler ärgert sich zu Recht, wenn der Ertrag einer kostspieligen Ausbildung Leuten zugutekommt, die keinen Cent dafür bezahlt haben, aber ich bin schließlich nur einer unter Hunderttausenden von Akademikern und Ingenieuren, Wissenschaftlern und Krankenschwestern. In England auf Verhältnisse zu warten, die einem erlauben, einfach zu machen und gut zu machen, was man gelernt hat, das ist ein bißchen so, wie wenn man in diesem Haus darauf wartet, daß es Mittagessen gibt. Bis es so weit ist – war das eben nicht endlich der Große-Ruf-die-Treppe-herauf? –, ist einem der Bart bis auf die Füße gewachsen.

Entschuldige, Olly, aber ich *brauche* diese Kissenbezüge. Es ging ja noch, solange du die alten gestreiften Bezüge mit deinen Papieren vollgestopft hast, und es hat mich auch nicht gestört, als du die Holly-Hobbie-Bezüge mit Beschlag belegt hast. Aber jetzt, wo sich dein großes Kunstwerk in die Blumenbezüge ergießt, die zur übrigen Bettwäsche passen, muß ich dich bitten, sie wieder zu räumen. Kannst du nicht alles zusammen in irgend etwas verstauen, das niemand benützt? Wie wär's mit einem Schlafsack? Oder einem schönen großen Drell-Matratzenüberzug? Ich versuche, diesen Haushalt zu führen, und das ist nicht ganz einfach, wenn meine ganze frische Wäsche ständig bis obenhin mit Stapeln autobiographischer Selbstanalyse und Warnungen vor Krankenschwestern, denen Bärte wachsen, vollgestopft werden.

Es tut mir ja leid, daß ich nicht bis in alle Ewigkeit in Amerika bleiben wollte und dir damit solche Ungelegenheiten bereitet habe. Ich fand dort durchaus nicht alles so übel, das weißt du ganz genau. Manches war einfach herrlich, zum Beispiel daß ich die Lebensmittel nicht selbst anschleppen mußte und daß man in der Bücherei mehr als drei mickrige Bücher auf einmal ausleihen durfte. Und ganz besonders genoß ich es, endlich einmal wie ein menschliches Wesen behandelt zu werden und nicht wie eine minderwertige, geknechtete britische Frau. (Nichts von »Die Ehefrauen sind auch eingeladen? O Gott, Oliver, da werden wir für den Tee jede Menge Hilfe brauchen!«)

Ich finde Amerika *besser*, wenn du's unbedingt wissen willst, aber schöner finde ich es hier. Du machst dich darüber lustig, daß ich genau weiß, an welchem Tag der Fischwagen kommt und wo die Katze schläft, als wäre ich eine Neurotikerin mit Spatzenhirn. Aber etwas mehr ist doch dran, genauso wie Philosophie mehr ist als das, was Bertrand Russels Großmutter meint: *»What is mind, dear? No matter. What is matter? Never mind.«* Mein geistiges Leben ist nicht weniger reich als deines, nur ist es eben anders. Nimm mal irgendeinen alten Fetzen aus der Flickenkiste da. Los, zieh einen raus, irgendeinen. Halt ihn hoch, damit ich ihn sehen kann. Ich kann dir nicht nur sagen, was das einmal war, sondern auch, wo wir es her haben, wer es zuerst getragen hat und ob es lange genug gehalten hat, daß Bonnie es an Nancy weitervererben konnte. Ich kann dir genau sagen, wie sie darin ausgesehen haben, was sie in dem Alter schon alles konnten und was sie noch nicht konnten, welches ihr Lieblings-Kuscheltier war und was für Stilblüten sie von sich gegeben haben. Ich kann dir sogar genau sagen, wie ich mich gefühlt habe, als ich es Nancy zum letzten Mal auszog und dann zu Putzlappen zerschnitt. Solange du hier der Philosoph warst, war ich die qualifizierte Historikerin dieses Hauses und aller seiner Bewohner. Du würdest nicht gern mit mir tauschen, was? Rutsch mir den Buckel runter, Olly – ich auch nicht mit dir.

Und was soll so verkehrt daran sein, wenn man wissen will, an welchem Tag die Läden früher schließen und um wieviel Uhr das Wasser warm wird? Die meisten Leute leben so. Der Alltag läuft dann einfach reibungsloser. Dinge nicht zu wissen, ist *deine* Spezialität, nicht meine. Dich stört das nicht – es gefällt dir sogar. Die Leitworte deines Berufes heißen Zweifel und Ungewißheit. Wenn ihr etwas nicht wißt, dann denkt ihr euch irgendwelche großartigen Wischi-waschi-Fragen dazu aus, das ist doch eure Lieblingsbeschäftigung!

Mir dagegen ist es unangenehm, dergleichen Dinge nicht zu wissen. Vertue ich mich mal – wenn ich zum Beispiel nicht weiß, welchen Tag wir haben oder wie spät es ist oder ob der Boiler schon an sein müßte –, dann geht garantiert etwas schief, und zwar etwas ganz Konkretes. Eines der Kinder verpaßt zum dritten Mal hintereinander das Schwimmen und wird aus der Mannschaft ausgeschlossen, es ist nichts fürs Abendessen im Haus, oder ich muß mir die Haare mit kaltem Wasser waschen. Ich hab' es gern, wenn alles seine Ordnung hat. Bei mir ist das eben anders als bei dir; mir bietet niemand ein Büro und einen Titel an und bezahlt mich dafür, daß ich herumsitze und grüble. Meine kleinen Gewißheiten sind mir wichtig. Wenn ich es schaffe, mehrere von diesen armseligen, lächerlichen Kleinigkeiten im Laufe eines Tages Stück für Stück auf die Reihe zu kriegen, dann springen dabei vielleicht sogar fünf Minuten zum Zeitunglesen heraus!

Das ist es, was ich an euch Philosophen nicht ausstehen kann, Olly: Ihr seid so verdammt eingebildet. Ihr tut so, als wäre da etwas am Horizont, was nur ihr sehen, erkennen und sogar ansatzweise beschreiben könnt. Ihr glaubt, wir normalen Sterblichen seien blind für die Mysterien des Daseins. Ihr glaubt, wir seien stumpfsinnige Trottel, die nichts als Trivialitäten im Kopf haben: daß das Toilettenpapier bald alle ist, daß der Staubsauger repariert werden muß, ob es das letztemal, als die Warrens zum Abendessen da waren, Seezunge mit Zitrone und Mandelblättchen gegeben hat oder nicht. Ich glaube, du glaubst, ich halte deshalb nichts von der Philosophie, weil sie zu nichts nütze ist. Da irrst du dich. Ich bin schließlich nicht auf den Kopf gefallen. Ich weiß sehr wohl, daß wir die Philosophie nicht nötiger, aber auch nicht weniger nötig brauchen als die Kunst oder die Musik. Ich möchte auch nicht nur von Kartoffeln leben. Ich bin nicht *dumm*. Soll ich dir was sagen, Olly? Das Problem ist nicht, *was* du machst, das Problem ist, *wie* du's machst. Was ich an deiner Philosophie so schlimm finde, das ist die wütende Kraft und Intensität, die sich da zusammenballt. Du kommst energiegeladen aus deinem Arbeitszimmer gestürmt, und es fehlt nur noch, daß du dir gegen die Brust trommelst. »Das ist brillant, Constance, einfach brillant! Das Beste, was ich je geschrieben habe, das weiß ich!« Aber die Menschen um dich herum sind nur noch Wracks, denn du hast es auf ihre Kosten geschrieben. Du hast keinerlei Notiz von mir genommen (außer im Bett), du hast die Kinder angeschnauzt, du bist auf die Katze getreten. Da dein Geist die ganze Nacht auf Hochtouren gearbeitet hat, mußtest du vormittags schlafen, und alle haben nur noch im Flüsterton geredet, die Türen leise zugemacht und sind auf Zehenspitzen durchs Haus geschlichen, und zwar mit chronisch schlechtem Gewissen. Wieso fühlten wir uns denn so, als wären wir dir ein permanenter Klotz am Bein? Als könntest du, wenn wir nicht wären, fliegen? Ja, wirklich: Als ich dich einmal bei der Arbeit störte, um dir zu sagen, daß die Dachbalken über Bonnies Zimmer am Einstürzen waren, da kam ich mir tatsächlich niederträchtig und gemein vor. Kannst du dir das vorstellen? Wir haben dir in der Tat das Mark aus den Knochen gesogen, nicht wahr? Wir haben dir in der Tat deine kostbare Zeit gestohlen. Eines schönen Tages wurde mir klar, daß alles, aber auch alles, was ich auf der Welt am meisten liebe – Zeitunglesen, Babys knuddeln, mich um Tiere kümmern –, für dich nur ein Störfaktor ist, ein lästiges Hindernis, das es zu überwinden gilt, damit du dich wieder deiner Leidenschaft hingeben kannst: dem, was du im Kopf hast. Leute wie du sollten nicht heiraten. Ich habe oft genug in Berties Autobiographie geschmökert, während ich auf die Kinder aufpaßte. Ich weiß, wovon ich rede. »Dann setzte ich mich aufs Rad und fuhr davon. Dies war das Ende meiner ersten Ehe.« Zeugt das etwa von Sensibilität? Kein bißchen, wenn du mich fragst.

Ich kann nur hoffen, daß die Kinder nichts von deinem nervtötenden Genie geerbt haben. Ich würde ganz bestimmt keinen Finger krumm machen, um es zu hegen und zu pflegen. Im Gegenteil: Ich würde alles tun, um es mit Stumpf und Stiel auszurotten. In einer Familie ist nur Platz für *ein* Genie, der Rest braucht eine Selbsthilfegruppe. Am besten, ich gründe eine, für *Frauen bedeutender Philosophen* (FRABEPH) – vorausgesetzt, sie sind nicht alle im Ausland. Vielleicht sollte man überhaupt alle Personen aufnehmen, die einen ›Klugen Kopf‹ in der Familie haben. Sie alle haben ein gemeinsames Problem. Nur einer in der Familie hat das Recht, sein Leben nach Wunsch zu gestalten, die anderen müssen warten und sich anpassen, sich nach ihm richten, sich unterordnen, sehen, wie sie zurechtkommen. Ich könnte ja ein Handbuch verfassen: *Guter Rat für ahnungslose Anfängerinnen*: Ihr erster Auslandsaufenthalt. Machen Sie ein Fiasko daraus. Was Sie auf jeden Fall vermeiden müssen: bereitwillig und ohne Murren mitgehen, freudig umziehen, wohin immer er will, neue Freunde finden, Ihren Interessen nachgehen, dafür sorgen, daß Sie beschäftigt und vergnügt sind, den Kindern die Umstellung erleichtern. Denn wenn Sie das tun, haben Sie es Ihrer eigenen Dummheit zuzuschreiben, wenn er Ihre offenkundigen Fähigkeiten ins Feld führt und gegen Sie verwendet, sobald er an den nächsten Umzug denkt – und den übernächsten – und den überübernächsten – und den überüberübernächsten.

Sie haben die Wahl zwischen Scylla und Charybdis, meine Damen: Entweder Sie verpfuschen Ihrem Mann die Karriere oder sich selbst und Ihren Kindern das Leben. Sie kennen ja die riesigen Möbelwagen, die über die Autobahnen donnern. Sie und Ihre Kinder haben genug Freunde verloren. Wir leben in gefährlichen Zeiten. Nur wenige entgehen dem Sechs-Uhr-Knirschen des Schlüssels im Schloß, gefolgt von dem lähmenden Ruf: »Hallo, Angela, stell dir vor! Im Rektorat wird sich demnächst einiges ändern, und Higgins hat heute beim Essen gemeint ...«

Und Sie? Springen Sie bereits auf und legen die Gardinen beiseite, die Sie gerade auf exakt die richtige Länge für Ihre Fenster umgenäht haben? »O Darling, das ist ja phantastisch! Ich kann sie jederzeit wieder länger oder kürzer machen!« Bravo. Sie sind zweifellos die Richtige für einen ›Klugen Kopf‹. Sie aber, die anderen, seien Sie auf der Hut, lesen Sie dieses Büchlein und sagen Sie kein Wort ohne vorherige Rücksprache mit Ihrem Anwalt.

Ja, ja, ich geb's ja zu. Ich hatte die Nase voll. Ich hatte Heimweh, und ich kam zurück nach Hause. Natürlich nicht ohne die üblichen Ausreden: daß es mir unmöglich sei, auf unbestimmte Dauer in einem Land zu leben, in dem Kieselsteine und Felsbrocken gleichermaßen als »Steine« bezeichnet werden, in dem Jungakademiker Sachen sagen wie »Das ist *Ihre* Realität« und in dem selbst die Erwachsenen noch an Gott glauben. Aber erstens wollte ich sowieso nicht nach Amerika, und zweitens sah ich nicht ein, weshalb ich dort bleiben sollte. Es wurmt mich noch heute, Oliver, daß unser Umzug nach Amerika in der Familienmythologie als unbedeutendes Detail einer natürlichen Entwicklung figuriert, während meine Rückkehr eine ›alles überragende Entscheidung‹ war. Das finde ich nicht fair. Und ich fand es auch nicht sehr fein von dir, daß du dir die Geographie der ganzen Angelegenheit zunutze gemacht hast, um deine sämtlichen Kollegen in dem Glauben zu lassen, *ich* hätte *dich* verlassen. Wie bemerkte meine Mutter so treffend, als sie mich und die Kinder vom Flughafen abholte? »Manche alten Leute erinnern sich noch an die Zeiten, als es immer der Gentleman war, der die Frau verließ ...«

6

Ist noch was in der Teekanne?«

»Ja, Altöl aus dem Toyota von nebenan.«

Ich hätte gar nicht erst herunterkommen sollen. Sie hat mal wieder schlechte Laune.

»Was machen die Kinder?«

»Alles bestens. Dieses scheußliche schwarze Ungetüm hat sich auf Nancy gestürzt und ihr beide Augen ausgehackt, aber der Krankenwagen hat sie abgeholt, und jetzt ist wieder Ruhe.«

Ihre Laune ist wahrhaftig rabenschwarz. Ich würde gern mal einen Blick auf den Kalender werfen, aber wenn ich jetzt auch nur in ihre Richtung schaue, dann rastet sie noch vollends aus. Da ist wachsweiche Taktik angesagt, scheint mir.

»Viel zu tun?«

»Allerdings. Ich hab' vorhin mal kurz den Kopf verloren und eine Flasche Unkrautvernichtungsmittel ausgetrunken. Aber jetzt geht's wieder.«

Gleich wird sie den Topf da durchgescheuert haben. Wieso kocht sie überhaupt Pullover? Ist sie verrückt geworden?

Da kommt's auch schon.

»Oliver, könntest du mal kurz umrühren? Nur einen Moment.«

O nein. O nein, so nicht. Kommt gar nicht in Frage, egal, in welcher Zyklusphase sie gerade ist. Sie kann nun mal nicht alles haben. Entweder wir sind verheiratet, oder wir sind es nicht. Und wir sind es nun mal nicht.

»Wo ist denn Ally?«

Vorsicht, der Topf.

»Bei der Hexe.«

Aha, ich verstehe.

»Du verstehst überhaupt nichts!«

Ich habe es nicht einmal ausgesprochen. Zum Glück. Ich habe nicht einmal den Mund aufgemacht.

Trotzdem hat es gewirkt, nicht wahr? Denn weil ich überhaupt gewagt habe, es zu denken, im stillen, nur für mich, stehe ich jetzt mit dem Kochlöffel in der Hand da, und sie lümmelt auf einem Küchenstuhl und zieht sich in aller Ruhe ein Paar Socken an. Ich will ihr nicht geraten haben, mich alleinzulassen. Ich kann schließlich nicht den ganzen Tag hier herumstehen und rühren. Ich bin mitten in der Arbeit.

»Nicht kosten, Oliver, sonst kriegst du blaue Zähne.«

Das hört sich schon ein bißchen sanfter an. (Die schlimmste Zyklusphase kann es also nicht sein.)

»Was ist das überhaupt?«

»Ein Färbebad.«

»Ein *Färbebad*?«

»Ich will Nancys Pfadfinderuniform blau färben. Ich hab' sie ihr gerade erst gekauft, und jetzt kommt sie in eine andere Gruppe.«

»Hab' ich jetzt etwa blaue Zähne? Schnell, Constance, komm her und schau nach! Sind meine Zähne blau?«

»Nur keine Panik, Olly.«

Sie läßt sich jede Menge Zeit, ich muß schon sagen. Ehe sie sich zu mir herüber bequemt, zupft sie noch ihre Wollsocken zurecht und schlüpft in ihre Gummistiefel. Und auch dann streckt sie lediglich die Hand aus und zieht meine Oberlippe hoch, als wäre ich ein altes Pferd, das sie möglicherweise kaufen will.

»Bitte, laß das.«

»Alles in Ordnung. Nichts Blaues zu sehen. Aber ich binde dir lieber eine Schürze um. Für alle Fälle.«

»Constance, ich hab' jetzt keine Zeit. Ich hab' zu arbeiten!«

Bevor ich auch nur eine Bewegung machen kann, hat sie mir schon die Schürze umgehängt, schlingt ihre Krakenarme um mich und schnürt mich fest ein.

»Nur einen Moment, Olly.«

Und schon ist sie zur Hintertür hinaus.

Kann mir bitteschön jemand erklären, wie sich die Dinge so entwickeln können? Wie kommt es, daß sich am Ende einer Ehe alles, was einem an der Beziehung teuer war, wie durch Zauberei augenblicklich in Luft auflöst, während all die Kleinigkeiten, die man insgeheim verabscheut hat, einen noch jahrelang hartnäckig verfolgen? Wie ist es zu erklären, daß meine Wünsche noch immer ignoriert werden? Weshalb stehe ich hier und rühre? Dabei dachte ich allen Ernstes, ich hätte, nachdem ich ohne viel Federlesens aus meinem Job als Constances Ehemann gefeuert worden war, eine gewisse Entschädigung zu erwarten. Zumindest hätte man mir die Rechte eines Untermieters einräumen können. (Daß ich überhaupt in diese Rolle geschlüpft bin, war schließlich der Kernpunkt von Constances Rechtfertigung des Großen Deals.) Untermieter müssen nicht rühren. Untermieter bekommen keine Schürzen umgebunden, um dann am Herd zu stehen und mit einer Hand Pfadfinderuniformen in Töpfen zu schwenken, während sie mit der anderen verzweifelt zu schreiben versuchen. Wo ist sie überhaupt hin? Was stapft sie bei dem Regen durch den Garten? Riecht's hier nicht angebrannt –? Allmächtiger! Nancy wird außer sich sein. Kann Constance Brandlöcher stopfen? Bestimmt. Frauen können alles, wenn es ihnen in den Kram paßt.

Ich dagegen – ich sehe mich in den Mechanismen der Vergangenheit gefangen. In diesem Haus ist es schon immer so gewesen. »Ach Olly, bitte, nur einen Moment.« Die kleinen Fristen, die ich mir für meine Arbeit setze, werden schnell zur Farce. Mein Arbeitsrhythmus ist dahin. Alles, worüber ich nachzudenken versuche, endet in Konfusion. Mein Geist verzettelt sich auf einem Schlachtfeld voll häuslichen Unrats. Meine inneren Kräfte schwinden samt und sonders dahin. Würde ich zu dem letzten Satz zurückblättern, den ich vor diesem von ihr inszenierten kleinen Intermezzo geschrieben habe, käme es mir vor, als hätte ich Hieroglyphen vor Augen. Ich kann in diesem Haus nicht arbeiten. Es ist unmöglich. Ein Blick auf den Kalender erübrigt sich mithin. Es bleibt sich ohnehin gleich. Constances Fluch liegt über diesem Haus, den ganzen Monat schon. Der Himmel gnade dem, der hier versucht zu denken.

Im Grunde ist die Familie der Tod des abstrakten Denkens. (Wer befürchtet, die Familie habe ihre Rolle in der heutigen Gesellschaft ausgespielt, den kann ich beruhigen:

Auf dem Gebiet der Arbeit ist das Gegenteil der Fall.) Constance schlurft Tag für Tag durchs Haus und lenkt mich von der Arbeit ab mit ihren Staubtüchern und Mops und Sorgen wegen Bonnies miserabler schulischer Erziehung. Ich werfe ihr böse Blicke zu, sie wirft sie zurück. Schließlich kriegen wir Krach. Heute morgen zum Beispiel. Ich lag friedlich im Bett, da kam sie herein, ohne anzuklopfen.

»Schlaf ruhig weiter, Olly«, sagte sie laut und vernehmlich, obwohl jeder, der sich die Mühe machte hinzuschauen, auf den ersten Blick sehen konnte, daß meine Augen, wenn nicht gar meine Ohren, fest geschlossen waren. »Ich muß schnell was suchen. Es dauert nur einen Moment.«

Dieser Moment artete in ein schier endloses Kramen und Rumoren aus. Ich wußte nur zu gut, daß es ihr, wenn sie nicht sogleich fand, wonach sie suchte, zu dumm werden und sie nicht länger an sich halten würde. Constance ist viel zu intelligent, um eine gute Hausfrau zu sein. Und prompt begann sie, dem Spiegel zugewandt, eine ihrer Fernsehdokumentations-Imitationen vom Stapel zu lassen, während sie die Kommodenschubladen eine nach der anderen aufriß und nach Durchwühlen des Inhalts wieder zuschmetterte. »Was Sie hier hinter mir auf Ihrem Bildschirm sehen, verehrte Zuschauer, mag Ihnen zunächst einfach wie eine schlafende Masse in einem Bett erscheinen. Doch weit gefehlt. In Wirklichkeit ist hier ein höchst agiler und flexibler Geist zum Leben erwacht, und zwar auf Kosten des Körpers, der ihn nährt. Sie sehen hier nicht einfach nur ein warmes Bett zum Schlafen, sondern zugleich eine Brutstätte des Denkens –«

»Und was ich denke«, unterbrach ich sie und öffnete ein böses Auge, »ist, daß ich weiterschlafen will.«

(Sie kann stundenlang so weitermachen, wenn man sie nicht bremst.)

Mit den Kindern ist es nicht weniger schwierig. Als Ally heute morgen unter meinem Fenster pfeifend seine Blumentöpfe versorgte, ging ich hinunter ins leere Wohnzimmer. Ich saß kaum fünf Minuten da, als Bonnie hereinspaziert kam. Sie starrte mich an, wie ich, in einen ganz privaten kleinen Gedankengang über das Wesen der Notwendigkeit versunken, den dunklen Bildschirm des Fernsehers betrachtete, und schaltete den Apparat ein.

»Mußt du ausgerechnet jetzt fernsehen?«

»Jetzt ist, wenn er an ist.«

Da dies im Geiste schlüssiger Argumentation präsentiert wurde, änderte ich meine Taktik.

»Dann nimm bitte den Ohrhörer. Ich arbeite.«

Maulend zog sie gerade so viel Kabel aus dem wirren Knäuel, das wie ein gebleichter Hundehaufen am Boden lag, daß sie das eine Ende in den Fernsehapparat und das andere ins Ohr stecken konnte.

»Etwas mehr Kabel bitte, du verdirbst dir die Augen.«

(Ich bin ein guter Vater. Ich versuch's zumindest. Ich geb' mir alle Mühe.)

Ich kehrte dem flimmernden Stumpfsinn, den sie sich ansah, den Rücken zu und versuchte meinen Gedanken weiterzuspinnen.

Doch da: *Tock*.

Tock.

Sie schlug die Füße auf dem Teppich aneinander.

Tock.

»Würdest du das bitte lassen?«

»Was soll ich lassen?«

»Was du da mit den Füßen machst.«

»Was denn?«

»Dieses Geräusch.«

»Ich mach' doch gar kein Geräusch.«

Da hatte sie natürlich recht. Anstatt sich auf Diskussionen einzulassen, hatte sie vorübergehend damit aufgehört.

Tock.

Tock.

»Da, bitte, genau das meine ich. Dieses Geräusch. Würdest du das bitte lassen?«

»Meinst du das?«

Tock.

»Ja.«

»Was soll damit sein?«

»Nichts, nur daß es mir auf die Nerven geht. Also hör bitte auf damit.«

Einen Moment lang war es still. Dann:

Tock.

Nun ja. Zeigen Sie mir den Familienvater, der nicht ein verhinderter Denker ist. Das kommt von den Gefühlen. Sie absorbieren einen völlig. Sie haben die Macht, Gedanken ebenso leicht auszulöschen, wie ein Magnet eine Diskette löscht. Man muß da wirklich aufpassen. Will man mit einer Sache ernsthaft weiterkommen, kann man es sich einfach nicht leisten, Gefühle zuzulassen. Man muß sich vielmehr mit äußerster Sorgfalt gegen sie abschirmen.

Aber dann hagelt es natürlich Vorwürfe. »Du bist kalt

wie ein Fisch. Du bist ein grober Klotz. Du hast überhaupt keine Gefühle.« Wo kriegen Leute wie Constance ihre Gewißheiten nur so billig her? Woher nehmen sie die Unverfrorenheit, sich mit ihren fadenscheinigen Überheblichkeiten vor aller Welt zu schmücken, als wären es die kostbaren und ehrwürdigen Gewänder gerechten moralischen Urteils? Ich habe sehr wohl Gefühle. Ich bin kein grober Klotz. Ich komme vielleicht nicht aus genau der gleichen Ecke wie Constance, aber deshalb bin ich noch lange kein schlechterer Mensch. Was hat Constances Art zu leben ihr schon gebracht? Das möcht' ich gern mal wissen. Ich habe meine Arbeit, meine Theorien, meine Philosophie. Und was hat sie? Ein erfüllteres Leben? Mehr Leute, die an ihrem Grab Tränen vergießen? Meinetwegen! Ich gehe meinen eigenen Weg, vielen Dank. Niemand kann zwei Leben leben, und ich habe mir meines sorgfältig ausgesucht.

Ich weiß auch noch, wann. Es war an einem Sommermorgen, so wie heute. Es war der soundsovielte August, offensichtlich der Geburtstag meiner Mutter, denn oben im ersten Stock brach plötzlich der bekannte Aufruhr los: ihre Verzweiflungs- und Empörungsschreie, im Hintergrund die durchdringende Litanei der egoistischen Rechtfertigungen meines Vaters, Türenknallen, als ein Bruder nach dem anderen in seinem Bau verschwand. Ich höre noch ihr schrilles Schreien. »Nichts? Gar nichts? Von keiner Menschenseele? Nichts? *Nichts*?«

Wer ging zu ihr? Irgend jemand muß zu ihr gegangen sein. Wahrscheinlich Solly. Oder Joe. Zu spät, jetzt noch zu fragen. Es ist niemand mehr da. Ich erinnere mich nur noch an die rauhe Unterseite der Tischplatte, gegen die sich meine Beine preßten, und an den heftigen Druck meiner Finger in den Ohren, als ich mich vorbeugte, sie alle ein für allemal aus meinem Bewußtsein löschte und die erste, mit einem Sternchen als besonders schwierig gekennzeichnete Übung in Tarquels großartiger *Einführung in die Logik* in Angriff nahm. Wie alt war ich damals? Dreizehn? Vierzehn? Alt genug, um erwachsen zu werden. Alt genug, um mich zu entscheiden.

Allzuviel gab es da allerdings nicht zu entscheiden. Schon immer, wenn ich Leute wie Constance und Ally die Zeit vertrödeln und das Leben auf die leichte Schulter nehmen sah, wußte ich, daß diese Art zu leben für mich nie eine ernsthafte Alternative gewesen ist. Wenn ich ehrlich bin, komme ich an einer Tatsache nicht vorbei: So unauslöschlich mir der Geburtstagsmorgen meiner Mutter auch im Gedächtnis haften geblieben ist, so kann ich mich doch an keine Zeit erinnern, da mir nicht bewußt gewesen wäre, daß ich mich in den Dienst all der Möglichkeiten zu stellen hätte, die in mir schlummerten. In all den Jahren meiner Schulzeit saß ich nicht einfach nur da und tat so, als sei ich der Herrscher des Mars. Ich spürte auch die Krone auf meinem Haupt. Und wenn ich mein Gewissen erforsche, dann weiß ich auch, daß ich an dem Tag, als meine Mutter wie ein Tier in der Falle heulte und uns allen unsere gemeinschaftliche Vernachlässigung ihrer Person ins Gedächtnis brannte, nicht einfach eine Metamorphose zu Zwecken des Selbstschutzes durchmachte. Vielmehr senkte sich mit einemmal die felsenfeste Gewißheit auf mich herab, daß es für mich nur *einen* Weg gab. Und da ich, um diesen Weg zu gehen, letzten Endes alle Gefühlswallungen ignorieren mußte, konnte ich ebensogut gleich damit anfangen.

Ich weiß durchaus, was mir entgeht. Selbst Constance wird zugeben, daß ich nicht zum großen benachteiligten Heer der Verklemmten gehöre. Ich könnte, wenn ich wollte, von heute auf morgen den Spieß umdrehen – die Philosophie an den Nagel hängen und die andere Seite meines Wesens ans Licht treten lassen. Alle Kalender verbrennen, die Uhren anhalten und meine Tage *leben*, anstatt ihre Bausteine, die Stunden, nur zu benutzen, um Gebäude in einer anderen Welt zu errichten. Ich würde mit der gleichen Intensität fühlen, mit der ich jetzt denke. Es hilft also, die Barrieren aufrechtzuerhalten. Und das gehört zu den Dingen, die mir an Constance mißfallen. Für mich war sie von jeher, ohne es zu wollen, eine Quelle psychischer Strapazen. Wie eine wenig zartfühlende Hure, die vor dem Fenster eines Eremiten auf Kundenfang geht, ist sie eine lebendige, provozierende Erinnerung an entgangene Freuden, an mit viel Aufwand begrabene Dinge. Offen gestanden ist mir der Umgang mit besonders vitalen Menschen nie ganz leichtgefallen. Mit Kleinkindern zum Beispiel. Den strahlend jungen Frauen meiner zum zweiten Mal verheirateten Kollegen. Constances Mutter. Ich mag es nicht, wenn mich allzuviel Leben bedrängt. Daher rührt wohl auch meine Abneigung gegen das Theater. Ich gehe ausgesprochen ungern ins Theater. Ich finde die Vitalität, die da auf offener Bühne pulsiert, höchst beunruhigend. Bücher dagegen machen mir überhaupt nichts aus. Ein Buch kann man wenigstens jederzeit beiseite legen. Im übrigen lese ich ohnehin nur die allerbesten, und daher weiß ich, daß ihre Autoren höchstwahrscheinlich ein ähnliches Leben geführt haben wie ich: reduziert, auf Sparflamme, vom Streben nach einem Ziel verzehrt. Lieder mit Text meide ich, denn sie beschwören Gefühle, die mich wie ein Schlag treffen und umwerfen können. Bis ich mich wieder gefangen habe, können Stunden vergehen, und deshalb höre ich heute nur noch Musik ohne Text. Sie wirkt auf mich wie ein Talisman, der mich davor bewahrt, von meinem Weg abzukommen. Ich spiele jeden Abend Klavier. Ich höre jeden Tag Musik. Sie überfluten mich, diese Kadenzen von höchster Reinheit! Mein Geist ist dem, was sie zu sagen haben, nicht verschlossen. Ich vernehme die Liebe, die Angst, die Sehnsucht, den Schmerz. Doch es ist nicht das Leben – Telefone, die nicht klingeln, Liebe, die nicht von Dauer ist. Es ist Musik, die zudem ein Bild meines Lebens zu zeichnen vermag. Die aufsteigenden Klänge beschwören die Gewißheiten, die ich mir mühsam erkämpft habe, die herrlichen, erhebenden Schönheiten meiner Arbeit –

Meine Arbeit ... O Gott, wo bleibt Constance nur so lange? Diese Pfadfinderuniform muß doch allmählich blau genug sein. Wieso kommt sie denn nicht zurück? Ich hab' meine Zeit schließlich nicht gestohlen. Der Sommer ist schon fast vorbei, und wenn ich das verdammte Ding da oben nicht bis zu meiner Abreise fertigkriege, dann werde ich es nie zu Ende bringen. Es gibt viel zuviel anderes zu tun. Aber ich bin selbst schuld. Ich hätte mich nie breitschlagen lassen dürfen, Otto Fairbairns idiotisches Angebot anzunehmen. Diese Art Arbeit ist etwas für Verrückte – oder für Hochverschuldete. Hätte ich mir nicht den Steinway zugelegt, hätte ich diesen ganzen Haufen drittklassiger intellektueller Tölpel abwimmeln und den Sommer mit etwas Sinnvollerem verbringen können.

Wenn es mir vergönnt gewesen wäre, überhaupt etwas zu tun. Wenigstens lassen die Geräusche, die jetzt von draußen hereindringen, darauf schließen, daß Constance sich der Hintertür nähert. Läuten die Glocken der Freiheit?

Nein.

»Olly, ich krieg' meine Stiefel nicht ab. Hilfst du mir bitte?«

»Ich bin mit Rühren beschäftigt, Constance.«

Wenn es ihr gerade einfällt, ist sie für Ironie völlig unzugänglich.

»Das kann ich machen, während du mir die Stiefel ausziehst.«

Sie kommt mit Riesenschritten heran, zweifellos um sich später das Wischen zu sparen.

»Was hattest du bei dem Wetter überhaupt draußen zu suchen?«

Statt einer Antwort hält sie triumphierend einen großen Obstkorb hoch.

»Schwarze Johannisbeeren?«

»Tollkirschen.«

»Und wie willst du sie dazu bringen, davon zu essen?«

Constance strahlt. Sie und Ally spielen dieses Spielchen häufig. Ich habe bis jetzt nie mitgespielt, aber ich habe sie oft genug dabei belauscht: »Da kommt der 31er Bus.« »Hier geht sie aber nie über die Straße.« »Ist das der Mittags-Böllerschuß?« »Ja, aber wie kriegen wir sie vor die Kanone?« Die beiden sind wirklich kindisch. Und nach dem, was ich gehört habe, nehme ich an, daß sie das Spiel auch auf meine

Kosten spielen. Vielleicht sollte ich dieser plötzlichen Leidenschaft für giftige Beeren einmal auf den Grund gehen ...

»Diese Tollkirschen, Constance – wieso hast du die eigentlich gesammelt? Muß ich mir etwa Sorgen machen?«

Sie stützt sich mit der Hand schwer auf meinen Kopf, genau wie Nancy, wenn ich vor ihr kauere, um ihr die Stiefel auszuziehen.

»Constance?«

Sie späht zerstreut in den Topf.

»Keine Angst, Olly, niemand will dich vergiften. Ally ist nur gerade drüben und versucht, Ned für den Nachmittag loszueisen, und Ned ist ein Freiluftmensch und ein großer Beerenesser.«

Ich bin entsetzt. Schlichtweg entsetzt. Hat denn keiner von den beiden auch nur einen Funken Verantwortungsgefühl?

»Hättest du doch was gesagt, Constance. Ich hätte dir die ganze Pflanze ausgegraben.«

In ihrer Antwort schwingt ein warnender Unterton mit.

»Es ist nicht einfach eine Pflanze, Olly. Es ist eine riesengroße Staude. Und ausgraben können wir sie nicht. Sie wächst von nebenan durch den Zaun. Und vielleicht darf ich dich daran erinnern, daß du noch nie besonders geneigt warst, mir bei irgend etwas zu helfen. Du warst nicht einmal bereit umzurühren.«

Sie macht sich ihre Befreiung aus dem zweiten Stiefel zunutze, um mir den Rücken zuzukehren. Und noch während ich dastehe und ihr zusehe, verrät mir der Neigungswinkel ihres Hinterkopfes, daß ihr Blick in den Topf zutiefst argwöhnisch geworden ist.

Zu spät, um zur Tür zu gelangen.

»Olly, das ist ja verbrannt!«

»Nur ein bißchen.«

»Ein bißchen?« Sie hält das tropfende Kleidungsstück mit dem Kochlöffel hoch. »Da ist ein riesengroßes Loch drin!«

An Rückzug ist nicht mehr zu denken. Es wäre gar zu auffällig.

»Constance, hättest du es je probiert, dann wüßtest du, daß es gar nicht so einfach ist, mit einer Hand zu rühren und mit der anderen zu schreiben.«

Der Blick, den sie mir zuwirft, hätte selbst Rasputin schachmatt gesetzt. Der triefende Klumpen rutscht vom Kochlöffel und läßt blaues Wasser nach allen Seiten spritzen.

»Olly, du kannst einen wirklich den letzten Nerv kosten!«

Ich *hasse* es, wenn Constance mit mir redet, als wären wir noch verheiratet. Sie ist so grob, so überheblich. Merkt sie denn nicht, daß ich sie, wenn die Kinder nicht wären, ohne viel Federlesens ins Klo hinunterspülen und in die Kanalisation befördern würde? Dann würde sie schon sehen, daß es Grenzen gibt. Irgendwie kann ich mir gar nicht vorstellen, daß sie im Umgang mit dem Gemüsekönig ihren gewohnten Stil beibehalten kann. Und von wegen ihren eigenen Lebensunterhalt verdienen – da kann ich ja nur lachen. Sie weiß genausogut wie ich, wie utopisch ein solches Szenario nach fast fünfzehn Jahren subventionierten Müßiggangs ist. Sie war auch sehr darauf bedacht, diesen Punkt nicht in die Diskussion zu bringen, als sie Die Große Familiäre Umgestaltung durchzog. Wie lange war es her, seit sie in ihr geliebtes Haus zurückgekehrt war? Drei Monate vielleicht? Oder waren es vier? Ich, der Ernährer, mußte selbstverständlich arbeiten und konnte erst nach Abschluß des Semesters heimfliegen und meine eigenen Kinder wiedersehen. Zwar wurde mir dann in aller Freundlichkeit meine Hälfte des Ehebettes zugestanden, doch blieb mir, obgleich ich durch die Zeitverschiebung wie gerädert war, nicht verborgen, daß während meiner Abwesenheit eine Art häuslicher Neuorientierung stattgefunden hatte.

»Wem gehört die Zahnbürste da? Alasdair Huggett? Gehst du mit diesem Menschen neuerdings ins Bett?«

»Jetzt hör aber auf, Olly. Du bist gerade erst aus dem Flugzeug gestiegen.«

Hand hochheben, alle Unverheirateten da hinten in der letzten Reihe, die Sie nicht wissen, was das bedeutet. Es bedeutet: Ja, ich gehe mit Alasdair Huggett ins Bett, aber den großen Krach kann ich jetzt nicht gebrauchen. Später dann.

Sie hatte ja recht. Ich war nicht in der Verfassung. Ich war zu müde. Meine Augen waren rotgerändert, und mein Gehirn war wie aus Gummi. Bis zum letzten Augenblick, und noch im Flugzeug, hatte ich mich mit einem Problem der Analytischen Implikation herumgeschlagen. Außerdem hatte ich selbst kein ganz reines Gewissen, so daß mir das Naheliegendste verwehrt war: der heilige Zorn des gehörnten Ehemannes. Ich hatte selbst eine kleine Affäre gehabt. Nichts von Bedeutung, nur ein kleiner Seitensprung, doch genug, um die Diskussion in falsche Bahnen zu lenken. Besser, man wartete bis zum nächsten Morgen. (Constances Morgen. Und natürlich war es auch schon wieder meiner.)

Der Morgen kam (oder der Abend). Die Dinge kamen ans Licht. Die Einstufung meines Abenteuers als »kleiner Seitensprung« mußte drastisch revidiert werden angesichts Constances dramatischer Reaktion auf die wenigen Details, die sie über meine kurze und wenig erbauliche Beziehung zu Debbie aus mir herausquetschte. Die nächsten Tage aber wurde immer deutlicher, daß mein kurzes Abirren vom Wege ehelicher Exklusivität nicht mehr als ein Schluckauf war im Vergleich zu dem Erdbeben, das, wie sich herausstellte, in meinem eigenen Hause im Gange war.

»Wer geht mit mir spazieren?«

»Wir nicht, wir spielen gerade mit Ally.«

Der Mann wußte genau, wie er sich einzuführen hatte. Im ganzen Haus gab es vermutlich keinen Winkel mehr, in dem er in den wenigen Wochen nicht seine Spuren hinterlassen hatte. Sogar mein kleiner Stuhl war repariert. Und überall stolperte ich über diesen Ned, seinen Sohn, der ständig bei uns herumkrabbelte, nasse Windeln über die Böden schleifte und von Nancy verwöhnt wurde. Weiß der Himmel, wann Ally überhaupt je bei sich zu Hause war. Die Hexe bekam jedenfalls bestimmt nicht annähernd so viel von ihm zu sehen wie ich.

»Wohnt dieser Mensch jetzt bei uns? Hat er hier irgendwo einen Anbau gezimmert, den ich noch nicht bemerkt habe? Gedenkt er, mit seinem Sohn für immer hierzubleiben?«

»Sei nicht albern, Olly.« Aber sie sah beklommen drein. Und bald schon drang die ganze Litanei durch die Rohre zu mir herauf.

»Also ehrlich, Constance: Wir können nicht ewig so weitermachen.«

»Aber Ally, warum denn nicht?«

»Ich halt' das nicht mehr aus. Ich liebe dich, und du gehst immer noch mit ihm ins Bett. Das ist nicht fair.«

Nicht fair *ihm* gegenüber? Wer ist denn mit der Frau verheiratet? Und was heißt hier *fair*?

Constance konterte geschickt, das muß man ihr lassen.

»Aber er ist der Vater meiner Kinder. Und außerdem liebe ich ihn und will ihm nicht wehtun. Ich will überhaupt niemandem wehtun, Ally. Es ist ja schön und gut, wenn du denkst, man schafft klare Verhältnisse, und dann ist alles in Butter. Aber das ist es höchstwahrscheinlich nicht. Und außerdem – was ist mit Stella? Sie wird außer sich sein.«

»Stella und außer sich sein?«

»Warum nicht?«

»Genausogut könnten Steine Tränen vergießen.«

»Aber Olly würde außer sich sein.«

»Ja?«

Ja? Mein Füllfederhalter blieb plötzlich mitten in dem Wort »Interpolationslemma« beunruhigt stehen, und wenn nicht die knarrenden Dielen gewesen wären, hätte ich meinen Stuhl etwas näher an den Wäschetrockenschrank herangerückt, um mir weitere, durch die Rohre vermittelte Aufschlüsse nicht entgehen zu lassen. So klappte ich nur eine der kleinen hölzernen Türen auf und lauschte angestrengter. Allys gewohnte Verbindlichkeit schien wie weggeblasen. Er spielte um einen hohen Einsatz: meine Frau.

»Diese Heimlichtuerei ist mir zuwider. Ich kann so nicht weitermachen. Du mußt dich entscheiden. Er oder ich.«

Was tat sie? Kaute sie an den Nägeln? Ich glaubte einen leichten Klaps zu hören, doch sonst kam nichts von ihr. Die schweren Garten-Gummistiefel quietschten über die Fliesen, als Staatsanwalt Ally in meiner Küche auf und ab schritt und seinen Fall vortrug. »Er benimmt sich tadellos – für einen Untermieter. Da kann man wirklich nichts sagen. Er kommt und geht und holt sich seinen Tee. Sein Geld geht regelmäßig wie ein Uhrwerk auf dem Konto ein, ob er nun hier ist oder nicht. Und seit er zurück ist, hat er sich mit niemandem angelegt und ist nett zu den Kindern.«

So eine Frechheit! Eine Unverschämtheit!

»Tja«, sagte Constance.

Das war alles. Mehr hatte sie dazu nicht zu sagen. War Ally über diese armselige Antwort nicht ebenso empört wie ich? Manchmal brächte selbst ein amtlich registrierter Unzurechnungsfähiger eine vernünftigere Äußerung zustande als Constance. Diesmal aber ließ sich Ally von ihrer krassen Unverbindlichkeit nicht abschrecken. Er insistierte:

»Und wie ist es im Bett mit ihm?«

»Schön, danke«, erwiderte Constance. (Das Äußerste, was *sie* an ehelicher Loyalität aufbringt.)

»Schade«, sagte Alasdair. Um dann mit ungewohnter Bestimmtheit fortzufahren: »Es wird Zeit, daß du dich entscheidest. Willst du mit einem Ehemann oder einem Untermieter verheiratet sein?«

An diesem Punkt riß Constance sich endlich hinreichend zusammen, um unsere Ehe äußerst geschickt zu verteidigen, wie ich erleichtert vernahm.

»Das ist ja alles schön und gut, Ally. Aber wie steht's mit

dem Geld? Wir beide wären ganz schön knapp bei Kasse, du und ich. Wir sind doch beide keine Großverdiener.«

Großverdiener? Sie verdient keinen Penny. Sie hat noch nie Geld verdient.

»Wenn du mich wirklich liebst, sollte Geld keine Rolle spielen.«

Wie ziehst du dich jetzt aus der Affäre, Constance?

»Ally, sei doch vernünftig. Wir dürfen nicht nur an uns denken. Wir beide sind ja nicht allein auf der Welt. Bonnie und Nancy sind auch noch da und meistens auch Ned, jetzt, wo Stella wieder arbeitet. Wir brauchen doch hier nicht einen Riesenaufstand zu machen mit Scheidung und allem Drum und Dran. Warten wir's doch einfach ab. Bis jetzt ist schließlich alles gut gegangen, außer damals, als du so sauer warst, daß du Stella geheiratet hast.«

»Aber du warst doch im Ausland, Constance! Du warst volle sechs Jahre fort!«

»Ja, und jetzt bin ich wieder da. Warum lassen wir also nicht einfach alles beim alten? Wir brauchen nur ein paar Kleinigkeiten zu ändern. Ein paar winzige Kleinigkeiten ...«

»Du willst ihn also nicht auffordern zu gehen?«

Es ist eine Anklage. Durch die Rohre verrät mir allein schon der Klang seiner Stimme, daß dies eine wirklich erbitterte Anklage ist. Constance aber zieht es vor, es als gute Idee aufzufassen. Frauen sind wirklich aalglatt.

»Genau! Wieso sollte ich auch? Er braucht ein Heim, und wir brauchen Geld.«

»Constance, es geht um unser Leben. Wir haben nur das eine. Du mußt es ihm sagen.«

Wird sie nervös?

»*Was* muß ich ihm sagen?«

Allys Stimme wird leiser. Ich muß mich anstrengen, um etwas zu verstehen.

»Naja – als erstes das mit dem Sex.«

»Was ist denn damit?« Ist sie in Tränen ausgebrochen? Ich höre, wie er mit dumpfem Laut vor ihr auf seine mächtigen Knie fällt.

»Constance, du mußt mit ihm reden. Du mußt es ihm sagen. Sag ihm, daß es aus ist. Du gehörst mir. Es ist aus mit Sex zwischen dir und ihm.«

»Aus?«

»Ein für allemal aus. Für dich ist Sex mit ihm aus, und er muß ausgehen, wenn er Sex will.«

Ich wartete. Nichts war zu hören. Das war's dann wohl gewesen. Stillschweigende Zustimmung die Rohre herauf, unsere Ehe den Bach hinunter. Und dann, wie aus dem Nichts, plötzlich eine abscheuliche Anwandlung von Feigheit: »Müssen wir's ihm denn unbedingt sagen? Kann er's nicht nach und nach einfach mitkriegen?«

Jetzt schien selbst der Salatfürst angewidert.

»Wie bitte? Im Bad steht schließlich meine Zahnbürste, und über seinen Kleiderbügeln hängen meine Sachen!«

Ein tiefer Seufzer. »Du hast recht. Wir müssen es ihm sagen.« Und dann ein unerschrockener kleiner Vorstoß. »Du sagst es ihm.«

»*Du* mußt es ihm sagen, Constance, du bist seine Frau.«

Nicht mehr. Sie war längst nicht mehr meine Frau. Seit sie sich von mir abgewandt hatte. Wenn ich so zurückblicke, wird mir klar, daß ich mich, seit ihr Schweigen mir ihre Untreue signalisierte, in keinem wesentlichen Punkt mehr an Constance gebunden fühlte. Unsere Ehe war damit gestorben. *Finito*. Ende. Zwischen uns war nichts mehr als ein Stück gemeinsamer Vergangenheit und zwei gemeinsame Kinder. Und ich für mein Teil hatte genügend Abstand, um ihnen die nächsten Stunden zur Hölle zu machen. Ich ging hinunter, nahm Constance zärtlich in die Arme, sagte ihr, ich hätte gerade daran gedacht, wie nett doch ein kleiner Familienurlaub wäre – was sie von Frankreich halte? –, und zeigte mich überhaupt von meiner sanftesten Seite.

Sie wurde sichtlich nervös.

»Olly, was immer du vorhast – es geht nicht. Wir müssen miteinander reden.«

»Reden? Ich hab' im Moment leider zu tun, Constance. Kannst du nicht mit Ally reden? Du redest doch so gern mit ihm.«

»Ach Olly, *bitte*!«

Ich hielt nicht durch. So gemein bin ich nun auch wieder nicht. Am Ende mußte ich den Füllfederhalter niederlegen und mich zu ihr umwenden. Aber da schien sie auf einmal nicht mehr die richtigen Worte zu finden, um ihre Kurzmeldung anzubringen.

»Constance, du übst in deiner Ausdrucksweise eine Zurückhaltung, die an schiere Unverständlichkeit grenzt. Was möchtest du sagen?«

Tränen. Und noch mehr Tränen. Und wieder treppab ins Kontrollzentrum.

»Ich kann es ihm nicht sagen. Es kommt einfach nicht so raus, wie es soll.«

»Dann sag' ich es ihm.«

Und das tat er auch. Er stieg die Treppe herauf, der Karottenkaiser, und sagte mir gründlich die Meinung. Und als es heraus war, fand Constance natürlich auch gleich alle ihre Kampfestugenden wieder. Ich brauchte nur einen Fühler auszustrecken, schon wurde kräftig hineingebissen.

»Und was ist mit den Kindern?«

»Was soll mit ihnen sein?«

»Ach, nichts.«

Zwecklos, schon wieder einen Streit vom Zaun zu brechen. Ich konnte mich außerdem beim besten Willen auf nichts besinnen, woran die Kinder sich im Lauf der Jahre nicht gewöhnt hätten. Also machte ich mir darüber weiter keine Gedanken. Und ich wollte mich wahrhaftig nicht so weit erniedrigen, über Trivialitäten zu diskutieren. Entweder ich akzeptierte das Bäumchen-wechsle-dich und hielt den Mund, oder ich setzte alles daran, sie zurückzugewinnen. Allzu schwierig wäre das nicht gewesen. Ich bin ein guter Mann. Auf mich ist Verlaß, und ich bin gut im Bett. Sie hat gelobt, mein Weib zu sein, bis daß der Tod uns scheidet, und ich kenne sie gut genug. Es hätte nicht mehr bedurft, als daß ich auf das eheliche Gegenstück von Allys mächtigen Knien gefallen wäre und sie gebeten hätte zu bleiben, ihr Besserung gelobt und ihr mehr von mir selbst angeboten hätte.

Also warum in aller Welt tat ich es nicht?

Weil unsere Ehe zu Ende war, deshalb. Wie lange waren wir zusammen gewesen? Viele Jahre. Das Bitten und Versprechen hatten wir schon öfter durchexerziert. Es hatte nie funktioniert. Meistens war ich nicht mit dem Herzen dabei gewesen, und gegen Ende zu, als ich es, wie ich glaube, ein paarmal wirklich ehrlich meinte, stellte sich heraus, daß *sie* nicht mehr mit dem Herzen dabei war. Wir paßten einfach nicht zusammen. Es funktionierte nicht. Als wir uns trennten, hegte sie einen Groll gegen mich, so groß und wuchernd wie ein inoperabler Tumor. »Du verdirbst mir alles, Oliver. *Alles.* Alles, was mir im Leben Spaß macht – Babys und Kinder pflegen, Tiere versorgen, mit Leuten plaudern, fernsehen, Zeitunglesen – das alles ist für dich nur Störung und Ablenkung, eine endlose Kette von kleinen Ärgernissen, die dich von der einzig wahren Liebe deines Lebens abhalten: dem, was du in deinem verdammten Kopf hast. Behalt deinen Ärger gefälligst für dich. Du brauchst hier nicht hereinzukommen und mit deiner Ungeduld und deiner schlechten Laune die Luft zu verpesten. Zieh ab, mitsamt der großen schwarzen Wolke, die dich einhüllt. Du vergiftest mein Leben!«

Das hört niemand besonders gern. Ich schon gar nicht. Ihre permanente Mißbilligung hing mir ebenso zum Hals heraus wie ihr meine. Ich hatte es gründlich satt, daß für sie all meine ernsthaften Bedürfnisse nichts als Persönlichkeitsdefekte waren. Ich bin ein Außenseiter. Ich bin so geboren und aufgewachsen. Ich kann nicht so tun, als wäre ich wie die anderen, und ich will es auch gar nicht. Ich hatte von Constances Genörgel die Nase ebenso voll, wie sie von mir die Nase voll hatte. Und unsere Ehe war zu Ende.

Alles, was ich will, ist, daß meine Ex-Frau diese kleine, aber nicht unbedeutende Tatsache bei unseren verbalen Alltags-Interaktionen in Rechnung stellt.

»Du kannst einen genauso den letzten Nerv kosten, Constance!«

Sie goß das blaue Färbebad ins Spülbecken, wandte sich dann zu mir um und sah mich so eindringlich an, daß ich mich bemüßigt fühlte, mich zu verteidigen.

»Das hast du vorhin selbst gesagt!«

»Ach, hör doch auf, Olly. Das war vor zehn Minuten. Du bist dermaßen verbohrt – zum Verrücktwerden! Hättest du die Sorgfalt und Aufmerksamkeit, die du deiner kostbaren Würde widmest, auch nur zu einem Viertel darauf verwendet, anständig umzurühren, dann wäre Nancys Pfadfinderuniform jetzt nicht ein Putzlumpen. Du kostest einen noch viel mehr den letzten Nerv!«

Ich bin einer weiteren Erwiderung enthoben, denn sie hat das Wasser über dem durchweichten Kleidungsstück voll aufgedreht, so daß die blaue Flüssigkeit durch die ganze Küche spritzt.

»Paß doch auf! Meine Papiere werden naß!«

»Du kannst dir deine verdammten Papiere sonst wohin stecken!«

So nicht. Nicht mit mir.

»Jetzt wird mir klar, warum Ally lieber bei der Hexe herumschäkert. Wahrscheinlich befindet er sich dort in wesentlich angenehmerer Gesellschaft als hier.«

»Von wegen.« Jetzt hämmert sie buchstäblich auf das Spülbecken ein. »Den armen Ned loszueisen, ist wirklich eine Staatsaktion. Wahrscheinlich ist Ally noch nicht mal bis auf Schußweite an das Haus herangekommen.«

Hat Constance einen sechsten Sinn? Wieso hat sie sich zu mir umgedreht?

»Olly! Nicht runterschlucken! Spuck das sofort aus!«

Erschrocken betrachtete sie die zerkaute schwarzviolette Masse.

»Das ist deine Schuld, Constance, du hättest sie nicht da stehenlassen dürfen!«

Sie schnappte sich den Korb und kippte den Inhalt in den Mülleimer. »Oh, Oliver! Manchmal glaube ich wirklich, du bist nicht ganz bei Trost!«

»Ich hatte gerade an nichts gedacht.«

»Du denkst ununterbrochen. Das ist ja dein Problem. Du denkst zuviel. Das ganze Blut in deinem Gehirn strömt zu den schlauen Stellen hin, und dann bleibt nichts mehr übrig, um den Rest auf Trab zu bringen.«

Einführung in die Neurophysiologie von Constance Rosen. Seufzend schüttete ich meine Handvoll Tollkirschen zu den anderen in den Mülleimer und begann mir die Hände an der Rüschenschürze abzuwischen. Sofort stürzte sie sich auf mich und kreischte: »Nein, Olly, nicht!« Konnte ich es ihr denn niemals recht machen? Ich hob kapitulierend die Hände über den Kopf und war nahe daran, Constance mit einem bitterbösen Blick zu bedenken, als sie mich kurzerhand packte und umdrehte, um mir ihre kostbare Schürze abzubinden. Aber immerhin hatte sie mir das Leben gerettet – zumindest hatte sie mich davor bewahrt, stundenlang zitternd auf einem kalten Klo zu sitzen und ans Sterben zu denken. Ich konnte also wenigstens versuchen, etwas Freundliches, Beruhigendes zu sagen.

»Bestimmt stehen sie gleich quietschvergnügt vor der Tür.«

Sie schnaubte verächtlich.

»Das wage ich zu bezweifeln. Ned kommt normalerweise tränenüberströmt hier an, und Ally braucht Stunden, bis er sich von dem Ärger mit der Hexe wieder erholt hat.«

So ist das, wenn man geschieden ist. Dauernd muß man sich solche Sachen anhören.

»Wo liegt eigentlich das Problem, wenn Ned hierher kommt? Diese Stella hat wohl nicht alle Tassen im Schrank. Man sollte meinen, sie wäre hocherfreut, sich hin und wieder einen Tag lang von ihren Mutterpflichten erholen zu können. Und Ally ist ja nun nicht völlig unfähig. Phantastisch, wie er das gestern abend mit Nancy und der kleinen Taube hingekriegt hat. Tierjunge zu töten ist ja wahrhaftig kein Vergnügen. Weißt du noch, wie ich die verkrüppelte Maus ertränken mußte? Ally hat das wirklich professionell gemacht, das muß man ihm lassen. Die kleine Beerdigung hat mir sogar richtig gefallen. Also, was will die Frau eigentlich?«

»Woher soll ich das wissen?«

Normalerweise achte ich darauf, mich möglichst wenig für die andere Hälfte von Constances Leben zu interessieren, und mir scheint, sie weiß das zu schätzen.

»Du hast sie schon mal gesehen, nicht wahr?«

»Ein- oder zweimal, ganz kurz.«

»Ist sie attraktiv?«

»Ja.«

»Attraktiver als du?«

Wäre die Pfadfinderuniform, die sie jetzt auswringt, ein Huhn, es wäre längst tot.

»Das kann ich nicht beurteilen.«

Also wirklich, dieses gezierte Getue, wenn es um nackte Tatsachen geht, finde ich unausstehlich.

»Sei nicht albern, Constance, natürlich kannst du das beurteilen. Wenn ihr beide, du und sie, auf einem Flohmarkt zu verkaufen wärt, wen würden die Leute zuerst kaufen? Dich oder sie?«

»Sie wahrscheinlich.«

Also ist sie attraktiv. Sehr attraktiv sogar.

»Was ist dann schiefgegangen zwischen dieser bestrikkenden Schönheit und dem Paprikaprinzen?«

»Nichts ist schiefgegangen, Oliver. Ally hat nur gemerkt, wie schrecklich sie ist.«

»Und wie lange hat er dazu gebraucht?«

»Fünf Wochen.«

»Fünf *Wochen*?«

Constance eilte, eine blaue Tropfenspur hinterlassend, zur Hintertür hinaus, auf die Wäscheleine zu. »Fünf Wochen sind gar nichts«, sagte ich und folgte ihr. »Fünf Wochen sind ein Klacks.«

Mit den Wäscheklammern im Mund war sie schwer zu verstehen, aber ich glaubte zu hören: »Nicht, wenn man allein ist.«

Sie hat recht. Unverheiratete haben ein anderes Zeitgefühl. Wäre ein so gefühlsduseliger Mensch wie Ally einsam und voller Sehnsucht, dann wären fünf Wochen vermutlich mehr als genug, um sich zu verlieben und auch gleich im Hafen der Ehe zu landen. Und es wäre immer noch eine Menge Zeit übrig, um zu der bitteren Erkenntnis zu gelangen, daß er den größten Fehler seines Lebens begangen hat.

»Aber trotzdem: nur fünf Wochen! Warum hat er denn nicht gleich das Weite gesucht?«

»Stella war natürlich bereits schwanger.«

»Und warum hat sie nicht abgetrieben? Ist sie katholisch?«

»Nein, bösartig.«

Meine verständnislose Miene bedachte Constance mit einem ihrer kurzen Er-sitzt-mal-wieder-auf-der-Leitung-Blicke, bevor sie sich zu einer Antwort herbeiließ.

»Bösartig deshalb, weil sie ihn damit an sich fesselte.«

Natürlich. Der Kinder wegen bleibt man zusammen. Ein Gedanke, der in meiner persönlichen Weltsicht bislang keine allzu große Rolle gespielt hat, vielleicht weil Constance ihr Dasein als Ehefrau in so beträchtlichem Umfang dem Nachweis meiner Unzulänglichkeiten als Vater und Ehemann gewidmet hat. Ich persönlich hatte eher Grund zu der Annahme, es könne jedermann nur zum Vorteil gereichen, wenn ich mich plötzlich in Luft auflösen würde. Aber mir ist schon klar, daß der Gedanke an die Kinder im Normalfall ein mächtiger Bremsklotz vor dem letzten, verheerenden Knall ist.

»Ja und dann, als du dann wieder hier warst –?«

Sie spuckte ihre Wäscheklammern aus und sah mich wütend an.

»Ja, ja, natürlich! Gib nur mir die Schuld! Das tun sowieso alle, warum solltest du's also nicht auch tun? Als ich wieder hier war, hat Ally sie einfach sitzengelassen.«

Wie bitte? Er hat sie einfach sitzengelassen? Wochenlang hat Constance mich mit den Bekundungen ihrer Schuldgefühle und inneren Kämpfe bei der Arbeit gestört, und jetzt heißt es, Ally habe Stella einfach sitzengelassen. Das ist mir vielleicht einer! Eine wahre Zierde seiner schottischen Erziehung. Geht einfach auf und davon – vermutlich das einzige, was er mit Bertrand Russell je gemeinsam gehabt hat (abgesehen davon, daß beide unter genau dem gleichen Sternzeichen geboren sind, wie Constance behauptet, die ihre flüchtige Lektüre der großen dreibändigen Autobiographie natürlich mit den tiefen Einsichten ihrer eigenen Weltanschauung anreichert). Beide setzten sich einfach aufs Rad und fuhren davon.

Das gleiche scheint meine Mutter einmal getan zu haben. Ich weiß es, weil Solly es mir erzählt hat, und Solly hatte es von Joe. Jahrelang war Joe der einzige, der davon wußte. Offenbar hatte er gesehen, wie sie eines Tages das alte Fahrrad aus dem Gartenschuppen zerrte und gar nicht zu merken, geschweige denn sich daran zu stören schien, daß die Pedale ihr die Beine zerkratzten. Gerade das versetzte Joe in Panik.

»Wo fährst du denn hin?« fragte er sie und lief hinter ihr her. »Kann ich mit?« Sie drehte sich zu ihm um, und als er ihr Gesicht sah, stellte er die Frage automatisch anders: »*Warum* fährst du denn weg?«

»Warum sollte ich bleiben? Sag mir *einen* vernünftigen Grund, und ich bleibe.«

Das waren ihre Worte. Joe schwor, genau das seien ihre Worte gewesen. Solly nahm ihn ins Kreuzverhör – es lag Jahre zurück; die Einzelheiten hatten wir vergessen –, doch er blieb dabei. So hatte sie es gesagt, und mehr hatte sie nicht gesagt. Weder als Sol es mir erzählte noch jemals später ließ er das geringste Verständnis für sie erkennen. Was war sie nur für eine Mutter, daß sie einen solchen Appell an Joe richten und dann einfach davonradeln konnte? Wie konnte sie ihr eigen Fleisch und Blut (wenn schon nicht das ihres Mannes) so aller Selbstachtung und allen Selbstvertrauens berauben, daß von da an jeder Fehlschlag, jede dahinwelkende Freundschaft, jeder verlorene Job als unausbleibliche Folge seines verschüchterten Schweigens erscheinen würde, seiner Unfähigkeit, sich gegen die schmächtige kleine Brust zu schlagen und ihr ins Gesicht zu schreien: »Ich! Ich bin ein sehr vernünftiger Grund! Ich! Ich! *Ich*!«

Wir alle scheiterten daran. Zum Beispiel Sol. Er konnte schließlich schwimmen, oder nicht? Natürlich konnte er's. Oder ich. Meine Kindheit liegt Lichtjahre zurück, aber dank Constance weiß ich, daß Kinder starke Frauen völlig fertigmachen können. Und doch wird mir noch heute ganz elend, wenn ich so zurückblicke und mir eines klarmache: Hatte mein Bruder ihr nicht so viel bedeutet, daß sie wieder vom Fahrrad abgestiegen war, dann tat ich es natürlich ebensowenig. Und am meisten grämt mich, daß niemand etwas dabei gewann. Was ist nur mit den Frauen los? Ally und Bertrand Russell gewannen wenigstens ihre Freiheit, meine Mutter aber war noch vor dem Dunkelwerden wieder da. (Wußte sie nicht, wohin? Hatte sie niemanden, bei dem sie unterschlupfen konnte?) Ich hatte ihre Abwesenheit nicht einmal bemerkt. Aber wenn ich an Joes mysteriöses Verschwinden denke und mich frage, ob er Selbstmord begangen oder sich auf andere Weise aus dem Leben davongemacht hat, dann muß ich mich zugleich fragen, ob in jenen Stunden irgend etwas anders war als sonst. Es ist seltsam, aber manchmal glaube ich mich dunkel erinnern zu können, wie er herumhing und das Unkraut im Garten köpfte. Wirkte er irgendwie verändert? Es muß einem doch anzusehen sein, wenn man von seiner Mutter (oder von seiner Frau nach fünfzehn Ehejahren) mitgeteilt bekommt, daß man ihr einen Dreck wert ist.

»Wer ist wem einen Dreck wert?«

O weh. Was ist mir jetzt wieder alles herausgerutscht? Gott bewahre mich vor Constances Vortrag über die charakterverbiegende Natur männlichen Selbstmitleids (Gefahren für die Persönlichkeit, Gratis-Information Nr. 42), der jederzeit verfügbar ist, an jedem Ort, per Post oder per Telefon, oder von Constance selbst aus vollem Halse über den Küchentisch hinwegtrompetet. Zum Glück eröffnet mir ein verzweifelter, gehetzter Blick über die Wäscheleine eine vage Fluchtmöglichkeit.

»Allys Gefühle sind der Hexe offensichtlich einen Dreck wert«, sagte ich. »Da kommt er, aber ohne Ned.«

Es regnet Wäscheklammern, als Constance ihrem gesenkten Hauptes einhertrottenden Helden durch den Garten entgegeneilt.

Puh!

Endlich kann ich zurück an meine Arbeit.

7

Entschuldige, ich bin's, deine Constance. Verzeih den kleinen Übergriff auf diesen Kissenbezug, aber ich habe eine wichtige Mitteilung an alle Olly-Leserinnen, nämlich: »Verlangen Sie niemals von sich aus die Scheidung!«

Im Ernst: Es lohnt sich nicht. Sie alle, die Sie zitternd kurz davor stehen, denken wahrscheinlich, Ihr Mann wird Ihnen zunächst eine Riesenszene machen, sich sodann murrend damit abfinden, fein säuberlich seine Sachen pakken und verschwinden, und damit sei der Fall erledigt. Sie irren sich. Derjenige, der den Knoten durchhaut, gewinnt nichts dabei, das ist eine Regel. Seien Sie gewarnt, Sie alle, die Sie noch im Seichten waten: Hier draußen ist das Wasser kalt. Bleiben Sie, wo Sie sind. Amüsieren Sie sich, genießen Sie Ihre kleinen Affären, Ihre geheimen Leidenschaften, Ihre wenigen freien Abende. Nur wagen Sie sich nicht zu weit hinaus – Sie würden's bereuen. Im Tiefen lauern mehr Gefahren als Sie ahnen. Im Ernst: Bleiben Sie stehen, sobald das Wasser Ihnen bis zur Hüfte reicht. Ich weiß, wovon ich rede. Bleiben Sie, wo Sie sind!

Andererseits behaupte ich natürlich nicht, es würde Ihnen etwas bringen, verheiratet zu bleiben. Man braucht sich ja nur Ollys Mutter anzusehen. Steigt einfach aufs Fahrrad und fährt davon (wahrscheinlich das erste Mal seit ihrer letzten Entbindung, daß die Frau ihre Ruhe hatte).

Kommt zurück, rackert sich den Rest ihres Lebens ab und wird dann noch für Sollys Tod, Joes Verschwinden und Ollys Gemütslage verantwortlich gemacht. Was wollen die Kerle eigentlich? Wollen sie *Blut* sehen?

Wahrscheinlich. Und wenn man so sieht, wie sie finsteren Blickes durchs Haus schlurfen und Kinder und Haustiere anschnauzen, dann könnte man meinen, sie wollen auch die Scheidung. Aber hören Sie auf meinen Rat: Überlassen Sie *ihnen* diese undankbare häusliche Pflicht. So schlimm es auch kommen mag: Schlagen Sie nicht von sich aus eine zeitweilige Trennung vor, »um Bilanz zu ziehen«. Ignorieren Sie alle Warnsignale, die sie von sich geben – »emotional festgefahren«, »ein bißchen Zeit, um zu mir selbst zu finden«, »nur dieses eine Leben«. Nicht Sie sollten das entscheidende Wort sprechen. Lassen Sie die Mistkerle dieses eine Mal die Drecksarbeit allein machen. Denn eines kann ich Ihnen sagen: Es ist der absolute Horror, wenn man sein Leben lang versucht, ein netter Mensch und eine gute Mutter zu sein, und dann, am Ende aller Mühen, erleben muß, daß alles ohne Ausnahme an einem selbst hängenbleibt: das Haus, die Kinder und die ganze, ungeteilte Schuld.

Nehmen wir beispielsweise Weihnachten. Der ganze Spaß beginnt in dem Moment, wo Ally den Hörer auflegt und sagt (unnötigerweise, denke ich immer, schließlich weiß er doch, daß ich jedes Wort mitgehört habe): »Er kommt.«

»Er hat doch gesagt, er kommt nicht!«

»Jetzt kommt er doch.«

»Wann?«

»Er sagt, am Donnerstag. Irgendwann tagsüber. Er weiß nicht genau, wann.«

»Sollen wir ihn vom Flughafen abholen?«

Ich erwarte schon gar keine Antwort. Ally hat sich bereits umgedreht und starrt, die Hände zu Fäusten geballt, aus dem Küchenfenster. Aber ich brauche auch keine Antwort. Ich kenne Olivers Arrangements. Zuerst muß er durch die ganze Stadt, um von einer bestimmten Person die Adresse der Wohnung zu erfragen, die ihm jemand für die Ferien vermietet hat, dann ans andere Ende der Stadt, um den Schlüssel zu holen, und schließlich wieder den ganzen Weg zurück, um den Schlüssel ins Schlüsselloch zu stecken.

»Das wird wieder den ganzen Donnerstag dauern.«

»Constance, am Donnerstag ist Weihnachtsabend!«

Schon fang' ich an zu motzen. Ein Anruf von ihm, und ich fange an zu motzen. »Das macht er mit Absicht. Ganz bestimmt. Genau wie in dieser schrecklichen Versicherungsreklame. ›Ich sollte wohl besser einen Flug buchen‹, ›Ich muß unbedingt einen Flug buchen‹, ›Hätte ich doch nur einen Flug gebucht!‹, ›Wenn nicht noch zufällig ein Platz frei wird, dann weiß ich nicht, was ich tun soll!‹ Wir machen unsere Pläne bereits weitgehend ohne ihn – und jetzt das! Er tut genau das, womit keiner gerechnet hat. Er sucht sich einen Tag aus, an dem kein Mensch, der auch nur halbwegs bei Verstand ist, um die halbe Welt fliegen würde!«

»Achtung, Elefantenohren ...« mahnt Alasdair.

Aber ich höre nicht auf ihn. Ich machte mir Sorgen wegen Oliver.

»Er wird uns den Weihnachtsabend verderben, das sehe

ich schon kommen. Wegen der Zeitverschiebung wird er wieder völlig ungenießbar sein. Die Kinder werden sich zu Tode grämen, weil er mutterseelenallein ist, mit nichts zu essen als Brotschnitten und H-Milch. Und sie müssen Weihnachten ohne ihn feiern. Sie *müssen*! Er wird ohne Geschenke dasitzen, ohne Weihnachtsschmuck, ohne Baum, ohne Essen. Und außerdem, egal wo er sich einquartiert: Er wird die Heizung nicht ankriegen. Es wird eiskalt und klamm und scheußlich sein. Wir können auch niemanden mehr bitten ihn einzuladen, dazu ist es jetzt viel zu spät. Er *muß* einfach zu uns kommen.«

»Nein, Constance! Nein!«

Ich hob resigniert die Hände.

»Ally, wir haben keine andere Wahl.«

»Ich schon«, meinte Ally. »Wenn Oliver zu Weihnachten hierher kommt, dann gehe ich.«

»Sei doch vernünftig«, sagte ich. »Denk an die Kinder.«

Es ist ein Alptraum. Verstehen Sie, was ich Ihnen begreiflich machen will? Spielen Sie gar nicht erst mit dem Gedanken, Ihren Mann zu verlassen, es sei denn, derjenige, mit dem sie es ein zweites Mal versuchen wollen, ist zufällig ein Heiliger, für den es nichts Erstrebenswerteres gibt, als sich Ihr zerrüttetes, entwurzeltes, tränennahes Ich aufzuhalsen, Ihre verstörten, reizbaren Kinder mitsamt ihren Essensmäkeleien und ihren übelriechenden Käfigmäusen, Ihre unappetitliche Katze und die konstanten, permanenten Übergriffe Ihres Ex-Mannes.

Vollkommen ist eben niemand ...

»Wenn Oliver hierher kommt, dann gehe ich.«

»Sei doch vernünftig. Denk an die Kinder.«

»Denk selber an sie«, schnappt Ally zurück. »Sie stehen hinter dir.«

In der Tat: Sie stehen mit gespitzten Ohren hinter mir.

»Kommt Dad nach Hause?«

»Daddy!«

(Daddy. Man fühlt sich durch das Wort geradezu zurückgepfiffen ...)

»Kommt Dad jetzt doch? Du hast doch gesagt, die Flüge sind alle ausgebucht.«

»Das sind sie auch – bis Donnerstag.«

»Donnerstag? Aber da ist doch Weihnachtsabend!«

Von Alasdair geht eine Stille aus, die fast mit Händen zu greifen ist, aber ich ignoriere sie.

»Ja«, sage ich fröhlich, »ist das nicht schön?«

Bonnie schaut argwöhnisch und wenig überzeugt drein.

»Und wo soll er wohnen?«

Jetzt richten sich alle Blicke erwartungsvoll auf Ally, der sich zu einer Antwort genötigt sieht.

»Er sagt, Freunde von irgendwelchen Studenten vermieten ihm ihre Wohnung.«

»Freunde von Studenten? Also auch Studenten?«

»Das hat er nicht gesagt.«

»Ganz bestimmt!« schreit Bonnie. »Wer denn sonst? So was machen doch nur Studenten, daß sie ihre Wohnung zwei Tage vor Weihnachten noch vermieten!« Dann kommt ihr ein böser Verdacht. »Oder vielleicht will sie sonst niemand haben. Vielleicht ist sie genauso schlimm wie die von letztem Jahr, eiskalt, verdreckt und widerlich, mit

Holzläusen in den Küchenschränken und Silberfischchen, die in dem schmierigen Bad herumkrabbeln!«

Nancys Gesicht verzieht sich zum Weinen.

»Er hat doch versprochen, nie wieder eine so schreckliche Wohnung zu mieten«, erinnere ich meine gramgebeugten Kinder.

»Das hat er das Jahr davor auch versprochen«, erinnert mich Ally seinerseits boshaft. »Weißt du nicht mehr? Als er in diesem fürchterlichen Loch direkt unterhalb der Hochstraße gelandet ist?«

»Das hab' ich nicht gesehen«, sagt Bonnie.

»Ich auch nicht.«

Nein, nein, meine süßen, wohlbehüteten Herzchen, das habt ihr nicht gesehen. Eure Mutter hat es auf den ersten Blick als nicht jugendfrei klassifiziert und euch gar nicht erst dorthin gelassen. Auch euer Vater hat es nur vier Tage darin ausgehalten. Aber danke, daß du mich erinnerst, Ally. Ich hab' es nicht vergessen. Man würde diese Frage natürlich nicht jedem x-beliebigen stellen, aber meinen Sie nicht auch, die meisten Leute erinnern sich vermutlich nicht nur an das erste Mal, daß sie mit jemandem geschlafen haben, sondern auch an das letzte Mal? Und zum letzten Mal bin ich in eben diesem fürchterlichen Loch direkt unterhalb der Hochstraße mit Oliver ins Bett gegangen. Sechzehn Jahre waren wir verheiratet. Sechzehn Jahre! Wir müssen unzählige Male miteinander geschlafen haben. Wahrscheinlich täglich, jedenfalls in den ersten Jahren. Und in den nächsten zehn oder so bestimmt mindestens jeden zweiten Tag. Und bis zum

Schluß, aus irgendwelchen Gründen, vermutlich immer noch jeden dritten. Mit Hilfe von Bonnies Schul-Taschenrechner komme ich, sofern die Batterie noch funktioniert, zu dem Ergebnis, daß wir mindestens dreitausendeinundvierzig Mal miteinander geschlafen haben müssen. Mindestens. Aber schon jetzt, unter dem Gewicht eines anderen Körpers, verwischt sich die Erinnerung an die vielen Male mit Oliver ein wenig und hüllt seinen Blick dabei, seine Empfindungen und die Empfindungen, die er in mir geweckt hat, in einen freundlichen Nebel. Mein Pech, daß sich das erste Mal in einem Straßengraben abgespielt hat, das letzte Mal in der grauenvollsten Wohnung, die ich je gesehen habe.

Selbst der unerschütterliche Oliver war entsetzt. Obgleich er, wie ich fand, unsere ganze Ehe hindurch eine geradezu beunruhigende Toleranz für Schmutz und Unordnung an den Tag gelegt hatte, schien nun selbst er den Unterschied zwischen der schmuddeligen Hinterlassenschaft eines Vormieters und purem untilgbarem Dreck wahrzunehmen.

Er ließ seinen Koffer auf den rissigen Linoleumboden fallen und machte ein todunglückliches Gesicht.

»Hier kann ich nicht bleiben.«

(Wenn Oliver so etwas sagt, dann muß es stimmen, glauben Sie mir. Effekthascherei ist ihm fremd; er weiß gar nicht, wie das geht.)

Ich zog meinen Rock von einem schmutzverkrusteten Tischbein fort und nahm das einzige winzige Fenster in Augenschein. Alles, was man durch die verschmierten Scheiben sah, war das triste Grau eines riesigen Betonpfeilers. Der Boden bebte unter unseren Füßen, und der Lärm von der Hochstraße war ohrenbetäubend.

»Ich versteh' das einfach nicht. Am Telefon klang er so nett...«

»Ob das da an den Wänden eine Hochwassermarke ist, was meinst du?«

»›Praktisch auf dem Land‹, hat er gesagt.«

Lastwagen donnerten über unsere Köpfe hinweg. In einer plötzlichen Vision sah ich ihre gigantischen Räder meine Nancy überrollen und plattwalzen.

»Diese Laster müssen pro Stück mindestens dreißig Räder haben...«

»Das ist ja widerlich! Das ist *Rotz*, getrockneter *Rotz*!«

»Du wirst wohl mit nach Hause kommen müssen.«

Daraufhin schwieg Oliver gerade so lange, bis ich mich zutiefst unbehaglich fühlte, und sagte dann:

»Und *ihn* dort treffen? Nein danke, Constance, das muß nun wirklich nicht sein.«

Wie schnell kann Mitgefühl in Groll umschlagen! Ich bin es so leid, wegen Oliver dauernd Schuldgefühle zu haben. Er dreht sich zu mir um, das Gesicht grau von einer hoch über den Wolken verbrachten Nacht, schlaff vor Erschöpfung und Enttäuschung, und schon falle ich über ihn her.

»Du bist selbst schuld! Ich hätte dir ohne weiteres etwas Anständiges besorgen können! Es ist doch idiotisch, aus achttausend Meilen Entfernung eine Wohnung zu suchen.«

»Ach, hör doch auf, Constance! Geht es denn nicht in deinen Dickschädel hinein, daß ich mir unter den gegebenen Umständen nicht von dir helfen lassen will?«

Solche Wendungen wie dieses »unter den gegebenen

Umständen« erwecken in mir den Wunsch, mit einem Schlachtbeil auf ihn loszugehen.

»Olly, daß du nicht der einzige Mensch auf der Welt bist, der Gefühle hat, kommt dir wohl überhaupt nicht in den Sinn. Was ist mit den Kindern? Was ist mit Alasdair und mir? Was glaubst du, wie das gehen soll, wenn Bonnie und Nancy ihn und mich zu Hause sehen und dich in diesem Loch hier?«

»Ihr könnt mich mal, du und dein verdammter Alasdair!«

»Du kannst mich selber mal!«

Schließlich landeten wir im Bett, denn dort haben unsere Kräche immer geendet – unter Tränen im Bett, im Bett unter Tränen. Wir breiteten Olivers Regenmantel darüber, denn mir gefiel der Anblick ganz und gar nicht. Alles was ich noch von unserem dreitausendzweiundvierzigsten Mal weiß, ist, daß ich peinlich darauf bedacht war, mich nach keiner Seite zu weit auszustrecken, um nicht die fleckigen Wände oder das klebrige Kopfende zu berühren. Es dauerte nicht allzu lang. Und obwohl wir damals noch miteinander verheiratet waren, empfand ich es wie einen Ehebruch – als könnte Ally, der am anderen Ende der Stadt die Kinder hütete, plötzlich ahnen, was meine Rückkehr verzögerte, sich aufs Rad schwingen, wie besessen über die Hochstraße radeln und uns durch die schmutzstarrenden Scheiben hindurch erspähen.

Danach sagte ich unter Nesteln und Knöpfen zu Oliver:

»Du erzählst es niemandem, ja? Nie. Versprich es mir!«

Nach seinem zweiten Socken tastend, erwiderte er, an irgendwelche Schrecknisse unter dem Bett gewandt:

»Du meinst deinen reizenden neuen Ally? Gott bewahre! Ich werde doch nicht seinen Seelenfrieden aufs Spiel setzen!«

Sehen Sie? Sie können Ihren Ring abziehen und aus dem Fenster werfen, aber Sie werden nie wieder jemanden finden, der Sie so genau, so in- und auswendig kennt, daß Sie schon, noch ehe er überhaupt den Mund aufmacht, wissen, an welchen Ihrer kleinen Kränkungen und Gefühllosigkeiten er sich festbeißen wird, um stundenlang darauf herumzuhacken, und über welche er freundlich und großzügig hinweggehen wird, so wie Oliver es in diesem Fall mit einem kleinen Scherz auf Allys Kosten tat:

»Das würde er für mich ja schließlich auch tun – wahrscheinlich hat er's schon getan.«

Nein, dieses Loch von einer Wohnung werd' ich nie vergessen.

»Das hab' ich nicht gesehen.«

»Ich auch nicht.«

»Na, um so besser. Diesmal hat er bestimmt etwas sehr Hübsches gefunden.«

»Hoffentlich sind auch Geschäfte in der Nähe. Das letzte Mal, als er etwas sehr Hübsches gefunden hatte, waren die Geschäfte ungefähr tausend Meilen weit weg, und ich und Bonnie mußten ihm das ganze Zeug anschleppen.«

»Nancy, du hast eine einzige Plastiktüte mit zwei Schachteln Kleenex und einer Rolle Alufolie getragen und Bonnie eine Riesenpackung Klopapier und einen

Karton Plastik-Trinkhalme. Alles andere hat er selbst getragen. Nach dem Krach hat mir euer Vater noch ein paarmal seine Version der Geschichte erzählt, und ich glaube ihm.«

»Er lügt aber. Er hat uns angelogen. Er hat gesagt, wir müßten nur rasch ein paar Kleinigkeiten besorgen.«

»Nur das Nötigste, hat er gesagt.«

»Und dann haben wir fast den ganzen Tag dazu gebraucht!«

»Er mußte mich in den Einkaufswagen setzen und schieben, so kaputt war ich.«

»Wir haben den ganzen Supermarkt abgeklappert, sämtliche Reihen rauf und runter.«

»Und überall genau geschaut, was auf den Sachen draufsteht.«

»Und ob sie auf seiner Liste empfehlenswerter Produkte stehen.«

»Das macht er doch nur, weil er euch liebhat«, erklärte ich ihnen. »Eure Gesundheit ist ihm eben wichtig.«

Allys Kommentar ist nicht sehr hilfreich: »Dich hat das auch immer auf die Palme gebracht«, sagt er. »Nach diesen Einkaufstouren warst du meistens völlig durchgedreht.«

Es gibt da noch ein anderes Problem, wenngleich in diesen finsteren Zeiten positiven Denkens über die Beziehung der Kinder zum Ex-Mann oder zur Ex-Frau kaum jemand außer mir es wagen würde, so etwas aufs Tapet zu bringen. Wieso erwartet man von ihnen eigentlich, daß sie all die entnervenden Angewohnheiten in Kauf nehmen, die man selbst so gehaßt hat? Angenommen, Ihre Frau war eine übellaunige, herrschsüchtige Furie: Weshalb sollten Sie Ihren Kindern nicht ein wenig Mitgefühl zeigen dürfen, weil sie sie die ganze Woche über und dazu noch jedes zweite Wochenende ertragen müssen? Versetzen Sie sich mal in ihre Lage. Vermutlich würden Sie nicht einmal die kurze Zeitspanne zwischen einem späten Abendessen und den Fernsehnachrichten mit Anstand hinter sich bringen. Und was ist mit *ihm*? Angenommen, er trinkt und rülpst und sabbert und behandelt alle Leute wie den letzten Dreck: Wie können Sie, seine Ex-Frau, von Ihren Kindern erwarten, daß sie sich ohne jede moralische Unterstützung Ihrerseits katzbuckelnd durch ihre sämtlichen Ferien und die Hälfte ihrer Wochenenden lavieren? Ich weiß, was die Experten sagen, ich hab' ihre Bücher gelesen. Da heißt es, das Beste, was einem Kind passieren könne, sei eine tragfähige, kontinuierliche Beziehung zum abwesenden Elternteil. Na gut, das müssen wir wohl akzeptieren. (Was bleibt uns anderes übrig?) Aber solange es up to date ist, dem abwesenden Elternteil nichts Schlechtes nachzusagen, sollten wir dennoch nicht vergessen, daß die Ehe ja nicht umsonst gescheitert ist. Von *etwas* haben Sie sich doch befreit, nicht wahr? Und daß *Sie* den Absprung geschafft haben, ist noch lange kein Grund zu vergessen, wie dieses Etwas beschaffen war.

»Es war entsetzlich. Entsetzlich! So wahr mir Gott helfe: Manchmal hätte ich ihm am liebsten einen Eispickel zwischen die Augen gerammt, anstatt den Einkaufswagen um die nächste Ecke zu schieben! Ich weiß nicht, wie ich das so lange ausgehalten habe. Mit Oliver einkaufen zu gehen, ist ein einziger Horrortrip.« (Ich kann nichts dafür. Ally hätte nicht davon anfangen sollen. Jeder hat ja so seine Spezialitäten, die ihn unfehlbar in die Schrecken der letzten Beziehung zurückkatapultieren, und bei mir ist es nun mal die Erwähnung von Olivers Einkaufsgewohnheiten.) »Ich kann dir sagen, was Ollys Problem ist: ›Nur‹ mal schnell läuft bei ihm gar nichts. Wenn Oliver ›nur‹ sagt, dann gnade dir Gott. ›Nur einen Augenblick‹ heißt bei ihm, daß er für Stunden verschwindet. ›Ich will nur mal kurz mit den Nachbarn über ihre Mülltonnen reden.‹ Die Folge: *jahrelang* schwelender Groll diesseits und jenseits des Gartenzauns. Nicht einmal ihre Tollkirschen kann man herausreißen! Aber am schlimmsten ist es beim Einkaufen. ›Ich will nur kurz da rein und ein paar Sachen kaufen.‹ Bevor man sich's versieht, sitzt man den Rest des Tages fest! Mitgefangen, mitgehangen vor Regalreihe Nr. 4, während Oliver sich zu erinnern versucht, ob E 463 Hydroxypropylsoundso ist oder einfach nur Fettsäure und ob eine 950-g-Packung Happi mit Lebergeschmack billiger kommt als eine 1000-g-Dose Schlappi aus Restbeständen.«

Ally versucht mich zu warnen, aber ich achte nicht darauf.

»Hör auf!« (Bonnie – *meine* loyale Bonnie – attackiert mich, als wäre ich Oliver!) »Hör endlich auf damit! Laß ihn in Ruhe! Er ist noch nicht mal da, und schon hackst du auf ihm herum!«

»Das war wohl etwas fehl am Platze, meinst du nicht?«

»Ach, hör doch auf, Ally. Hör auf!«

Soll ich Ihnen sagen, was ich gern mal wissen möchte? Ich möchte wissen, was genau Oliver eigentlich an sich hat, das so viel Unheil anrichtet. Schauen Sie uns an. Er hat noch nicht einmal das Flugzeug bestiegen, aber schon sind unsere Nerven zerrüttet, und wir geraten uns in die Haare. Wie kann ein einziges, achttausend Meilen entferntes menschliches Wesen nur eine so verheerende Wirkung hervorrufen? Ist er vielleicht gar kein menschliches Wesen, sondern eine grausame, fleischgewordene Gottheit? Zunächst einmal hat er Bärenkräfte. Nichts kann ihn bremsen – er ist unbezähmbar. Allein sein Reisefahrplan würde einen normalen Menschen binnen weniger Tage umhauen. Den Globus zu umrunden, ist für Oliver ein Klacks. Ein *Klacks*. Hier ein Vortrag, da ein Kongreß, dort ein Besuch bei irgendeiner Universität, auf dem Rückweg ein kurzer Abstecher zu den Kindern, dann zurück zu seiner Nobeluniversität, wo er den Sekretärinnen einen weiteren Stapel Papier überreicht, und schon geht das Ganze wieder von vorn los. Würde man seine Reisen auf der Weltkarte in der Küche mit bunten Wollfäden verfolgen, entstünde innerhalb kürzester Zeit ein so dichtes Geflecht, daß man Wochen brauchen würde, um es wieder zu entwirren. Er ist so oft mit dem Flugzeug unterwegs, daß er bereits das Stadium erreicht hat, in dem man sich über das Essen und den Service beschwert. Möchten Sie wissen, was ich davon halte? Ich halte das für gefährlich. Wie viele erdgebundene Wesen meine ich, das einzig gesunde Verhalten in bezug auf Flugzeuge besteht darin, gar nicht erst in sie einzusteigen. Oder, wenn es sich nicht vermeiden läßt, dazusitzen und seinen Willen mit aller Kraft darauf zu konzentrieren, daß das Ding oben bleibt.

»Ich hoffe nur, er fliegt nicht wieder mit dieser Billig-Fluggesellschaft . . .«

Ally ist noch gekränkt. Er ist sich nicht zu gut für ein bewußtes Mißverständnis.

»Das wundert mich nicht. Wie lange hast du letztes Mal am Flughafen auf ihn gewartet? Sechs Stunden? Oder waren's sieben?«

»Nur am ersten Tag. Sei nicht ungerecht.«

»Ach ja, richtig. Am zweiten hieß es dann, nachdem du stundenlang Schlange gestanden hattest, die Maschine sei nach Frankfurt umgeleitet worden.«

Da ich mich weigerte, in Harnisch zu geraten, ruckte er am Köder.

»Und da sind die Kinder dann beide in Tränen ausgebrochen.«

»Du hast wirklich ein phänomenales Gedächtnis, Ally!«

Türenknallend rauschte ich hinaus. Manchmal denke ich, es gibt nichts, was wir drei in genau der gleichen Weise im Gedächtnis behalten. Gestern hat Oliver wieder das ganze Abendbrot über doziert. (Der gute Ally hatte nur gefragt, warum er für seine Autobiographie so lange brauche, und schon hat Olly losgelegt.) »Was hat es für einen Sinn, irgend etwas zu schreiben, wenn man es nicht von Grund auf richtig macht? Es ist nichts wert, wenn es nicht wahr und vollständig ist. Diese Prinzipien sind seit dreißig Jahren die Basis meines philosophischen Denkens, und ich könnte nicht davon abgehen, selbst wenn ich es wollte.« Natürlich ließ er sich die Gelegenheit zu einem kleinen Seitenhieb gegen mich nicht entgehen. »Deswegen bin ich ja hier. Constance kann daran herumkritisieren, soviel sie will – meine

Darstellung wird letzten Endes so ehrlich und wahrheitsgetreu sein, daß selbst sie nichts mehr dagegen sagen kann!«

Aber Ollys Wahrheit ist nicht meine, und meine ist nicht Allys. Jeder von uns lebt sein eigenes Leben. Ally versucht mich damit zu ködern, daß er die Erinnerung an einen Weihnachtsabend aufwärmt, den ich aufgrund einer Fehlinformation über Flug PK 206 damit zubrachte, stundenlang im Flughafen herumzuhängen und auf Oliver zu warten. Aber er weiß nicht, wie glücklich ich dabei war, und ich würde es ihm auch nie sagen. Niemanden auf der Welt habe ich je so vermißt wie Oliver in diesen ersten Monaten, und ich muß Ihnen ehrlich sagen, daß ich auch nicht die Absicht habe, je wieder einen Menschen so zu vermissen. Absolut niemanden. Nie wieder. Für ihn war alles ganz in Ordnung. Nach dem ersten Zornes- und Verzweiflungsausbruch flog er mit mächtigen Flügelschlägen der Empörung davon und landete höchst komfortabel zwischen reich bemessenen Forschungsmitteln, seinen Konferenzterminen und einer ganzen Schar mitfühlender Kollegen. Und ich? Mir blieb das Spukhaus. Ich meine es ernst. Wochenlang kam keine Faser meines Gehirns, so klein und dumm sie auch sein mochte, zur Ruhe, weil Olly nicht mehr da war. Es war mir ein Rätsel. Ich konnte es kaum fassen. Er hatte sich wahrhaftig nie für irgend etwas, was ich ihm erzählte, besonders interessiert. Er schien mir überhaupt nicht zuzuhören. Wurde ich mitten in einem spannenden Bericht über eine Sache, die mir beim Einkaufen passiert war, weggerufen, kam er kein einziges Mal hinter mir her geschlendert, um das Ende der Geschichte zu erfahren. Und bekam er wie durch ein Wunder einmal die ganze Geschichte mit, hatte er fünf Minuten später jedes Wort davon wieder vergessen. Und doch... und doch... die Kohlen, die schon wieder klatschnaß angeliefert worden waren, ein Streich von Bonnie, Bruchstücke eines nachbarlichen Streites, die ich aufgeschnappt hatte – Tag für Tag schwebten die Gespenster um mein Haupt, weil der gewohnte häusliche Exorzismus, nämlich Olly davon zu erzählen, ausblieb.

Und warum konnte Ally nicht seinen Platz einnehmen? Ich weiß es nicht. Womöglich aus dem gleichen Grund, warum die Bohnenstange nicht Nancys Platz einnehmen könnte, wenn Nancy überfahren würde. Es ist eben nicht dasselbe. Als Olly ging, kam mir ein ganzes Stück meines Lebens abhanden, zusammen mit den Weißt-du-noch-Geschichten vieler Jahre und unserer ganzen Art zu reden. Ich fühlte mich verwaist und hilflos wie der letzte Angehörige eines Eingeborenenstammes, der von seinem sterbenden Gefährten aufblickt und erkennt, daß seine ganze Welt verschwunden ist. Er hat niemanden mehr, der ihn versteht. Sagte ich: »Er war so schimmlig wie der Käse, den wir damals in Gloucester gekauft haben«, war Olly augenblicklich über die ganze Perfidie des Lebensmittelhändlers im Bilde. »Ihr Haus sieht genau aus wie das der Furleys.« Oliver wußte Bescheid und schauderte. »Mir war so schwindlig wie damals, als du mich auf diesen Turm geschleppt hast. Noch schlimmer!«

Wer spricht jetzt diese Sprache? Niemand mehr. Es war unsere ganz private Sprache. Ich möchte Olly immer schreiben, aus Angst, daß mit dem Verschwinden dieser Sprache der Teil von mir, der sie spricht, abstirbt und nichts als eine große Lücke und sechzehn vergeudete Jahre zurückläßt. Heute verstehe ich, warum Waisen Briefe an ihre toten Eltern schreiben, Witwen in Seancen Stimmen aus dem Jenseits beschwören und Menschen, die ihren Partner verloren haben, dem Tod Zutritt gewähren. Er klemmt den Fuß in die Tür, verstehen Sie? Bemächtigt sich des Raumes, den Ihre erloschene Privatsprache hinterlassen hat, und wenn Sie die Lücke nicht rasch mit anderen Dingen ausfüllen, wird er die Chance nutzen und sich breitmachen. Krebs, Lungenentzündung – ihm ist es gleich. Wie alle Zwangsvertriebenen und Enteigneten müssen Sie schnell eine andere Sprache lernen, sonst ist es um Sie geschehen. Denken Sie nur mal an die Leute. Ich mußte ganz neu lernen, sie zu beschreiben. »Er hat krauses rotes Haar.« »Sie hatte ein uraltes Kleid mit Blumenmuster an.« Wie Oliver sich wohl aus der Affäre zieht, jetzt, da niemand mehr da ist, der genau weiß, was er meint, wenn er sagt »ein Bart wie der von McFie« oder »die gleiche Haarfarbe wie die von dem Mann in Hove, der mich dabei erwischt hat, wie ich seiner Katze einen Tritt versetzt habe«? Ich bin verloren, seit ich nicht mehr sagen kann: »Es war ein Kleid wie dieses zeltartige Gebilde, das meine Mutter trug, als sie kurze Haare hatte.« Ich wage gar nicht daran zu denken, was die Polizei tun würde, wenn ich Zeugin eines Verbrechens würde. Die armen Kerle würden nie eine brauchbare Beschreibung aus mir herauskriegen. Sie müßten meine sämtlichen Freunde und Dutzende meiner verflossenen Bekannten befragen, um sich auch nur annähernd ein Bild machen zu können. »Augen wie dieser Bademeister im Schwimmbad – nein nicht der, der donnerstags da ist, der andere. Ohren wie die von dem Schülerlotsen, der mir nie so ganz geheuer war;

der, der später sechs Monate abgesessen hat. Ach ja, und der Gangster trug genau das gleiche Hemd wie das eine von Oliver, das ich ihm im Ausverkauf bei Harrods gekauft habe und das er angeblich bei der Vierten Leamingtoner Tagung ›verloren‹ hat.«

Es ist zum Heulen. Und genauso fühlte ich mich auch, muß ich gestehen. Im nachhinein glaube ich, ehrlich gesagt, fast, daß ich damals bei unserer Trennung annahm, Olivers Bild würde langsam aber sicher aus meiner Psyche verschwinden wie die Grinsekatze aus *Alice im Wunderland*, die nur ihr Grinsen zurückläßt. Ha, ha, weit gefehlt.

Aber es geschieht mir ganz recht. Ich hätte es mir früher überlegen sollen. Man kann nicht mit einem Menschen wie Oliver verheiratet sein, ohne Schaden zu nehmen. Inspiziert man sich hinterher vorsichtig, wird man unweigerlich feststellen, daß man über und über von Narben bedeckt ist. Bis zum heutigen Tag ist es mir beispielsweise unmöglich, eine größere Geldsumme auf meinem Girokonto zu lassen; es käme mir nie in den Sinn, ein Kokosgericht aufzutischen, und ich könnte keinen Mixer kaufen, ohne zuvor die entsprechenden Tests zu studieren. Ich hasse Scarlatti, weil Olly ihn in der Woche, als Nancy sich mit ihrem Keuchhusten die Seele aus dem Leib hustete, Tag und Nacht gespielt hat. Ich würde auch nie versuchen, eine verkrüppelte Maus zu ertränken – lieber würde ich ihr den Kopf zertreten, das muß ich, nach allem, was ich gesehen habe, ehrlich sagen.

Auch Ally hat seine Narben. Die Zeit mit der Hexe ist nicht spurlos an ihm vorübergegangen. Er weigert sich, Geschäfte zu betreten (Lebensmittelläden ausgenommen), wacht noch heute manchmal davon auf, daß er stocksteif ganz außen auf der Bettkante liegt, und hat einen absoluten Horror vor Weston-super-Mare, wo sie einmal vier Tage in einem Wohnwagen verbracht haben. Und Oliver? Was hat er von all den Jahren davongetragen (außer fast allen unseren Koffern und dem kompletten Satz unserer schönen echt ledernen Reisetaschen)? Ganz bestimmt ein Gespür dafür, daß er sich nie wieder den Luxus leisten wird, sich auch nur andeutungsweise in eine Frau – und sei sie noch so attraktiv – zu verlieben, die ihn nicht so mag, wie er ist. »Du wirst dich nie ändern!« schrie ich ihn einmal an. Er sah mich nur aus kalten Augen an. »Constance, wenn du nicht so wärst, wie du bist, dann wäre das auch gar nicht nötig.« Das war alles.

Ich frage Sie: War *ich* schuld? Als ich Oliver kennenlernte, war ich neunzehn. Ich hatte mich jahrelang verändert – ein bißchen nach oben, ein bißchen nach vorn – in jeder Beziehung. Ich hatte mich praktisch vom ersten Tag meines Lebens an fortwährend verändert. Woher hätte ich wissen sollen, daß damit irgendwann Schluß ist? *Heute* weiß ich, daß Menschen sich nicht mehr ändern, wenn sie erwachsen sind, von kleinen Schönheitskorrekturen abgesehen. Damals aber wußte ich das nicht, und er wußte es auch nicht. Unsere Beziehung war vom ersten Tag an eine Katastrophe, aber wir beide glaubten, die Dinge würden sich zum Besseren wenden. Ich dachte, ich könnte ihn verändern, und er dachte, er könnte mich verändern.

Ach verdammt, warum hat uns das niemand gesagt? Ich habe fünfzehn Jahre lang eine ganztägige Ausbildung genossen, und ich habe alles Mögliche gelernt, was ich später nie wieder gebraucht habe. Aber das einzige, was für mein

Leben wichtig gewesen wäre, habe ich nicht gelernt: daß nämlich der einzig zuverlässige Test für die Haltbarkeit einer Ehe darin besteht, ob die beiden von Anfang an gut miteinander auskommen. Haben Sie das gewußt? Wahrscheinlich nicht. Wahrscheinlich schlagen Sie sich noch heute mit all den Dingen herum, vor denen man ständig gewarnt wird: Alters-, Rassen-, soziale und religiöse Unterschiede, finanzielle und sexuelle Probleme. Aber glauben Sie mir: Nichts von alledem ist wirklich wichtig. Wenn es darum geht, einen Partner zu wählen, ist nichts so wichtig wie die Frage, ob Sie einander in den ersten Monaten aufrichtig zugetan waren, ob Sie einträchtig miteinander zu Omas Kaffeekränzchen oder zum Einkaufen gegangen sind, in den Schrebergarten oder ins Lux. Seien Sie gewarnt. Haben Sie einander – und sei es auch nur ein- oder zweimal – über das Gewürzregal im Feinkostladen hinweg angefaucht oder hinter dem Garagentor seiner Mutter eine hitzige Diskussion vom Zaun gebrochen oder auch nur zwischen zwei Telefonaten still vor sich hin geschmollt, dann hätten Sie's gleich lassen können. Die Ehe war von vornherein *zum Scheitern verurteilt*.

Warum sagt einem das niemand? Warum sind Verlobungen nicht obligatorisch? Warum müssen Ihre Freunde und Verwandten keine eidesstattlichen Versicherungen über Sie abgeben? Alles jammert über den Verfall der Familie, über Eltern, die sich um den Verstand trinken, über Kinder, die grün und blau geprügelt werden. Die Klapsmühlen platzen aus allen Nähten, und so gut wie alle Ehen in Ihrem Bekanntenkreis enden in einer Katastrophe. Und auf der anderen Seite steht diese eine simple Tatsache, von der kein

Schulabgänger je etwas gehört hat, weil diese Schwachköpfe, die die Lehrpläne aufstellen, viel zu sehr damit beschäftigt sind, die Unterrichtsstunden mit der Kapillarwirkung bei Pflanzen, der Infinitesimalrechnung und dergleichen vollzustopfen, als daß es ihnen in den Sinn käme, diese Tatsache auch nur zu erwähnen. Sie sollten sie auf Transparente schreiben und damit durch die Straßen ziehen!

Ich bin darüber ganz verbittert. Ich wäre sehr gut ohne die Infinitesimalrechnung ausgekommen. Ich *bin* ohne sie ausgekommen. Und was die Kapillarwirkung betrifft – du liebe Zeit! Wie ich meine Zimmerpflanzen zu behandeln habe, steht auf dem Kärtchen, das im Topf steckt. Außerdem bin ich nicht auf den Kopf gefallen und würde es irgendwann auch so herauskriegen. Das Schlimmste, was bis dahin passieren könnte, wäre, daß mir eine Gloxinie oder ein paar Zinerarien eingehen.

Daß ich aber nicht wußte, wie man den richtigen Mann findet, hat mich fast zugrunde gerichtet. Mich und viele andere. Denn meistens ist das, was zwei Menschen so kreuzunglücklich macht, genau dasselbe, was die armen Kerle anfangs zueinander hinzieht. Mir hatte es Olivers melancholische Grundstimmung angetan. Ich empfand sie als Herausforderung! Ich wußte ja nicht, daß Menschen sich nicht ändern. Ich war überzeugt, ich könnte ihn *glücklich* machen. Nur gut, daß Oliver keiner von der altruistischen Sorte ist, sonst müßte ich mißtrauisch werden und mich fragen, weshalb er an einem verrückten Huhn wie mir Gefallen fand. So kann ich wenigstens einigermaßen sicher sein, daß ihm nicht die gleiche krankhafte Idee im Kopf herumgespukt hat wie mir, als er ein Auge auf mich warf. »Prima! Das ist *die* Gelegenheit, einem flatterhaften Mädchen beizubringen, (a) wie man Vernunft annimmt und (b) – ein nützlicher Nebeneffekt – wie man *denkt.*»

Ich habe eindeutig den schlechteren Teil erwischt. Es mag ja Künstlerpech sein, an jemandem wie mir hängenzubleiben, aber eine Tragödie ist es, an einem Mann genau die Eigenschaft zu lieben, die ihn so starr und düster macht, daß man einfach nicht mit ihm zusammenleben kann. Man braucht Olly nur beim Rasieren zuzuschauen. Er steht vollkommen still. Von Anfang bis Ende bewegt er sich kaum. Nichts von den komischen Verrenkungen und dem seifigen Gefummel am Kinn, wie man es bei anderen Männern oder im Fernsehen sieht. Mein Olly starrt geradeaus in seine eigenen Pupillen, wie ein Soldat eines Exekutionskommandos, der genau weiß, daß der Mann, der dort zehn Meter vor ihm an einen Pfosten gefesselt steht, ebensogut er selbst sein könnte. Er arbeitet sich von links nach rechts und von oben nach unten vor, und vom bedächtigen Einlegen der neuen Klinge in den Rasierapparat bis zum letzten Um-die-Ohren-Klatschen des Mickymaus-Waschlappens ist kein Wort aus ihm herauszukriegen. Sein Blick ist todernst. Ich habe viel gelernt, seit Olly fort ist. Ich habe gelernt, daß nicht nur über Leuten, die ohne Liebe heiraten, ein Fluch liegt, sondern daß auch denen, die sich ohne Haß trennen, die Hölle bevorsteht. Ich warne Sie: Riskieren Sie es nicht. Es funktioniert nicht. Alles, was dabei herauskommt, ist, daß Sie so wie ich Jahr für Jahr im Flughafen herumhängen und auf jemanden warten, vor dem Sie niemals Ruhe haben werden.

»Ich setz' mich nach hinten, zu den Kindern.«

»Wie du willst. Zu dumm, daß ich meine Chauffeursmütze vergessen habe.«

Das fängt ja gut an. Ganz wie gehabt. Und es wird immer schlimmer. Ally hat mit Ned mal wieder das Nachsehen (»Dieses Miststück! Ich komme genau um sieben hin, wie abgemacht, aber kein Mensch ist da. Das Haus ist dunkel. Kein Zettel, gar nichts!«), die Kinder streiten sich um die Überstrümpfe, die im Flugzeug kostenlos verteilt worden sind, und Olly macht keine Anstalten, seine Koffer zu nehmen und sich in seine kalte, unbesehene Wohnung zu begeben.

»Olly, es ist nach Mitternacht. Entweder du gehst jetzt, oder du mußt hier übernachten.«

»Es ist sinnlos, wenn ich jetzt gehe, Constance. Ich kann jetzt noch nicht schlafen. Für mich ist gerade erst Teezeit.«

»Aber ich kann mich kaum noch auf den Beinen halten. Wir mußten heute schon in aller Herrgottsfrühe einkaufen, damit ich den Wagen hatte, um dich abzuholen. Wenn ich dich zum Kent Place bringen soll, dann mußt du jetzt gehen.«

»Ich kann doch hier bleiben und noch ein bißchen Klavier spielen. Später nehm' ich mir dann ein Taxi.«

»Ein Taxi? Am Weihnachtsabend?«

»Dann kann Ally mich ja heimbringen. Du fährst mich doch zum Kent Place, Ally, oder?«

»Aber mit dem größten Vergnügen, Oliver.«

»Ally kann dich nicht fahren, Ally ist betrunken. Ich muß dich nach Hause bringen, und ich bin müde.«

»Ach Constance, komm, nur keine Hektik. Trink noch ein Glas, du kannst doch morgen ausschlafen.«

»Ich darf nichts mehr trinken, Olly, ich muß fahren. Und ausschlafen kann ich auch nicht. Du hast wohl vergessen, wie es hier zugeht. Wie soll ich ausschlafen, wenn Nancy durchs ganze Haus posaunt, was sie in ihrem Strumpf gefunden hat?«

»Apropos Strumpf! Natürlich! Ich hab' das ideale Geschenk mitgebracht! Wo hab' ich's gleich noch reingepackt? In den großen Koffer oder in den kleinen?«

»Also, Olly, bitte! Fang jetzt nicht an auszupacken!«

»Ich packe nicht aus, Constance. Siehst du? Ich nehme nur ein paar Kleinigkeiten aus dem Koffer und lege sie fein säuberlich für einen Moment auf den Teppich, damit ich an das Geschenk rankomme.«

»Hat das nicht Zeit?«

»Aber es ist Weihnachtsabend! Du hängst doch für Bonnie und Nancy diese Strümpfe auf. Warum sollte ich da nicht auch was reintun?«

»Weil sie voll sind.«

»So voll werden sie schon nicht sein. Das hier läßt sich bestimmt noch reinquetschen. Nimm was von deinen Sachen raus, dann ist Platz.«

»Olly, es ist halb eins! Jetzt laß das doch, um Himmels willen!«

»Ich soll das lassen?« Er hebt die Augen von seinem Zauberkreis aus verstreuten Büchern und Papieren, Hemden und Unterhosen. »Aber wieso denn? Es kommt dir doch nicht etwa ungelegen, Constance, daß ich meiner eigenen Tochter ein Geschenk machen will?«

Die altbekannte Schwarze Magie. Und sie verfehlt nicht ihre Wirkung.

»Also, gut. Ich nehm' die Seifenblasen und die Schokoladentaler raus. Genügt das?«

»Nein, das da muß auch raus.«

Eine Pause entsteht, als Oliver nachdenklich auf die sich türmenden Geschenke blickt. Ich hoffe nur, er will sie nicht auch noch einpacken.

»Hast du Weihnachtspapier, Constance?«

»Nein, leider, alles alle.«

»Irgend etwas muß doch noch da sein. Es kann ruhig verknittert sein.«

Über seinen Schnaps hinweg – den vierten innerhalb einer Stunde – wirft Ally mir einen warnenden Blick zu, damit ich nicht nachts um Viertel vor eins auch noch anfange, nach Papier für Olly zu suchen. Aber was bleibt mir anderes übrig? Oliver kennt mich in- und auswendig. Er weiß, daß ich Geschenkpapier horte. Wir waren immerhin verheiratet.

»Du brauchst mir nur zu sagen, wo es ist, Constance, ich hol' es mir selber.«

»Im Schrank neben dem Schlafzimmer natürlich – unserem früheren Schlafzimmer.«

»Gut, ich hole es.«

Ich bin bereits aufgesprungen, aber Alasdair auch. Oliver wühlt in dem verstreuten Inhalt seiner Koffer und tut so, als höre er nicht Allys betonten Gutenachtgruß, als bemerke er nicht, wie Ally mir aus dem Zimmer folgt und mich am Arm faßt.

»Ich geh' jetzt ins Bett. Kommst du auch?«

»Geh nur schon vor, ich komme gleich«, sage ich leise.

»Vergiß nicht, du bist seit sechs Uhr auf den Beinen. Und wir haben morgen einen langen Tag vor uns.«

»Ich komme, Ally. Nur einen Moment.«

Ally folgt mir bis zu dem Schrank, wo ich zerstreut in meinem Papiervorrat krame.

»Für ihn mag ja noch kalifornische Zeit sein, aber für Nancy nicht. An deiner Stelle käme ich jetzt mit ins Bett.«

»Gleich, Ally. Ich will ihm nur rasch das Papier geben.«

»Und dann kommst du?«

»So schnell ich kann.«

»Constance –«

Ich schüttle ihn ab. »Du lieber Himmel, Ally, ich bin erwachsen! Ich entscheide selbst, wann ich ins Bett gehe!«

Die Schlafzimmertür wird nicht zugeknallt. Dank sei den schottischen Schulen: Sie wird nicht zugeknallt. Das Klicken aber höre ich sehr wohl.

Klick!

Das war das eine, jetzt zum nächsten. Als ich ins Wohnzimmer zurückkomme, sehe ich, daß Oliver Nancys Seifenblasen ausgepackt hat und versucht, sein eigenes Geschenk in das zerknitterte Papier zu wickeln.

»Ich glaub', das reicht nicht ganz.«

»Ach Oliver, hättest du doch gewartet!«

»Sorry, ich wußte nicht, ob du noch mal kommst.«

»Wieso sollte ich denn nicht kommen? Ich hab' doch gesagt, ich komme.«

Er zuckt die Achseln.

»Na ja, du weißt schon ... Ein Uhr, Zeit zum Schlafengehen und so weiter.«

Hat er den Verstand verloren? Würde er mir das etwa antun? Hinausgehen, um mit einer neuen Frau in unserem alten Bett zu schlafen, und mich hier am Weihnachtsabend auf Knien inmitten des Chaos, das aus meinen Koffern quillt, mit einem kleinen uneingepackten Geschenk alleinlassen? Oder will er mich piesacken, damit die Zeit schneller vergeht?

Doch ich kann auch die Krallen zeigen.

»Wie geht's Debbie?«

»Debbie? Ich bin nicht mehr mit ihr zusammen.«

»Die Kinder haben eine gewisse Karen erwähnt...«

»Karen? Das ist nur eine gute Freundin.«

»Und Marie-Claire?«

»Marie-Claire? Ach so, du meinst Marie-Hélène.«

»Dann also Marie-Hélène.«

Endlich schaut Olly auf.

»Sind wir hier bei der Inquisition, Constance? Darf ich mal umgekehrt fragen: Wie steht's mit dir und Alasdair?«

»Alles bestens.«

»Wie ist es im Bett mit ihm?«

»Schön, danke.«

»So gut wie mit mir also. Dann muß er ja Fortschritte gemacht haben. Ich weiß noch, wie du dich beschwert hast, der Kerl sei so schüchtern, daß er lieber nur Ableger nehmen wollte.«

»Nun ja, die Zeiten ändern sich eben. Inzwischen steht er entschieden auf Fremdbestäubung.«

»Dann willst du jetzt wohl schnell ins Bett, stimmt's? Weil es doch schon so spät ist...«

Ich sitze da und schaue ihm zu, wie er mit dem Klebeband

kämpft. Plötzlich merke ich, daß das Papier über und über mit adretten kleinen Osterhasen in karierten Hosen bedeckt ist, die haufenweise leuchtend bunte Eier in Schubkarren vor sich her schieben. Aber Oliver hat es nicht bemerkt, und mir ist es egal. Ich denke nach. Ich denke: Ist es *das*? Sieht so das Leben nach der Scheidung aus? Hat das lange, allmähliche Abgleiten in die Unehrlichkeit der Gefühle schon begonnen, das gemeinsame Freunde veranlaßt, geschiedene Paare wie die Pest zu meiden? Ich gehe einfach davon aus, daß Debbie (oder Karen oder Marie-Hélène) ihn für Heim und Kinder und alles, was er sonst verloren hat, entschädigt. Und umgekehrt kann Olly sich sagen, daß er mir, da ich Ally und mein Heim ihm und dem Exil vorgezogen habe, ja ziemlich gleichgültig sein muß und ich mich ohne einen weiteren Gedanken ins Bett verziehen kann. Mir ist klar, warum alle es so machen. Es ist gar zu verlokkend. Hat man den Eindruck, dem Ex-Partner geht es ganz gut, erleichtert das das eigene Gewissen. Und vielleicht funktionieren die Dinge auf diese Weise sogar besser. Vielleicht ist es das einzig Vernünftige, man ignoriert einfach, daß alles, was man sich so vorsagt, genau der gleiche Blödsinn ist, den andere einem im Laufe der Jahre aufgetischt haben und für den man nur tiefste Verachtung empfunden hat: »Es wäre überhaupt nicht nötig, daß sie dauernd so knapp bei Kasse ist. Es gibt schließlich Tausende von Müttern mit Kindern im Alter von unseren, die ganztags arbeiten.« »Er hätte sie ja in den Ferien sehen können. Was kann ich dafür, daß er genau in den zwei Wochen Urlaub machen mußte, in denen meine Eltern sie mit nach Cornwall genommen haben?«

Je eher, desto besser – wer weiß. Dann hat man's hinter sich. Die letzten guten Absichten können Ihrem oder seinem Selbstbetrug zum Opfer fallen. So wissen Sie wenigstens genau, wo Sie stehen. Sie hassen ihn, und er haßt Sie. Ohne diese Stütze würde es Ihnen wahrscheinlich ergehen wie Sue, der hübschen Tante der Bohnenstange. Sie war durch ihre Scheidung innerlich so zerrissen, daß sie, als sie Georges Wagen in der Stadt an einer abgelaufenen Parkuhr stehen sah, in Frustrations- und Zornestränen ausbrach und sich nicht entscheiden konnte, ob sie eine Münze einwerfen und ihn retten oder den Scheißkerl auflaufen lassen sollte. Die arme Frau geriet in einen so fürchterlichen Zustand, daß zwei Blaumänner nötig waren, um sie von der Parkuhr wegzuzerren, die sie so heftig mit den Füßen traktierte, daß sie sich verbog.

Inzwischen geht es ihr natürlich wieder besser. Erst letzte Woche hörte ich ihre Stimme von jenseits der Gartenmauer: »Hast du was von George gehört? Wie geht's ihm? Oder nein, sag's mir nicht! Ich muß vor Ladenschluß noch zu Sainsbury's. Sag's mir ein andermal, ich hab' jetzt keine Zeit.«

So ist das, Leute. Drei große Scheidungshits zur Auswahl: Folterqualen, Haß oder Gleichgültigkeit. Was würde Madame zusagen? Mehr ist nicht geboten.

Das muß man Oliver lassen: Als meine Tränen auf sein Geschenkpapier zu tropfen begannen, sah er tatsächlich auf.

»Warum weinst du denn, Constance? Was ist denn *jetzt* wieder los?«

8

»Warum weinst du denn, Constance? Was ist denn *jetzt* wieder los?«

Du lieber Himmel! Man kann in diesem Haus nicht von einem Zimmer ins andere gehen, ohne sich als Statist in einem schauerlichen Melodram wiederzufinden.

»Ich wein' doch gar nicht, Olly. Das sind keine Tränen, das sind Wassertropfen.«

Ein Glück. Richtige Tränen hätte ich heute morgen wohl kaum verkraftet. Ich bin in einer Bombenstimmung aufgewacht. Die Morgensonne flutete ins Zimmer, traf auf die Wand und schien mir ins Gesicht, bis ich buchstäblich spürte, wie meine Lebensgeister erwachten. Ich sprang aus dem Bett (was sonst nicht meine Art ist), zog mich an, rasierte mich und ging hinunter. Die anderen lagen alle noch in tiefem Schlaf. Ich ließ die Katze hinaus und kochte eine Kanne Tee. Mit meiner ersten Tasse stellte ich mich sogar unter die Haustür und blickte nach draußen. Der Garten ist jetzt wirklich schön. Ally hat es irgendwie geschafft, den häßlichen Matschpfad in Ordnung zu bringen, der quer durch den Garten zu der Mauerstelle läuft, wo die Kinder zur Bohnenstange hinüberklettern. Über das Zaunstück an der anderen Seite, das ich einst versehentlich in Brand gesteckt habe, rankt sich jetzt eine Kletterpflanze, die die verbrannten Stellen zudeckt, und durch die Löcher, die das

Feuer in den Zaun gefressen hat, wächst ein Schwarzer Johannisbeerstrauch oder so etwas Ähnliches. Und in den Beeten blühen erstmals Blumen. Wie oft hat Constance, wenn ihre Tage nahten, die letzten kümmerlichen Reste herausgerissen und erklärt, ihr bloßer Anblick verursache ihr Übelkeit. Sie kaufte neue, die dann in der Regel zu jenen Pflanzensorten gehörten, die mehr Sonne brauchen oder weniger Sonne brauchen oder dermaßen hochgezüchtet sind, daß sie, Sonne hin oder her, schon gar nicht erst einwurzeln. Bevor der gute Ally sich des Beetes annahm, bestand es aus einer Ansammlung kahler Stellen. Er ist der geborene Gärtner: Er lebt mit den Jahreszeiten. Sagt ihm ein Blick auf den Kalender, daß die bewußte Phase näherrückt, hält er ein wachsames Auge auf Constance, und wie man sieht, hat es sich ausgezahlt. Die Blumenbeete sind bezaubernd.

Nach dem Tee ging ich wieder nach oben, um zu arbeiten. Auch das ging sehr gut. Da bis zu meiner Abreise nur noch wenige Wochen vor mir lagen, war es mir eine große Erleichterung und ein Vergnügen festzustellen, daß ich heute genau in der richtigen Verfassung war, um mich der nächsten Periode meines Denkens zuzuwenden. Ich war gerade bei meinem ersten Jahr in Amerika angelangt, dem Jahr, das auf die Schrecken der Trennung folgte, als ich das Bedürfnis verspürte, meine persönlichen Ansichten über polyadische Operationen zu Papier zu bringen. Mir war seit langem klar, daß sie ganz wesentlich von der landläufigen Meinung abwichen. Eines Tages, während meines Seminars, wurde die Sache kritisch. Ich hatte einen Punkt erreicht, an dem ich den Begriff der arbiträren Konjunktion einführen mußte. Ich hatte ihn als eine polyadische Operation erklären wollen, aber da kam mir mein Sinn für Exaktheit in die Quere, und ich erklärte ihn statt dessen anhand seiner Reduktion auf eine dyadische Operation.

Nachdem ich den Hörsaal verlassen hatte, dachte ich noch weiter über das Problem nach. Ich betrachte es als ein allgemeines methodologisches Prinzip, daß in Fällen, in denen Intuition und Exaktheit miteinander kollidieren – wenn das Bedürfnis nach Exaktheit einen hindert, Dinge zu sagen, die man vom intuitiven Standpunkt her durchaus sagen könnte –, die Exaktheit das Feld räumen sollte und nicht die Intuition. Wandte man dieses Prinzip auf den vorliegenden Fall an, sah es ganz so aus, als müßte es eine Theorie polyadischer Operationen geben, auf deren Grundlage eine angemessene Darstellung der arbiträren Konjunktion und ähnlicher Begriffe möglich sei. Was ich den ganzen Vormittag über beschrieben hatte, war der Versuch, eine solche Theorie zu entwickeln, und sie war mit einer Leichtigkeit zustandegekommen, daß man hätte glauben können, ein anderer Mensch verberge sich in meinem Innern und habe sie ans Licht befördert. Nichts von den Folterqualen, die normalerweise jede noch so kleine Aussage begleiten: »Ist sie klar und verständlich? Ist dieses Wort das passendste an dieser Stelle? Gibt es nicht noch ein besseres? Könnte ein Mißverständnis auftreten? Habe ich *recht*?«

Ich hatte mir also meinen Kaffee verdient. Aber ein Ingwerplätzchen, geschweige denn ein ganzes Essen bekommt man in diesem Hause natürlich nicht ohne Gegenleistung.

»Olly, gibst du mir bitte noch ein nasses Tuch?«

Seltsames Ansinnen. Und überhaupt, warum sitzt Constance über den Tisch gebeugt da und preßt sich feuchte Geschirrtücher auf die Augen? Hat Ally sie verprügelt? Nein, ganz unmöglich. Hätte Alasdair Huggett sie mit Absicht auch nur angestupst, säße sie nicht augenwischend in der Küche. Sie wäre oben und würde seine oder ihre Koffer packen. Mit Brachialgewalt darf man Constance nicht kommen. Ich habe sie ein- oder zweimal ein bißchen geknufft, aber erst, nachdem sie mich geschlagen und mir wirklich wehgetan hatte. Einmal zog sie mir ein Hackbrett mit solcher Wucht über den Schädel, daß ich mit fünfzehn Stichen genäht werden mußte. Das Schlimmste, was ich ihr, von schlichter Notwehr abgesehen, je angetan habe, war, daß ich einmal einen Krug Wasser über ihr ausschüttete, als sie sich während eines Streites aufs Bett geworfen und die Decke über den Kopf gezogen hatte, um sich gegen mich (und meine mehr als stichhaltigen Argumente) abzuschotten. Sie hatte eine solche Szene äußerster Verzweiflung hingelegt, daß ich gar nicht gemerkt hatte, wie sie verstohlen nach unten gefaßt und ihre Hälfte der elektrischen Doppel-Heizdecke angeschaltet hatte. Zum Glück erwies sich die Tagesdecke als hinreichend dicht gewebt, um das Wasser abzuhalten und Constance vor dem Verschmoren oder was auch immer zu bewahren. Aber so, wie sie mir danach noch stundenlang zusetzte, hätte man meinen können, ich hätte sie vorsätzlich ermorden wollen. Und jetzt konnte man meinen, Alasdair hätte einen Anfall gehabt, wenn man nicht wußte, daß das unmöglich war.

Nicht, daß der Bursche nicht auch seine Schattenseiten hätte. Erst gestern abend schien er mir in ziemlich übler Laune, als wir uns auf der Treppe begegneten. Im Juli schon, also bereits vor längerer Zeit, hat er es aufgegeben, in solchen Fällen zur Seite zu treten und mich vorbeizulassen. Diesmal aber war ich offen gestanden mehr als erstaunt über sein seltsames Verhalten. Schon mein bloßer Anblick schien ihn zu ärgern, als ich mit meiner Teetasse in der Hand im oberen Flur um die Ecke bog und auf die Treppe zusteuerte. Normalerweise macht er in freundlichem Plauderton irgendeine Bemerkung, wenn wir aneinander vorbeigehen: »Alles okay da oben?« oder »Geht's voran mit der Großen Autobiographie?« Diesmal aber sagte er nichts. Nun bin ich nicht der Typ, der andere zwingt, sich allein abzustrampeln. Ich weiß, wann ich gefordert bin. Und so sagte ich im Vorübergehen zu ihm: »Es wird dich freuen zu hören, daß meine Arbeit bestens läuft. Ich bin fast fertig.«

»Gut.«

Sehr erfreut klang das allerdings nicht. Es klang sogar ausgesprochen mürrisch. Und dann fügte er in einem Ton, den ich nur als höchst vorwurfsvoll bezeichnen kann, hinzu: »Hat ja auch lang genug gedauert. Du hockst schon fast drei Monate da oben. Du hast viel mehr Vergangenheit als ich, wie's scheint.«

»Und viel mehr Zukunft.«

Ich sagte es so obenhin im Weitergehen, doch als Constance das feuchte Tuch sinken ließ und ich ihr fürchterlich verschwollenes, blaues Auge sah, kamen mir ernsthafte Zweifel, ob ich der Versuchung nicht doch hätte widerstehen sollen.

»Um Gottes willen, Constance, wie siehst du denn aus! Das ist ja grauenhaft! Was ist denn bloß passiert?«

»Der arme Ally hat mir einen Hieb versetzt.«

Rätsel über Rätsel! Hätte ich das getan, wäre sie längst auf und davon ins Frauenhaus, hätte die Polizei gerufen und ihr etwas über ihre staatsbürgerlichen Rechte vortrompetet, wenn sie sich nicht augenblicklich bereit erklärt hätte, mir einen Trupp bewaffneter Männer auf den Hals zu schicken und mich von Haus und Hof zu verjagen. Alasdair Huggett aber kann sie ins Gesicht schlagen und dennoch ihres zärtlichen Mitgefühls sicher sein. Das muß man dem Kerl wirklich lassen: Mit Frauen, die Hexe ausgenommen, hat er so seine Art.

»Aber das ist ja schrecklich, Constance. Was hast du denn gesagt, das ihn so provoziert hat?«

Sie warf mir einen wütenden Blick zu, einen ziemlich schrägen, triefenden, einäugigen, aber doch wütenden Blick.

»Ich habe gar nichts gesagt, Oliver. Und auch nichts getan. Ich habe ganz friedlich auf meiner Seite im Bett gelegen und geschlafen, da hat Ally sich herumgewälzt, ›Der Teufel soll dich holen, Stella!‹ gebrüllt und mir die Faust aufs Auge gepflanzt. Davon bin ich dann aufgewacht.«

»Das muß ihm ja entsetzlich peinlich gewesen sein.«

Finsteren Blickes wandte Constance ihre Aufmerksamkeit wieder ihrer eigenartigen Geschirrtuch-Behandlung zu. Ich erkannte, daß ich einen Fehler gemacht hatte, und versuchte es noch einmal.

»Ich dachte mir allerdings schon, daß er nicht gerade bester Stimmung war. Er war ganz schön kurz angebunden gestern auf dem Treppenabsatz, fand ich.«

»Er hatte schlecht geschlafen.«

Zweifellos, sonst hätte er nicht seine Riesenfäuste geschwungen wie gigantische Rotorblätter und seiner Liebsten ein Veilchen verpaßt. Das Problem mit Ally ist: Er nimmt sich alles viel zu sehr zu Herzen. Er ist einer jener zartbesaiteten Menschen, die tief in ihrem Innern davon überzeugt sind, daß am Ende schon alles in Ordnung kommen wird. Bei Leuten wie ihm sind Enttäuschungen geradezu vorprogrammiert. Da sind wir anderen mit unserer robusteren Sicht der Welt und all des Bösen darin letztlich besser dran. Wir mögen unsere Tage vielleicht nicht ganz so munter pfeifend zubringen wie Alasdair Huggett, aber wenn dann die Bomben fallen, wenn die Pogrome losbrechen und die letzten Wälder verschwinden, werden wir uns jedenfalls nicht auf unseren Spaten stützen und uns vor Überraschung und Enttäuschung nicht zu fassen wissen. Wir werden zu denen gehören, die bereits unterm Tisch sitzen und darüber streiten, wer von uns das Unheil als erster hat kommen sehen.

Nun ja, jeder muß seinen eigenen Weg gehen. Vielleicht hatte sich Ally ganz hinten in den Garten verzogen, um Schierling zu pflanzen.

»Wo ist er überhaupt, der Mitternachtsschläger? Warum liegt er nicht vor dir auf den Knien, bittet dich um Verzeihung und kühlt deine schwärenden Wunden?«

Constance kniff die Augen zusammen, ließ es aber, vor Schmerzen zusammenzuckend, schnell wieder bleiben und sagte einigermaßen freundlich: »Er ist nur mal schnell zu Ned.«

»Tatsächlich? Bei den Verheerungen, die er übungshalber in deinem Gesicht angerichtet hat, sollte Stella sich besser in acht nehmen.«

»Er wird sie gar nicht sehen. Ned ist nicht zu Hause. Die Hexe arbeitet seit heute wieder und hat Ned zu einer einwöchigen Ferienfreizeit an der Gosworthy-Road-Grundschule verdonnert.«

»Und Ally will ihn da rausholen?«

»Es ist kein Gefängnis, Oliver, es ist ein städtisches Tagesheim. Ally könnte ihn nie und nimmer da rausholen.«

»Was will er dann dort? Ihm durch die Gitterstäbe Biskuittörtchen zustecken?«

»So ähnlich. Er sitzt auf der einen Seite des Zauns und Ned auf der anderen. Sie halten Händchen und reden miteinander.«

»Wirklich?«

»Ja, wirklich.«

Schweigen. Und dann sah ich mir meine Constance ganz genau und lange an. Mich kann sie nicht täuschen.

»Das sind keine Wassertropfen, Constance, das sind richtige Tränen.«

O nein, mich täuscht sie nicht.

Als ich wieder die Treppe hinaufging, dachte ich noch über die Sache nach. Es war wirklich ein Jammer. Wir haben hier Sonne, frische Luft, saftiges grünes Gras (Allys Werk) und weite Teile des Hauses knietief voll Spielzeug. Ich war einmal in der Gosworthy-Road-Grundschule. Bonnie hat etliche Monate dort zugebracht, als Constance sich mit ihrer Anti-Sexismus-Kampagne an der Wallisdean-Grundschule zu rasch zu weit vorgewagt hatte. Die Schule liegt in einem Slum. Mitten im Schulhof steht ein einziger großer Baum, der aber mit Stacheldraht umzäunt ist, damit auch ja kein Kind ihn anrührt.

Nicht gerade der ideale Ort für die letzte Sommerferienwoche. Nicht, wenn man die Wahl hat, und die sollte Ned haben. Er vergöttert seinen Vater (er sieht ihn allerdings so selten, wie der Durchschnittsbrite in die Kirche geht) und kommt auch mit allen anderen im Haus gut aus. Ich weiß, es hat Zeiten gegeben, da wurde ich gereizt, wenn ich manchmal unter meinem eigenen Dach kaum um die Ecke biegen konnte, ohne daß sich mein Fuß in seiner über den Boden schleifenden nassen Windel verfing. Aber sobald er laufen konnte, störte er mich überhaupt nicht mehr. Natürlich habe ich ihn in den letzten Jahren, seit seines Vaters Großer Ehelicher Abkehr, nicht mehr allzu oft gesehen. Aber die wenigen Male, die seine Mutter ihn hierher gelassen hat, schien er sich immer bestens einzufügen. Er stürmt mit fröhlichem Geschrei durchs Haus, und Nancy folgt ihm auf den Fersen. Er dreht den Fernseher leiser, wenn ich auf den Boden klopfe, und er bringt mir meine Papiere nicht durcheinander. Er macht viel weniger Probleme als die beiden anderen. Es ist wirklich ein Jammer, daß er nicht öfter mit ihnen zusammensein kann. Nancy liebt ihn heiß und innig (die Bohnenstange wird grün vor Eifersucht), und auch Bonnie ist nett zu ihm. Ich erinnere mich an einen Nachmittag, als er verzweifelt über seinen Rechenaufgaben saß. Aus irgendeinem Grund kam er nicht mit der Subtraktion zu Rande und grämte sich, weil er in seinem Übungsheft so weit zurück war, daß ein paar von den kleinen Monstern in seiner Klasse angefangen hatten, ihn auf dem Spielplatz zu verhöhnen. »Stützkurs! Stützkurs! Ned muß in den Stützkurs!«

Nun sind meine eigenen Spielplatznöte noch nicht so tief

ins Dunkel der Vergangenheit gesunken, daß ich sie ganz vergessen hätte. »Hör zu«, sagte ich zu ihm, »die Sache ist ganz einfach. Ich erklär's dir.«

Ich war gerade mitten in einer erschöpfenden Darstellung des Wesens der Subtraktion und ihrer Anwendung, als Bonnie sich gewaltsam zwischen Ned und mich drängte.

»Hör nicht auf ihn«, sagte sie verächtlich, »der kennt sich da nicht aus. Ich sag' dir, wie das geht.«

Hör nicht auf ihn – der kennt sich da nicht aus. Da hört man ihre Mutter, so klar wie eine Kirchenglocke. Von Fachkollegen werde ich immer wieder als einer der bedeutendsten lebenden Vertreter der mathematischen Logik bezeichnet, aber für sie bin ich nichts weiter als ein Holzkopf. Das macht mich rasend!

Noch mehr entsetzte mich, was ich jetzt hörte. Es war unbeschreiblich. Das schiere mathematische Gemetzel. Ein Kehrichthaufen aus Begriffsverwirrung und Gefühlsduselei. »Da fehlt dir etwas, nicht wahr? Du spazierst also nach nebenan und leihst dir was von der netten Frau Hunderter.« »Und vergiß nicht, dem reizenden Herrn Zehner das Geld zurückzuzahlen, das er dir freundlicherweise geliehen hat.« »Von den ganz kleinen sind nicht genug da, stimmt's? Stimmt. Was tun sie also? Genau! Sie leihen sich was!«

Mir wurde schlecht vom Zuhören. Ich war schockiert.

»Es hat doch keinen Zweck, wenn er es einfach *macht*«, unterbrach ich Bonnie. »Er soll nicht stur eine hirnlose Technik lernen, er muß erst einmal den Begriff des Stellenwerts erfassen. Er muß *verstehen*.«

»Nein, muß er nicht«, sagte Bonnie. »Er muß es nur *machen.*«

Ned schlug sich klar auf ihre Seite. Ebenso Alasdair. Constance hatte mit Rechenaufgaben natürlich ohnehin nichts im Sinn. Ich wurde weggescheucht, zutiefst deprimiert über den Zustand des Mathematikunterrichts an britischen Grundschulen. Der einzige Lichtblick war aus heutiger Sicht, daß Ned irgendwie blitzartig kapierte und von Stützkursen verschont blieb.

Was beweist, daß meine Familie einiges zu bieten hat, da braucht sich die Hexe gar nicht so anzustellen. Aber sie will damit nur Ally ärgern. Ich würde ihm ja raten, noch mal vor Gericht zu gehen, wenn ich nicht jahrelang durch die Rohre mit angehört hätte, was dabei herauskommt. Nach meinem Eindruck sind Gerichte zur Sicherung väterlicher Rechte ebenso nutzlos wie in den meisten Fällen zur Sicherung väterlicher Unterhaltszahlungen. Erst wenn sich die Vorladungen knietief auf ihrer Fußmatte stapeln, läßt die Hexe sich herbei, die eine oder andere der Krankmeldungen oder Entschuldigungen vorzulegen, die sie sich en gros zurechtgelegt hat, als sie damals zum Güteverfahren einbestellt wurde. (Stellas Vorstellung davon kam in puncto krasser Verzerrung Constances Vorstellung von Paartherapie gleich, die für sie darin bestand, daß man einmal in der Woche aufkreuzte, sich in einen bequemen Sessel lümmelte und irgendeinen Therapeuten drängte, mich unter Druck zu setzen.)

Man muß allerdings auch sagen, daß Allys Anwalt Stella an Säumigkeit, wenn auch nicht an Gewieftheit, in nichts nachsteht. Zwischen den Bitten um Fristverlängerung, die

Anwalt und Gegenanwalt vortragen, geht Woche um Woche ins Land. Allys Blick wird mit dem Warten immer wilder. Ned verhält sich abwartend und kaut so heftig an den Fingernägeln, daß das Blut an den Rändern hervorquillt, wenn er nur das Messer ins Frühstücksfleisch drückt. Und jedesmal, wenn sich die Sache Huggett vs. Huggett für etwa eine Stunde den Weg ans Tageslicht erkämpft, scheinen die einzig greifbaren Profis unbedarfte Sozialarbeiter zu sein, die entschlossen sind, der armen Frau Hexe eine letzte Chance zu geben, oder aber grimmige, vielbeschäftigte Vertreter des Gesetzes, die sich vor Gericht praktisch laut wundern, wie pervers dieser Mr. Huggett doch sein muß, daß er sein Kind öfter sehen will, als sie die ihren sehen. Stella wirkt ängstlich und kooperativ – und in dem hübschen blauen Kostüm auch sehr anziehend. Bei ihrem Anblick vergißt Ally prompt Constances detaillierte Regieanweisungen, und sein Blick wird so finster-dräuend, daß es seiner ohnehin fragwürdigen Sache nur schaden kann. Und Klein-Ned, aufgefordert, seine Wünsche vertraulich hinter verschlossenen Türen kundzutun, bemüht sich, möglichst neutral auf seine frisch polierten Schuhspitzen zu starren und auf jede Frage die einzige Antwort zu geben, die seines Wissens nicht den Himmel über ihm einstürzen läßt. Und die lautet natürlich: »Ich weiß nicht.«

Ich würde meiner Frau den Hals umdrehen, wenn sie versuchen würde, dieses Spiel mit mir zu treiben. Ich würde sie aushungern. Ally benimmt sich wie ein nachehelicher Waschlappen, der seine monatlichen Schecks mit der Regelmäßigkeit eines Uhrwerks abschickt und seine rückgratlose Unterwerfung unter die Ungerechtigkeit der Situation mit Sprüchen wie »nicht auf Stellas Niveau absinken« und »das Wichtigste sind Neds Gefühle« zu rechtfertigen versucht. Ich weiß nicht, wie der Mann das aushält. Ich würde mir eher die Kehle durchschneiden. Da kann Constance zehnmal erklären (wie sie es gestern abend so sarkastisch getan hat, als Ned wieder mal nicht erschienen war), daß letzten Endes, wie in der Geschichte von König Salomo und den streitenden Müttern, das Kind in der Wurstschneidemaschine landen würde und nicht die prozeßführenden Parteien. Das Blut am Boden würde Neds Blut sein, nicht meines. Ich würde trotzdem keine Sekunde zögern. Recht muß Recht bleiben. Ich würde niemals zulassen, daß es mit mir so weit kommt wie mit Alasdair und ich die Uhrzeiger belauere, verbittert auf Kalender starre, hoffnungsvoll aufspringe, wenn das Telefon oder die Haustürklingel schrillt. Und im Schlaf wild auf andere Leute einschlage.

Wenigstens schläft er jetzt. Das ist schon mal ein Fortschritt. Ich erinnere mich an einen Weihnachtsabend, als mich sein Flennen im Nebenzimmer die ganze Nacht wachgehalten hat. Hätte ich das gewußt, hätte ich Bonnie ausquartiert. Ihr Zimmer liegt meilenweit weg, am anderen Ende des Flurs. Aber ich war nicht darauf gefaßt gewesen, überhaupt im Haus zu übernachten, und es war auch gar kein Bett für mich gerichtet. Als Constance unerklärlicherweise in Tränen aufgelöst aus dem Wohnzimmer stürzte und mich inmitten einer Flut von uneingepackten Geschenken allein zurückließ, mußte ich sehen, wie ich zurechtkam. Zuerst packte ich die Geschenke fertig ein. Die Weihnachtshasen sahen etwas merkwürdig aus mit den zerknüllten Klebestreifenfetzen auf ihren Schubkarren und den Tränenspuren auf ihren karierten Hosen. Ich muß gestehen, daß ich nach einer Weile ein wenig den Überblick verlor, was in welchem Päckchen war. Geschenke sehen sich ziemlich ähnlich, wenn man sie doppelt und dreifach eingewickelt hat, um die Risse im Papier zu verdecken. Bei dem einen zum Beispiel, das hinter mir auf dem Boden lag, war ich mir ganz und gar nicht sicher. War es für Bonnie bestimmt? Oder für Nancy? Aber da ich, als ich aufstand, ein leises Knacken unter meinen Fuß vernahm, hatte sich der Fall wohl ohnehin von selbst erledigt. Ich stopfte es also einfach mit allen anderen Sachen in eines der riesigen fußförmigen Gebilde aus rotem Samt, die Constance, wie man meinen könnte, auf ihrer Nähmaschine eigens zu dem Zweck zusammengeschneidert hat, um die saisonalen Habgierschübe unserer verwöhnten Kinder noch zu fördern. Als ich fertig war, schob ich die verdammten Dinger unter einen Sessel, um sie dem Zugriff der marodierenden Katze zu entziehen. Endlich konnte ich schlafen gehen! Nancy ist am leichtesten, also war sie es, die ich mir auf die Arme lud, über den Flur ins Zimmer ihrer Schwester trug und in deren Bett legte.

Bonnie hat natürlich das Talent ihrer Mutter geerbt, aus dem Schlaf hochzufahren und irgend etwas zu murmeln.

»Nancy kann nicht zu mir ins Bett! Da kommen unsere Strümpfe durcheinander!«

»Ach was«, sagte ich und deckte Nancy neben ihr fest zu. »Schlaf weiter. Du kannst dir morgen den Kopf zerbrechen, wie ihr eure Kleider auseinanderklamüsert.«

In Nancys Bett zu schlafen, ist keine Kleinigkeit. Soweit ich sehe, ist es nur deshalb noch nicht auf dem Sperrmüll gelandet, weil es gewisse Sicherheitsfunktionen erfüllt. Ist man erst einmal drin, kommt man nicht mehr heraus. Es ist wie ein Graben. Ich lag fest eingekeilt da, kaum fähig, mich zu rühren, und mußte mir nolens volens Allys schluchzende Laute von jenseits der Wand anhören. Es war entsetzlich. Und als das Schluchzen gnädig verstummte, drang alles, was dann folgte, in Bruchstücken zu mir herüber: der wirklich abscheuliche Streit, den er mit Constance vom Zaun brach, weil sie ihn den ganzen Weihnachtsabend meinetwegen vernachlässigt hatte, ihre temperamentvolle Verteidigung, ein verstohlener Beischlaf, und dann, als Constance schließlich wieder ins Bett kletterte, nachdem sie, wie sie es so beleidigend ausdrückte, »das ganze Haus nach den Strümpfen abgesucht hatte, die dieser Kretin unter einem Sessel versteckt hat«, ihr endloses Gespräch über Ned.

»Sie hätte ihn wenigstens *anrufen* lassen können.«

»Dieses Biest! Das ist die vierte Weihnacht, die du dran wärst, und was macht sie? Wieder das gleiche.«

»Ich hätte wirklich nicht gedacht, daß sie das fertigbringt. Nach allem, was letztes Jahr passiert ist.«

»Hoffentlich fängt Ned nicht wieder mit seiner Hungerstreik-Taktik an.«

»Wenn er das tut, dann entgeht ihm zum dritten Mal hintereinander das Weihnachtsessen.«

»Und die Hälfte seiner Geschenke.«

»Seine Geschenke! O Gott! Ich wußte doch, ich hätte sie ihm letztes Mal gleich mitgeben sollen.«

»Letztes Mal war er nicht hier. Wäre er hier gewesen, hätten wir vielleicht rausgekriegt, was sie im Schilde führt.«

»Nach Wales kann sie sich nicht abgesetzt haben. Sie spricht seit einem Jahr kein Wort mehr mit ihrer Mutter. Aber wo zum Teufel ist dieses Miststück dann hin? Ich hab' den ganzen Tag dort angerufen, von sieben Uhr morgens bis zehn Uhr abends. Und ich war zweimal dort. Entweder sie hat den armen Kerl weggezaubert, oder sie hat den Telefonstecker rausgezogen, und sie sitzen im Stockdunklen!«

»Und auch kein Zettel für den Milchmann?«

»Ned sagt, sie hat das inzwischen rausgekriegt.«

»Schade. Die Zettel haben einem so viel Zeit gespart...«

»Und Sorgen...«

»Ja...«

So ging es immer weiter. Ich konnte nicht schlafen. Nancys Daunendecke muß eine Art Puppendecke sein; sie ist so kurz, daß sie kaum meine Füße bedeckte. Ich fragte mich, wie die beiden es aushielten, stundenlang dazuliegen und am laufenden Band brandneue Empörung zu produzieren. Sie hätten doch schon aus Erfahrung wissen müssen, daß zum Fest mit Neds Entführung zu rechnen war. Aber die Menschen ändern sich eben nicht. Das habe ich Constance einmal während eines ehelichen Disputs klarzumachen versucht. Ich sagte zu ihr nur: »Du wirst dich nie ändern«, weiter kam ich gar nicht, denn sie fing sofort an zu toben. So wütend hatte ich sie noch nie gesehen. Sie wurde schlagartig zur Furie. »Du widerlicher, mieser Kerl! Zehn Jahre lang hab' ich mich krumm und schief gebogen, nur damit du zufrieden bist! Wie *kannst* du so etwas sagen? Du Schwein! Du Kotzbrocken! Du hast ja keine Ahnung, du undankbarer Scheißkerl, du!«

Sie war schneeweiß im Gesicht, und ihre Augen glühten. Aber es stimmte einfach nicht. Sie hatte sich in all den Jahren kein bißchen verändert. Hätte sie von Anfang an gespürt, daß etwas in mir etwas in ihr ganz entschieden nicht mochte, hätte sie es wenigstens versucht. Aber das hat sie nicht getan, und dabei blieb es. Und seither hat es nichts gegeben, was mich davon hätte überzeugen können, daß sie überhaupt fähig ist, sich zu ändern. Jahr um Jahr behandelt sie mich genau gleich. »Oliver, stehst du rechtzeitig zum Mittagessen auf oder nicht?« »Laß deine Sachen bitte nicht da rumliegen. Räum sie weg.« »Du solltest jetzt lieber zu Bett gehen, auch wenn du nicht schlafen kannst.« (Wirklich, die Zeitverschiebung ist ein wahrer Fluch.) Noch immer nimmt sie keinerlei Rücksicht auf mich. Noch immer stellt sie nicht im mindesten in Rechnung, daß ich, um überhaupt abfliegen zu können, höchstwahrscheinlich die ganze Nacht damit beschäftigt war, die Arbeiten meiner Studenten zu benoten, Korrekturfahnen zu lesen und alles, was bis zum 1. Januar fällig ist, im voraus zu erledigen. Natürlich bin ich, wenn ich dann in England ankomme, fix und fertig. Ist es so schlimm, daß man mich mehr als einmal rufen muß, wenn sie und Ally mich, nachdem ich wegen seines lautstarken Geheuls die ganze Nacht kein Auge zugetan habe, am Morgen aus dem Bett zerren wollen?

»Olly! Es ist schon nach zwölf! Wenn du nicht bald aufstehst, bleibt vor dem Essen keine Zeit mehr zum Geschenkeauspacken.«

»Olly! Es ist halb eins!«

»Olly! Es ist ein Uhr!«

Schließlich läßt sie die Hunde los. Zuerst kommt Bonnie.

»Du bist ein solcher Egoist, daß du hier einfach im Bett rumliegst, während wir uns alle zu Tode langweilen, weil wir unsere Sachen nicht auspacken können! Und Ally hat Angst, daß der Truthahn verschmort.«

»... fangt an ... nicht auf mich warten ... macht nichts ...«

»Nancy will aber nicht. Nicht ohne dich. Jetzt steh doch endlich auf, es ist zwei Uhr!«

»... nicht für mich ... sechs Uhr morgens ...«

»Das ist dein Problem.«

(Den Spruch haben sie von Constance, alle beide. Außer fast dem gesamten Inhalt des Wäscheschrankes und den drei Shaker-Stühlen war dies das einzige, was Constance an Amerika so gefallen hat, daß sie sich die Mühe gemacht hat, es mit nach Hause zu nehmen.)

Die nächste war Nancy. Sie stürzte herein: »Nicht rasieren! Dad-*diiiee*! Jetzt fang doch nicht noch an, dich zu rasieren!« und stürzte hinaus: »Mum! Jetzt rasiert er sich! Sag ihm, er soll das lassen! *Bitte*!«

Constance streckt den Kopf gerade so lange durch die Tür, um zu sagen: »Olly, es ist Viertel nach zwei! Ally kann den Truthahn unmöglich länger im Rohr lassen. Bist du allmählich so weit?«

Ally begnügt sich damit, die Türen zu öffnen, so daß mir die Essensdüfte in die Nase steigen.

»Frohe Weihnachten, Oliver! Wie wär's mit einem großen Gin Tonic?«

»O Gott, nein. Ich bleibe beim Tee und esse meinen Toast dazu, danke.«

»Toast?« Nancy rast auf der Suche nach Constance

durchs halbe Haus. »Mum! Mum! Jetzt will er auch noch frühstücken! Sag ihm, er soll das lassen! Bitte! Sonst kriegen wir unsere Geschenke *nie*!«

Der Morgen ist nicht meine beste Zeit. Das weiß Constance genau. Wenn sie jetzt hier hereinkommt und ihre Nancy auf mich losläßt, dann wird sie damit nur erreichen, daß ich um so langsamer kaue.

Da kommt sie auch schon.

»Oliver, ich finde, du könntest dich wenigstens den Kindern zuliebe bemühen, dich wieder auf die richtige Zeit einzustellen.«

Die richtige Zeit? Haben Sie das gehört? Das Meer beherrsch, Britannia!

»Du lieber Himmel, Constance, für mich hat der Tag noch gar nicht angefangen. Ich brauche meinen Tee, um wach zu werden.«

»Dann mach ihn dir doch endlich!«

»Hetz mich nicht, Constance, *hetz* mich nicht!«

Knurr, fauch. Wir könnten genausogut noch verheiratet sein. Sie wird sich nie ändern. In einer Familie ändert sich überhaupt wenig. Die Weihnachtsrituale bleiben stets die gleichen. Ich bekomme meine alljährlichen zwei Hemden von ihr. Sie bekommt ein teures Parfum (aus dem Duty-free-Shop) und eine Schachtel Pralinen von mir. Er schenkt ihr ebenfalls Pralinen (was mich vermuten läßt, daß er ihr hinter verschlossenen Türen etwas Seidigeres, viel Privateres schenkt). Die Kinder schenken mir Socken, ihm Blumenzwiebeln und Samen. Er schenkt mir ein Reisenecessaire (ein kleiner Wink, daß er seines, das ich mir letztes Jahr ausgeliehen habe, zurückhaben will). Ich schenke ihm Rasierwasser (ja, auch aus dem Duty-free-Shop). Sie schenkt ihm einen schönen Pullover. Die Kinder werden so reich beschenkt, daß uns drei ein leises Unbehagen an der ganzen Angelegenheit befällt, wenn sich ihre Beuteberge immer höher türmen. Das Zimmer füllt sich mit zerknittertem Glanzpapier. Die Katze dreht durch. Und Ally redet von nichts anderem als von seinem Truthahn. Was mich betrifft, so weiß ich gar nicht, wo das Problem liegt. Es läuft doch immer alles bestens. Der Truthahn erscheint fix und fertig auf dem Tisch, die Bratkartoffeln und der Rosenkohl desgleichen. Die Würstchen sind tadellos, die Soße ist heiß. Wozu also die ganze Aufregung? Ally kann schließlich rechnen, ganz im Gegensatz zu Constance. Ich weiß, warum sie außerstande ist und immer war, ein Weihnachtsessen zuzubereiten. Sie schafft es einfach nicht zu kalkulieren, wie lange die einzelnen Speisen brauchen, und dann mit jeder rechtzeitig anzufangen. Das war der Grund, warum sonntags ich das Essen kochte (und zweifellos tut Ally es jetzt aus demselben Grund). Constances primitiven Kalkulationsmethoden (ihre zehn Finger, besorgte Blicke auf die Uhr) auf Gedeih und Verderb ausgeliefert, schmorten ihre Braten ganze Nachmittage hindurch, denn zuerst war das Fleisch gar, dann war der Pudding fertig, und später, wenn der Rosenkohl gerade richtig war, begannen die Kartoffeln langsam weich zu werden. »Hör zu«, sagte ich eines Tages, als sie stirnrunzelnd auf Nancys Digitaluhr sah und sich mit folgender (wie man meinen sollte) nicht allzu komplizierter Anweisung herumschlug: siebenundzwanzig Minuten pro Pfund, mit Knochen weitere siebenundzwanzig Minuten, sonst fünfunddreißig, »es ist ganz einfach –«

Sie warf mit dem Rosenkohl nach mir. Ich änderte die Taktik.

»Ich hab' eine Idee«, sagte ich. »Du wäschst und schälst und füllst die Sachen, und ich sage dir, wann du sie aufsetzen mußt. Was hältst du davon?«

»Oh, Olly!« Sie warf mir die Arme um den Hals. Sie strahlte. »Wie lieb du bist! Du bist ein Engel!« Es war wie eine Befreiung aus langer Knechtschaft. In ihren Augen lag echte Bewunderung. Ehrliche Dankbarkeit. Liebe.

Jetzt braucht sie mich nicht mehr. Ally hat den Laden perfekt im Griff. Sein Truthahn schmeckt köstlich. Und hinterher höre ich, wie er die Aufräumungsarbeiten organisiert, und zwar ganz ohne daß ein anklagendes Murren, wer eigentlich an der Reihe gewesen wäre, die Spülmaschine einzuräumen oder die Töpfe zu scheuern, durch die Rohre zu mir heraufgrollt und meinen nachmittäglichen Frieden stört. Der Mann wirkt Wunder – er selbst ist das vollendete Weihnachtsgeschenk. Ich habe gelernt, alles ihm zu überlassen. Sie kommen besser ohne mich zurecht. Er kennt sich da am besten aus. Ich glaube, am Anfang hat Ally sich in seiner schlichten, schwerfällig-hausbackenen Art noch etwas zurückgehalten und ist, wenn ich dabei war, meiner Frau und meinen Töchtern bei häuslichen Katastrophen noch nicht mit vollem Einsatz zu Hilfe geeilt. Aber das hätte er ruhig tun können. Ich habe mein Selbstwertgefühl noch nie aus meinen Fähigkeiten als Ehemann und Vater bezogen. Wenn er mit diesen Dingen besser klarkommt, dann viel Glück. Ich bin auf seiner Seite. Mir ist es ehrlich gesagt lieber, ich kann hier oben in der Wäschekammer sitzen und in Ruhe ein bißchen nachdenken, als daß ich den ganzen Weihnachtsnachmittag damit zubringen muß, erschöpfte, unleidliche Kinder über die Enttäuschungen des Tages hinwegzutrösten.

»Das ist zu klein. Das tut mir weh – hier – und kratzen tut es auch. Ich find's *scheußlich*. Das zieh' ich ganz bestimmt nie an!«

»Falt es schön zusammen, Nancy, dann tauschen wir es um.«

»Kannst du die Filzstifte auch umtauschen? Das sind die falschen. Ich wollte welche mit dünner Spitze, aber die da haben *dicke* Spitzen.«

Ich würde spätestens jetzt losmeckern und die undankbare Bagage auffordern, sofort mit dem Gejammer aufzuhören. Aber Ally hat eine Engelsgeduld.

»Weißt du was, ich bring dich jetzt nach oben, und du erzählst mir ganz genau, was mit deinen Geschenken nicht in Ordnung war. Ich zieh' dir inzwischen dein Nachthemd an, und dann machst du ein Schläfchen und kannst heute abend ganz lang aufbleiben und fernsehen.«

Ich glaube, der Bursche hätte es sogar geschafft, wenn Bonnie nicht eine Runde zuviel durchs Zimmer gemacht und von allen Gläsern genippt hätte.

»Ihre Filzstifte sind nicht das einzige Dicke hier.«

Nancy brach in Tränen aus. Nach ein paar Sekunden klang ihr Schluchzen etwas gedämpfter. Ally hatte sie vermutlich auf die Arme genommen, um sie nach oben zu tragen. Irgendwie gelang es ihr, im Hinausgehen mit ohrenbetäubendem Knall die Tür zuzuschmettern, vermutlich direkt vor Bonnies Nase. Einen Augenblick blieb es still in den Rohren, dann hörte ich ihre Stimmen auf dem Treppenabsatz.

»Ich will Holly Hobbie haben. Ich hab' Holly Hobbie schon so lang nicht mehr gesehen. Ich will jetzt Holly Hobbie haben.«

»Versprichst du mir, daß du dann schläfst?«

Die Wäschekammertür ging auf. Ally stand wie eine riesenhafte Erscheinung des heiligen Christophorus auf der Schwelle, Nancy noch immer auf den Armen.

»Tut mir leid, Oliver, aber Nancy braucht Holly Hobbie.«

Ich blickte verwirrt auf.

»Außer mir ist hier niemand.«

Ally erklärte die Sache.

»Es handelt sich um einen Kissenbezug, Oliver. Er muß in dem Schrank hinter dir sein.«

»Ach so, ja.«

»Rosa«, sagte Nancy verdrossen und hob den Kopf gerade so lange von Allys Brust, daß man eine wenig ansprechende Schleimspur sah, die sich von ihrer Nase Allys Ärmel hinab zog. »Mit so schönen Herzen und Blumen drauf.«

Beflissen wühlte ich ein bißchen in dem Wäscheschrank, doch die einzigen rosa Herzen und Blumen, die ich entdekken konnte, waren auf einem dieser Dinger, in denen ich sicherheitshalber ein paar Papiere aufbewahrte. Die gab ich ihr besser nicht.

»Tut mir leid, ich kann nichts finden.«

»Du mußt aber! Du mußt aber! Du mußt ihn finden, Daddy, jetzt gleich!«

O nein, so nicht. Alasdair mag sensibler sein und mehr Taktgefühl besitzen als ich, aber ich bin der Meinung, ein offenes Wort kann nicht schaden, wenn Kinder sich völlig danebenbenehmen.

»Jetzt hör mir mal gut zu, Nancy –«

Aber sie schnüffelte schon wieder, stöhnte und weinte und wischte ihre Nase an Allys Ärmel ab.

»Nancy! Nance! Hör auf! Hör jetzt auf mit dem Theater. Führ dich nicht wie ein dummes Gör auf!«

»Sachte«, warnt Alasdair, »sie hat einen schweren Tag hinter sich.«

»Einen schweren Tag?« Ich traue meinen Ohren nicht. »Einen schweren *Tag*? Was ist denn so schwer daran, wenn man sich den Bauch vollschlägt und auf Bergen von Geschenken sitzt?«

Nance warf mir einen vernichtenden Blick zu.

»Das Kleid ist *kratzig*. Und die Filzstifte sind *dick*.«

Jetzt riß mir die Geduld.

»Und was ist mit dem verdammten Weihnachtsstrumpf? Das Riesending war doch bis obenhin mit Süßigkeiten vollgestopft. Waren die vielleicht auch zu kratzig oder zu dick? Was war mit denen?«

Ihre Augen blitzen auf, und sie zeigt mit dem Finger auf mich. Noch nicht mal auf der höheren Schule ist das Kind und sieht schon ganz genauso aus wie seine Mutter. »Mein Strumpf war das Letzte, daß du's nur weißt. Da war fast nichts drin, was ich mag, daß du's nur weißt. Seifenblasen und Schokoladentaler will ich in meinem Strumpf haben, daß du's nur weißt. Und dann will ich im Bett sitzen und meine Schokoladentaler essen und meine Seifenblasen blasen und warten, bis die Bohnenstange anruft und erzählt, was sie gekriegt hat. Aber *irgend jemand* hat mich ins falsche Bett gelegt, und die Strümpfe sind durcheinandergekommen, und Bonnie hat mir alle guten Sachen weggeschnappt. Und *irgend jemand* ist auf die Seifenblasen getreten, und sie sind ausgelaufen, und die Schokoladentaler haben ganz schleimig und gräßlich geschmeckt, wie Spülmittel, und Mum mußte sie mir wegnehmen, damit mir nicht schlecht wird. Und das einzige, was in meinem Strumpf noch in Ordnung war, war dieses blöde Ding da!«

Und sie hielt das Geschenk hoch, um dessentwillen ich den gesamten Inhalt zweier Koffer ausgepackt und das ich um ein Uhr nachts noch in Geschenkpapier gewickelt hatte.

»Es funktioniert doch noch, oder? Das will ich doch sehr hoffen, es war teuer genug.«

»Woher soll ich wissen, ob es funktioniert? Ich weiß ja nicht mal, was es macht. Da sind ja nicht mal Batterien drin!«

Keine Batterien. Schachmatt. Der klassische Weihnachtsschnitzer: keine Batterien. Ich bin für diesen Familienkram einfach nicht geschaffen. Alasdair warf mir einen Blick zu (weiß der Himmel, was für einen: Es war ein so zutiefst unergründlicher Blick, daß ich nicht einmal wußte, ob es um mich oder um Nancy ging), hievte sich das wütend um sich schlagende Bündel, meine Tochter, höher über die Schulter und trug sie außer Sicht. Ich atmete erleichtert auf. Weihnachten ist der absolute Alptraum. Es macht alles kaputt. Es macht mich fix und fertig. Ich habe kein Talent, Geschenke und andere Kleinigkeiten für kleine Mädchen zu kaufen. Stundenlang hatte ich in dem Geschäft in Placid City gestanden und versucht, mich zwischen dem Blauen mit den herumtollenden Hunden und dem Roten mit den

Schweinchen zu entscheiden. Als die Verkäuferin mir Batterien anbot, sagte ich nein, weil ich wußte, daß ihre der reine Nepp waren und ich sie im Supermarkt für die Hälfte bekommen würde. Doch dann vergaß ich sie. Ja, ich vergaß sie. Ja, zum Teufel, ich bin schuldig! Ich vergaß die Batterien! Aber ich kann nichts dafür. Die ganzen Jahre hatte ich Constance gewarnt und ihr gesagt, ich sei nicht der richtige Mann für den Job. Aber sie hat es darauf ankommen lassen und die beiden Kinder in die Welt gesetzt. *Sie* müßte jetzt den Preis bezahlen, nicht ich. Aber ich bin das Opfer. Sehen Sie sich an, was mir passiert ist! Ich werde in etwas hineingezogen, was ich von Anfang an nicht gewollt habe. Abhängigkeiten, um die ich nicht gebeten habe, werden mir zur Gewohnheit, bis es mir geradezu *gefällt*, ein Haus zu haben, ein Heim, zwei Kinder, einen Körper im Bett, jemanden, der immer da ist. Und dann? Sie setzt mich vor die Tür! Es kostet sie mehrere grauenvolle, elende, schuldbeladene Jahre, aber sie tut es. Und auch für mich waren es grauenvolle, elende, schuldbeladene Jahre, vergessen Sie das nicht. Jahre am Rande des Zusammenbruchs. Jahre, in denen ich langsam, aber sicher verdrängt wurde. Ich wurde entbehrlich gemacht und bekam eingeimpft, daß alles meine Schuld sei. Aber das ist nicht fair. Wenn ich nicht so bin, wie sie es wollte, dann hätte sie mich gar nicht erst heiraten dürfen. Da sie es aber getan hat, hätte sie auch den Preis dafür kennen müssen. Es war ein *hoher* Preis. Ich hatte nie daran gedacht, mit jemandem zusammenzuleben. Ich hatte mir geschworen, es nicht zu tun. Schließlich hatte ich zu Hause genug davon mitbekommen, um zu wissen, daß man dann keine ruhige Minute mehr hat. Sie brauchen sich ja nur umzuhören. Fragen Sie jemanden mit Verstand und Ehrgeiz. Der alte Dante wußte Bescheid. »Den Weisen schmerzt jede verlorne Stunde.« Er wußte Bescheid. Er wußte, daß Leute wie ich, Leute mit Träumen und hohen Zielen, keine Zeit mehr finden, noch groß daran zu arbeiten, sobald Leute wie Constance in ihr Leben treten. Da kommt eins zum andern: gemeinsame Mahlzeiten, Ausflüge, lärmende Staubsauger zwischen den Füßen, Abendeinladungen (als sähe man die Leute nicht schon oft genug), die anschließenden Gespräche darüber (als wäre der Abend nicht schon lang genug gewesen). »Und, wie findest du sie?« »Und ihn?« »Meinst du, der Fisch war richtig so?« »Sie hatte eine tolle Jacke an.« Und dann die Kinder! Nervenzerfetzende, geistzehrende Kinder, und das über Jahre. Sie wachsen einem ans Herz. Man wächst ihnen ans Herz. Sie lassen einen nicht kalt, selbst wenn sie wegen irgendwelcher kindischer Albernheiten wie zum Beispiel Seifenblasen auf ihren Schokoladentalern in Tränen der Enttäuschung ausbrechen. Zu dumm, wenn dann die Ehefrau aus heiterem Himmel jemand wesentlich Geeigneteren für den Job findet, plötzlich beschließt, daß ihr das bloße Herummäkeln an den schweren Persönlichkeitsdefekten ihres Mannes nicht mehr genügt, und ihn hinausbefördert wie eine alte, ausgediente Matratze, um sich etwas Besseres zuzulegen, was mehr ihrem Stil entspricht. Aber ist man dann nicht wenigstens frei? Frei, zu jenem einfachen, reinen Leben zurückzukehren, das einem einst vorgeschwebt hat? Mitnichten. Die Chance ist vertan. Da ist ein kleines Kind, verstehen Sie – ein kleines Kind, das mit Tränen der Wut und Enttäuschung in den Augen anklagend auf Sie zeigt.

Nein, Sie sind ganz und gar nicht frei. Sie werden es nie sein. Sie müssen an diese verdammten Batterien denken.

Ich halte das nicht aus. Ich will hier raus. Bin ich allein, habe ich Kraft und Energie für zwei. Kaum aber betrete ich dieses Haus, werde ich schwach und hilflos wie der arme Albatros, der in dem französischen Gedicht über das Schiffsdeck wankt: »...hindern die Riesenflügel seinen Gang.« Ich kann nun mal nicht aufstehen, wann die anderen aufstehen, schön brav ins Bett gehen, wann es ihnen paßt. Ich kann so nicht arbeiten. Ein arbeitender Geist läßt sich nicht zügeln. Nachts läuft er völlig aus dem Ruder. Noch in den frühen Morgenstunden bin ich wach. Meine Gedanken wirbeln durcheinander. Splitter von gestern schwirren wild umher und prallen auf Splitter dessen, was ich morgen denken will. Ich suche sie zu mäßigen, doch es gelingt mir nicht. Nichts bringt mein Hirn zur Ruhe, obwohl ich alles versuche. (Dabei sollte man meinen, der bloße Gedanke daran, wie Debbie sich auszieht, müßte nicht nur meine wenigen chaotischen Gedankenzüge, sondern ein ganzes Eisenbahnnetz mit kreischenden Bremsen zum Stillstand bringen. Aber in solchen Nächten ist mein Geist, noch ehe das schöne Kind überhaupt bei seinem Slip angelangt ist, längst auf und davon, zurück zu dem, was ich gerade zu lösen, zu ergründen, zu *klären* versuche.) Gegen fünf Uhr morgens falle ich dann vielleicht in Schlaf. Und deshalb stehe ich spät auf. Und deshalb stehe ich spät auf! Na und? Was ist dagegen einzuwenden? Den größten Teil des Jahres kommen sie wunderbar ohne mich zurecht, woran sie ja auch keinen Zweifel lassen. Wieso ist es dann plötzlich eine Staatsaffäre, wenn ich ausschlafen will? Wieso soll ich mich schuldig fühlen? Ich kann Ihnen sagen, es ist eines Nietzsche würdig, sich nicht von Schuldgefühlen niederdrücken zu lassen, wenn man auf demselben Planeten lebt wie Constance, und noch dazu im selben Haus. Diese Frau ist wandelnder Treibsand, ein emotionaler Sumpf. Man braucht schon einiges an Stehvermögen, sonst ist man sehr bald verloren. Letzte Weihnachten zum Beispiel. Als ich das Haus verließ, fühlte ich mich richtig gut. Und auf dem Weg zum Flughafen fühlte ich mich immer besser, teils natürlich weil ich abreiste, teils aber auch durch die Hochstimmung und das gesteigerte Selbstwertgefühl, das man empfindet, wenn man eine Arbeit gut gemacht, eine Aufgabe zu Ende gebracht hat. Ich hatte mit den Kindern meinen Spaß gehabt, mit Ally war ich sehr gut ausgekommen, mit Constance hatte ich nicht allzu viel gestritten. Als sie vor der Abflughalle hielt, sprang ich heraus, schwang meine Koffer aus dem Wagen, drehte mich zu ihr um und gab ihr einen freundschaftlichen Abschiedskuß.

»Also«, sagte ich, »das war's dann wohl.« Mit einer Handbewegung wies ich auf die zurückliegenden Tage. »Ich denke, es hat sich gelohnt, der Kinder wegen. Nur schade, daß sie nicht rechtzeitig aufgewacht sind, um mit zum Flughafen zu kommen. Ich dachte, Nancy schwärmt für Flughäfen. Aber macht nichts.«

Constance sah zu der großen Uhr auf.

»Ich hoffe nur, sie gewöhnen sich rechtzeitig wieder an die britische Zeit, bevor die Schule anfängt...«

Sehen Sie? Ihr kleines giftiges Abschiedsgeschenk. Ich schenke ihr zollfreie Sachen, sie schenkt mir Schuldgefühle. Aber was soll's. Ich denke nicht daran, vor ihr zu kriechen und mich dafür zu entschuldigen, daß ich Batterien vergesse oder morgens lang schlafe. Wirklich, diese Frau ist unmöglich. Schuldgefühle sind etwas für verheiratete Männer. Aber sie hat mich ja hinausgeworfen.

Ich reise ab. Mir reicht's. Ich werde jetzt sofort nach oben gehen, das hier im Wäscheschrank verstauen und dann diese Sache für Fairbairn fertigmachen. Und dann reise ich ab. Ich bin froh, wenn ich von ihnen und ihren ewigen Tränen und Tropfen und blauen Augen wegkomme, von ihren Ängsten um die Kinder und der permanenten Esserei. Das Familienleben steht mir bis hier. Das einzig Gute daran war seine Beständigkeit, und die haben sie mir genommen.

Sie brauchen mich kein bißchen. Ich reise ab.

9

»Olly! Komm doch bitte mal runter, wir brauchen dich!«

Frechheit!

Ich öffne die Mansardentür gerade so weit, daß ich die Treppe hinunterrufen kann: »Ich hab' zu tun, Constance. Ihr seid doch alle so scharf drauf, daß ich mit dieser Sache endlich fertig werde, und ich bin gerade dabei sie fertigzumachen. Also, egal, worum sich's dreht, frag Alasdair.«

Schallendes Gelächter tönt aus der Küche herauf.

»Ally? Das geht nicht. Wir brauchen dich, Oliver.«

Von wegen sie brauchen mich nicht. Seufzend schiebe ich den dicken Packen Papier beiseite, den ich für Fairbairn, den Großen Steinway-Wucherer, geschrieben habe, staple die Tee- und Kaffeetassen ineinander, die nicht mehr auf Nancys Tablett gepaßt haben, als Constance sie das letzte Mal heraufgeschickt hat, und begebe mich nach unten, um zu erfahren, was Oliver Rosen, und zwar nur Oliver Rosen, heute für sie tun kann. »Was ist denn los?«

»Ach, Olly, jetzt sei doch nicht so! Es dauert ja nur einen Moment, und du kriegst auch was Leckeres dafür.«

»Was denn Leckeres?«

»Ein Stück Schwarze Johannisbeertorte.«

Nancys große Leidenschaft. Ich drehe mich um und zwinkere ihr zu, aber sie hüllt sich in Düsterkeit. Also wende ich mich wieder Constance zu.

»Und was muß ich tun, um mir meine Torte zu verdienen?«

Constance grinst.

»Die Stücke gerecht verteilen.«

Meine Augen wandern um den Tisch. Es sind doch genug Leute da, die sich ihre Leckerbissen selbst aufteilen und mir ein Tortenstück mit einer Tasse Tee nach oben bringen könnten! Ally, Constance, Bonnie und Nancy und sogar die Bohnenstange sitzen am Tisch, auf dem zwei riesige schwarzglänzende Torten diesen albernen Krug in der Form einer Kuh, den Constance in Leek gekauft hat, und – welch seltener Anblick heutzutage – die große Zuckerdose flankieren.

Teezeit!

»Dann gib mir mal das Messer.«

Feierlich reicht mir Alasdair das lange scharfe Messer und die komische versilberte Tortenschaufel, mit der mich meine Schwiegermutter einmal zu Weihnachten beglückt hat.

»Also: sechs Stücke?«

Da meldet Ally sich zu Wort: »Vielleicht besser sieben, Oliver, nur für den Fall, daß Ned später noch kommt.« Er blickt hilflos um sich. »Man weiß ja nie ...«

Ich schon, ich weiß Bescheid. Constance weiß auch Bescheid, und alle anderen hier am Tisch ebenfalls, sogar die Bohnenstange. Aber wenn er sich unbedingt an seine armseligen kleinen Illusionen klammern muß, dann ist das sein Problem.

»Gut, also sieben.«

Ich hob das Messer. Diesmal fuhr Bonnie lautstark dazwischen: »Aber keine *normalen* Siebener.«

»Siebtel«, verbesserte ich sie. »Wir haben es hier mit Brüchen zu tun.«

»Wir wußten doch, du bist der richtige Mann für uns!« frohlockte Constance hämisch. »Brüche, Bruchteile, genau das wollen wir, nicht etwa stinknormale Siebener –«

»Siebtel.«

»Siebtel.« (Sie ist numerisch dermaßen unterbelichtet, daß sie schon das Wort kaum über die Lippen bringt.) »Wir wollen keine stinknormalen Siebtel.« Sie sah zu Nancy hinüber, die noch immer finster vor sich hinbrütete.

»Nancy will es gerechter haben.«

Ich sah Nance verwundert an.

»Ist dir klar, daß alle Siebtel gleich sind?« fragte ich sie vorsichtig.

»Sie will, daß es gerechter als nur gleich ist«, johlte Bonnie.

Ich sah noch immer Nance an.

»Gerechter als gleich? Das möchtest du haben?«

Das Grinsen ringsum ignorierend, nickte sie düstere Zustimmung.

»Ja. Gerechter als gleich will ich's haben.«

Gerechter als gleich. Da spricht des Philosophen Tochter. Genugtuung wallte mit einem Mal in mir auf. Eine heiße Welle der Liebe. Mein Fleisch und Blut! Die einzige Person in diesem Haus, die mich wirklich braucht, die vielleicht bald begreifen wird und wissen muß, daß es noch andere Menschen draußen in der Welt gibt, Menschen, die so denken wie sie, die die Grenzen schludrigen, selbstzufriedenen Alltagsdenkens erkannt haben. Menschen, die tiefer schürfen, die die Wahrheit finden wollen. O nein, der Apfel fällt nicht weit vom Stamm. Damals, in der Nitshill Road 73, wurde das Essen kalt, während wir um unsere gerechten Anteile kämpften. Finn und Sol (als Vertreter »ihrer« und »seiner« Partei) holten das rostige Vorlegebesteck aus der Küchenschublade, eine Münze wurde geworfen, der Sieger steckte die Zirkelspitze in die Pastete, und wir anderen stritten erbittert darüber, ob der Winkelmesser nicht klammheimlich ein kleines Stück nach rechts gedreht worden war, oder auch – und grundsätzlicher – darüber, was als Ausgleich für noch gefrorene oder bis zur Unkenntlichkeit verbrannte Pastetenstücke festzulegen sei. Die zahllosen Spezialeffekte, die unser Sperrmüll-Herd hervorbrachte, machten alle unsere Rechenkünste zunichte und warfen weitreichendere Fragen auf. Zählte Verbranntes mit? Für Gerry vielleicht, der aß alles. Joe und Finn aber entfernten die schwarzen Krusten, bevor sie zu essen anfingen. Mußten sie also mehr bekommen, wenn es »gerecht« zugehen sollte?

Und nun hatte meine jüngere Tochter die schwerwiegenden, ja geradezu lähmenden Einschränkungen des Begriffs »gleich« erkannt. Sie hatte sich nicht einfach davon distanziert, wie ihre Mutter es in den Jahren unserer Ehe in höchst unangenehmer Weise bei jeder sich bietenden Gelegenheit getan hatte – manchmal kam es mir vor, als verkörpere allein schon das Wort für sie alles, was sie an meiner Arbeit abgrundtief haßte. Es war für sie zum roten Tuch geworden. Sie verabscheute es zutiefst, und es provozierte sie über die Maßen. »Was hältst du von der ganzen Sache, Olly?« konnte sie zum Beispiel – noch recht freundlich – fragen, während sie im Bett saß, Käsecracker und Mixed Pickles aß und im Fernsehen verfolgte, wie irgendein Schönredner von der Regierung die Position seiner Partei in dieser oder jener aktuellen Frage kundtat. »Tja«, sagte ich vorsichtig, »da alle Dinge gleich sind –« Mehr wollte sie nicht hören. Sie war bereits auf hundertachtzig. »Die Dinge *sind* nicht gleich!« schrie sie mich an. »Jetzt nicht und früher auch nicht! Und auch in Zukunft nicht! Ich will von dir nicht wissen, ob du mit diesem widerlichen Schleimer einer Meinung bist, weil alle Dinge gleich sind, ich will nur wissen, ob du mit ihm einer Meinung bist!«

Aber was soll ich machen, ich bin nun mal nicht wie sie. Große Reden zu schwingen, ist nicht mein Stil. Für mich ist es notwendig, daß »alle Dinge gleich sind«. Das ist bei Philosophen nun mal so. *Ceteris paribus.* Es ist die Grundlage des Denkens, das Basislager, von dem alle philosophischen Expeditionen starten. Herauszufinden, inwiefern die Dinge nicht gleich sind, läßt helles Licht erstrahlen. Und nun hatte meine Nance mit einem Mal erkannt, daß Gleichheit nicht unbedingt auch Gerechtigkeit bedeutet. Aus eigener Einsicht hatte sie den langen Weg entschlossener Wahrheitssuche angetreten.

»Nancy«, sagte ich, »denkst du an eine bestimmte Art von ›gerecht‹?«

Sie hätte nicht verständnisloser dreinschauen können. Ich erklärte ihr, was ich mit meiner Frage meinte:

»Man kann die Sache von verschiedenen Seiten her angehen, verstehst du? Wir könnten nach vorheriger Diskussion versuchen, diese Torte entsprechend der in die Beschaffung der Zutaten und die Herstellung der Torte investierten Arbeit anteilmäßig aufzuteilen; oder wir könnten die Verteilung in Abhängigkeit vom Grad des Hungers der Empfänger vornehmen, der allerdings wesentlich schwieriger zu bestimmen sein dürfte. Einfacher wäre es vielleicht, die Anteile entsprechend dem jeweiligen Körpergewicht zuzuweisen.«

Sie sah noch immer verständnislos drein. Ich fuhr geduldig fort: »Oder vielleicht könnten wir auch rein utilitaristischen Erwägungen folgen und herausfinden, wem das Tortenessen den größten Genuß bereitet –«

Ihre Augen leuchteten auf. Die anderen riefen: »Nein!«

»Oder«, sagte ich, um mich wieder in ruhigere Gewässer zu manövrieren, »wir gehen den Fall um einiges elementarer an und berechnen beispielsweise proportional zum Alter –«

»Dad!« brüllte Bonnie. »Der Kuchen wird kalt!« Dann schnauzte sie ihre Schwester an. »*Du* willst doch, daß der Kuchen anders aufgeschnitten wird, also entscheide dich endlich!«

(Da ist es, falls Sie es je suchen sollten: das Kennzeichen schludrigen Denkens – Hast und Eile.)

Nancy schaute inzwischen ganz verblüfft drein, wie jemand, der einen Stein aufgehoben und darunter eine wuselnde Kolonie irgendwelcher Tierchen vorgefunden hat, von deren Existenz er bislang keine Ahnung gehabt hat und die ihm nicht ganz geheuer sind. Der Zornesausbruch ihrer Schwester aber ließ sie rasch den letzten meiner Vorschläge aufgreifen.

»Dann dem Alter nach.«

»Proportional zum Alter? Bist du sicher?«

»Nancy, das wird dir nicht gefallen«, warnte Constance.

»Ich bin doch älter als die Bohnenstange. Und als Ned«, beharrte Nancy eigensinnig.

»Andererseits«, sagte ich, »bist du –«

»Jetzt mach doch endlich, Daddy!« blökte Bonnie. »Mir reicht die Warterei allmählich. Uns allen reicht die Warterei. Wenn Nancy vor lauter Pingeligkeit unbedingt eine Schwarze Johannisbeere mehr haben will als die Bohnenstange, dann ist es ihr Problem, was sie am Ende kriegt!«

Ich hielt das für eine reichlich unbarmherzige Interpretation der Verwirrungen, in die abstraktes Denken einen stürzen kann. Andererseits aber kann durch Erfahrung erworbenes Wissen zu bleibender Einsicht führen.

»Also, gut«, sagte ich, »auf Nancys Wunsch wird diese Torte proportional zum Alter aufgeschnitten.«

Ich hob zum dritten Mal das Messer.

»Nein, Olly«, sagte Constance, »lieber nicht, das gibt nur Tränen.«

»Es ist mir egal, was dabei rauskommt«, beharrte Nancy trotzig.

»Jetzt mach doch endlich!« drängte Bonnie.

»Ich muß bald gehen«, verkündete die Bohnenstange, »ich muß zum Tee nach Hause.«

»Na los doch, Olly«, fauchte Constance. Ganz plötzlich hatte sie genug von Kindern, wie es schien. »Schneid das verdammte Ding jetzt auf!«

»Zuerst«, erklärte ich, »benötige ich noch ein paar Daten.«

Ich blickte Ally fragend an.

»Wenn du's unbedingt wissen mußt«, sagte er, »ich bin zweiundvierzig.«

Ich enthielt mich eines Kommentars.

»Okay«, sagte ich, »Ally ist zweiundvierzig, ich bin zwei Jahre jünger. Constance wiederum ist um dieselbe Anzahl Jahre jünger als ich. Nancy ist drei Jahre jünger als Bonnie und ein Jahr älter als die Bohnenstange. Da ihr Geburtstag aber so früh im Jahr liegt, mache ich zwei Jahre daraus. Nicht zu vergessen Ned natürlich, der nach meiner Berechnung zwei Jahre jünger sein muß als die Bohnenstange. Das macht dann genau dreihundertsechzig geteilt durch einhundertneunundfünfzig Jahre, also ungefähr zwei Komma drei –«

»Moment mal«, unterbrach mich Ally, »wieso dreihundertsechzig?«

Er sah verwirrt drein.

»Grad», erklärte ich geduldig.

»Auf einer Schwarzen Johannisbeertorte?«

Ich starrte ihn an. Doch Ally war sichtlich nicht minder entsetzt als ich. »Brauchst du einen Winkelmesser?« fragte er mit schwerfälligem Sarkasmus. »Oder einen –« (Daß er dabei auf Bonnies Unterstützung angewiesen war, nahm seinem Spott, so schien mir, einiges von seiner Wirkung.) »Oder einen Zirkel?«

»Nicht nötig«, erwiderte ich frostig, und ich gestehe, ich erledigte das Aufschneiden in einem schamlos prahlerischen Tempo. »Wenn wir also mit dem kleinsten Stück anfangen, dann haben wir etwa sechzehn Komma ein Grad Torte für Ned – das lohnt eigentlich kaum das Aufheben, wenn man's bedenkt, Ally. Nicht viel mehr, nämlich nur zwanzig Komma sieben Grad entfallen auf die Bohnenstange – ein Glück, daß du jetzt gleich zum Tee nach Hause gehst. Und genau dreiundzwanzig Grad für Nancy – tut mir leid, aber du wolltest es so haben, und es ist auch gerecht, proportional zum Alter jedenfalls.«

Sie starrte auf das winzige, durchweichte Tortenstück auf ihrem Teller und warf mir dann einen vernichtenden Blick zu. Ich machte jedoch tapfer weiter.

»Neunundzwanzig Komma neun Grad für Bonnie – hättest du deine Schwester nicht so gedrängt, hätte sie sich's vielleicht anders überlegt, und du hättest viel mehr bekommen. Siebenundachtzig Komma vier Grad für Constance – ich kann nicht behaupten, daß es mir leid täte, wenn es dir im Hals steckenbliebe und du daran ersticken würdest, nachdem du mich von meiner Arbeit weggeholt und jetzt auch noch erreicht hast, daß ich bei Nancy in Ungnade gefallen bin.« Das Messer fuhr glatt durch die restliche Hälfte der Torte. »Zweiundneunzig Grad für mich – herrlich, das sieht ja wirklich köstlich aus. Die Beeren, die da rübergerollt sind, gehören, glaub' ich, noch mir.« Und schließlich: »Sechsundneunzig Komma sechs Grad, das größte Stück von allen, für Alasdair – weil er der *Älteste* ist.«

Ich reichte ihm mit elegantem Schwung den letzten Teller.

»Hier«, verkündete ich und blickte befriedigt in die Runde. »So ist es jetzt wirklich gerecht, denke ich.«

»Ist das eine Art Rosenscher Familiengnade?« erkundigte sich Ally patzig. »Sollen wir auch noch Amen sagen?« Er sah auf sein Tortenstück nieder. Obwohl seine Portion die größte war, schien er nicht allzu erfreut. Die anderen am Tisch genauso wenig. Die Bohnenstange schob sich ihren winzigen Teelöffelvoll mit hochmütiger Miene in den

Mund und stand dann abrupt auf, um zu gehen. Bonnie warf Nancy einen finsteren Blick zu. Nancys Augen füllten sich mit Tränen. Und Ally und Constance hatten nichts Eiligeres zu tun, als den Kindern große Teile ihrer eigenen Tortenstücke auf die Teller zu häufen.

Ich tat mir Sahne auf das meine.

»Köstlich. Herrlich. Ausgezeichnet, wirklich.«

Ich kann nicht behaupten, daß sie übertrieben gesprächig waren. Sobald sie sich ihre Portionen von den Tellern in den Mund geschoben hatten, folgten sie dem Beispiel der Bohnenstange, standen auf und gingen.

Ally war der erste.

»Hat's aufgehört zu regnen? Ich glaub', ich geh' noch mal eben in die Gosworthy Road rüber, um zu sehen, ob sie Ned in den Hof gelassen haben.«

Sofort sprang Constance auf.

»Das Stückchen da brauchst du gar nicht erst reinzuschmuggeln. Komm, gib ihm das hier.« Sie griff nach dem Messer, schnitt ein riesiges Stück aus der zweiten Torte heraus und ließ es auf den Papierteller gleiten, den Ally aus dem Schrank geholt hatte.

Prompt platzte Nancy heraus: »Das ist aber *nicht gerecht*!«

Ihre Schwester kicherte. Nancy drehte sich um und wollte ihr ins Gesicht schlagen, verfehlte sie aber. Da brachen alle Frustrationen einer enttäuschenden Teestunde aus ihr heraus, und sie rannte unter fürchterlichem Geheul aus der Küche.

Constances mütterliches Augenmerk richtete sich auf Bonnie.

»Das ist deine Schuld!«

Ich wollte mir den Streit nicht anhören. Ich schlüpfte hinaus, die Treppe hinauf, zurück an meine Arbeit. Was immer sie sich an den Kopf warfen, es dauerte nicht lange, denn als ich ein paar Minuten später im ersten Stock das Toilettenfenster öffnete, sah ich sie beide zusammen im Garten. Constance ging am Zaun entlang und füllte eines ihrer unvermeidlichen Körbchen mit Beeren. Bonnie revanchierte sich und giftete sie nun ihrerseits an.

»Das ist doch lächerlich, was du da machst! Beeren zu pflücken, nur um sie in den Mülleimer zu werfen! Warum sagst du denen nicht endlich, sie sollen ihren blöden Strauch auf ihre Seite rüberziehen?«

»Das geht nicht. Der Strauch ist das einzige, was den Zaun aufrecht hält, seit dein Vater diese riesigen Löcher hineingebrannt hat.«

»Sie können doch was anderes pflanzen. Tollkirschen sind ja nun wirklich keine besonders gutnachbarlichen Pflanzen.«

»Sie haben den Strauch nicht gepflanzt, Bonnie. Sie haben sich nur nicht die Mühe gemacht, ihn auszureißen. Und so übermäßig gutnachbarliche Gefühle haben sie wahrscheinlich sowieso nicht, seit dein Vater zu ihnen rübergegangen ist und ihnen etwas über den Zustand ihrer Mülltonnen erzählt hat.«

Ich knallte das Fenster zu.

Manchmal frage ich mich, wohin es mit der Welt kommen würde, wenn alle so von ihrem täglichen Kleinkram besessen wären wie Constance. Vielleicht würde die Erde aufhören, sich zu drehen. Ich hatte plötzlich eine beglükkende Vision des riesenhaften, glatten Silbervogels, der mich in wenigen Tagen in die Lüfte erheben und forttragen würde, weit fort von dem großen häuslichen Komposthaufen all meiner ehelichen Fehler von einst. Mit der Entschlossenheit und dem festen Willen eines Mannes, dem die Freiheit winkt, setzte ich mich nieder, schrieb in Großbuchstaben die Worte »Fünfte Leamingtoner Tagung« als Kapitelüberschrift auf ein Blatt Papier und machte mich daran, das letzte Bündel von Fairbairns schimmeligem intellektuellem Stroh zu reinem, glänzendem Gold zu spinnen.

Tock-tock-tock!

Schon wieder sie. Ich bring' sie um, so wahr mir Gott helfe.

»Bleib draußen, Constance, ich versuche zu arbeiten!«

»Olly, ich muß dir was sagen. Jetzt gleich!«

Da sie der traditionellen Antwort – »Hat das nicht Zeit?« – zuvorgekommen ist, muß ich sie reinlassen.

»Was ist denn jetzt schon wieder los?«

»Sei nicht so brummig, Olly. Ich würde dich nicht fragen, wenn ich nicht deine Hilfe bräuchte.«

»Kannst du denn nicht Ally fragen?«

»Nein, natürlich nicht, er geht ja mit. Das ist es ja. Wir gehen alle zusammen weg.«

Sehr gut.

»Ach ja?«

»Ja. Und du hältst die Stellung, für den Fall, daß sie hier auftaucht.«

»Daß wer hier auftaucht?«

»Die Hexe natürlich.«

»Stella? Wieso sollte sie hier auftauchen?«

»Weil Neds Ferienfreizeit um vier zu Ende war. Und da die Hexe um halb fünf noch nicht da war, haben sie Ned mit Ally gehen lassen. Wenn sie dann aber kommt und auf dem Zettel liest, daß er bei seinem Vater ist, dann dreht sie durch und wird auf ihrem Besen hier vorreiten.«

»Wieso kann denn nicht –?«

Constance kann auch Gedanken lesen, wissen Sie?

»Weil wir alle weg sind. Wir schleichen uns fort, ganz schnell, über die Gartenmauer. Wir nehmen Nancy, Ned und Bonnie mit. Und du bemannst die Barrikaden. Wenn sie kommt, sagst du ihr, wir hätten nicht gewußt, wann sie erscheinen würde und seien Tee trinken gegangen.«

»Tee trinken? Schon wieder? Wo denn?«

Sie war bereits aus dem Zimmer und halb die Treppe hinunter.

»Soll das ein Witz sein, Oliver? Die Frau ist ein Killer. Besser, du weißt nicht, wo wir sind!«

»Constance –«

Fort war sie. Sie hatte es so eilig gehabt, daß sie sogar ihren heißgeliebten Korb auf meinen Papieren hatte stehenlassen. Ich nahm ihn fort, feuchtete meine Fingerspitze an und versuchte, die schwarzen Flecken zu entfernen, besann mich aber rasch eines besseren und ging dann ebenfalls hinunter. Wenn Constance dachte, ich würde meinen Nachmittag damit zubringen, Stella zu beschwichtigen, dann irrte sie sich. Von mir aus konnten ganze Rudel empörter Mütter stundenlang vor der Haustür herumschwirren, ich würde sie nicht hereinlassen. Das beste war, ich machte mir einfach eine Kanne Tee und verschanzte mich damit in meiner Mansarde, bis die Krise vorüber war.

Aber das brauchte ich ja nicht laut zu sagen. Ich tat ganz ungezwungen, während ich den Wasserkessel füllte und Constance die dicht geschlossenen Reihen ihrer kostspieligen Haushaltsgeräte abschritt, um hier und dort deren Geräusche zum Verstummen zu bringen. Ned saß am Tisch und pickte sich Schwarze Johannisbeeren von der Torte.

»Nicht«, schimpfte Nancy, »da sieht man doch die Löcher.«

Constance fuhr herum, als sie hörte, daß Ally den Fluchtwagen startete.

»Geld!«

Sie flog die Treppe hinauf. Bonnie flog hinterher, um sich einen Pullover zu holen, Nancy trottete hinaus zu Ally, der im Wagen wartete. Und Klein-Ned, in Todesängsten schwebend, weil er sich unerlaubt entfernte, spielte mit den Dingen herum, die vom Tee her noch auf dem Tisch lagen, bis Constance und Bonnie wieder heruntergerauscht kamen.

»Schnell, Ned.«

»Aber ich hab die Löcher noch nicht alle wieder –«

»Macht nichts, Daddy wartet.« Sie zerrte ihn vom Tisch fort und trieb sie alle vor sich her zur Hintertür hinaus. »Wir nehmen die Abkürzung über die Gartenmauer.«

Sie stürzte noch ein letztes Mal herein, schnappte sich den Korb vom Küchentisch und kippte den Inhalt in den Mülleimer. Dann war sie weg. Ich hörte einen Motor aufheulen, dann kehrte Ruhe ein. Vollkommene Ruhe, ideal zum Arbeiten. Den Göttern sei Dank. Ich stellte meine Sachen auf ein Tablett und trug es nach oben.

Tock-tock-tock!

Sorry, niemand da.

Tock-tock-tock-tock-tock-tock-tock-tock!

Du lieber Himmel! Kein Wunder, daß alle mit den Nerven am Ende sind. Aber leider, ich bin nicht zu sprechen.

TOCK-TOCK-TOCK-TOCK-TOCK-TOCK-TOCK-TOCK-TOCK! KRACH! BUM!

Constance hatte recht. Die Frau war verrückt. Da ich mich aber unmöglich konzentrieren konnte, solange sie wie wild auf unsere Haustür eindrosch, erhob ich mich und näherte mich vorsichtig dem Fenster. Der Lärm verstummte plötzlich, und ich spähte hinaus. Die Hexe stand jetzt mit dem Rücken zu mir im Garten, und an der Art, wie ihre Hand immer wieder niederstieß und im Gras herumstocherte, war deutlich zu erkennen, daß sie die Hoffnung, sich mit bloßen Faustschlägen Zutritt verschaffen zu können, aufgegeben hatte und nun die Einfassung von Allys wohlgepflegtem Gartenweg nach einem passenden Stein absuchte, um die Haustür damit einzuschlagen.

Deren Anstrich hatte Constance einiges an Zeit und Mühe gekostet, und da ich genau wußte, daß sie jegliche Beschädigung mir anlasten würde, hielt ich es für das beste, den verantwortungsvolleren Weg einzuschlagen. Ich gab also seufzend nach und öffnete das Fenster.

»Mrs. –«

Einen Augenblick lang war mir Allys Familienname entfallen, doch dann: »Huggett! Mrs. Huggett!«

Sie fuhr herum. Einen Moment lang spähte sie zornig umher, dann sah sie mich aus meinem Fenster lehnen. Wie ein Polizeibeamter in Zivil, der bei einer friedlichen Demonstration entlarvt wird, ließ sie hastig den Stein fallen.

Dann stand sie da, eine Vision auf unserem Gartenweg, und mein Herz begann laut zu pochen.

Sie war hinreißend schön. Schielend vor Zorn, keuchend vor Wut, aber unglaublich schön. Rückblickend kann ich Constances Gerede von wegen manche Leute hielten Stella für das Allerletzte, ehrlich gesagt beim besten Willen nicht verstehen. Jeder normale Mann würde sich die Finger nach ihr lecken. Sie war ein Rasseweib, und als der Wind ihr den dünnen Seidenrock um die Beine wehte, bekam ich weiche Knie bei dem Gedanken, daß dieses zornschnaubende kleine Geschöpf einst dem Rhabarberrohling gehört hatte. Wie paßten die beiden zusammen? Wie kam es, daß sie nicht zerbrochen war? Seine mächtigen Pranken hätten –

»Kann ich Ihnen helfen, Mrs. Huggett?«

Und im Bett? Wie bekam diese zierliche Kämpferin überhaupt Luft? Wie konnten die beiden den kleinen Ned in die Welt setzen? Bestimmt nicht auf natürlichem Wege! Das hätte sie nicht überlebt! Er muß über eine dünne, sterile Pipette empfangen worden sein und nicht von unserem He-man von der erdverschmierten Gartenschaufel, dessen energisches Gerammel an zwei Abenden pro Woche sowie jeden zweiten Samstag, wenn Nance in ihren Rollschuhclub geht, die Bodendielen ächzen läßt.

»Außer mir ist niemand da.«

Auch ich war nur noch halb da. Lehnte ich mich weiter hinaus, konnte ich einen Blick dorthin erhaschen, wo der oberste Knopf des knappen Oberteils auf unerklärliche und wundersame Weise aufgegangen war.

»Soll ich runterkommen?«

Die Antwort wartete ich gar nicht erst ab. Ein Blick in ihr

Gesicht verriet mir, daß sie, wenn sie den Mund auftat, nur Gift und Galle spucken würde. Andererseits konnte ich nicht zulassen, daß sie im Garten herumstolzierte und Steine gegen Constances Lackanstrich schleuderte. Das wäre nicht fair gewesen. Es war sicherer, ich ließ sie herein. Vielleicht konnte ich ihr eine schöne Tasse Tee anbieten und zuvor ein kleines Teppichstück, auf dem sie herumkauen konnte, bis der Tee soweit war.

Das war der große Fehler, und Constance sparte später nicht mit ihrem Hohn. »Geschieht dir recht, Olly, ich hatte dich gewarnt. Du sollst die Barrikaden bemannen, hatte ich gesagt, und nicht, du sollst die Tür aufmachen und sie reinlassen. Du kennst doch *Schneewittchen.* Lernst du denn nie etwas dazu?«

Von wegen, es geschah mir recht! War sie vielleicht dabeigewesen? Sie hatte sich rechtzeitig aus dem Staub gemacht, über die hintere Gartenmauer. Sie hatte nicht das Privileg genossen, den Qualen meines Tête-à-têtes mit Stella beizuwohnen – die bereits Sekunden nach meiner äußerst unklugen Einladung ihre Barriere stummer Wut durchbrach, sofortigen Zugang zum Telefon verlangte und mit böswilligen, verleumderischen Beschuldigungen die Drähte heißlaufen ließ. So wüste Beschimpfungen brüllte sie in die Muschel, daß man hätte meinen können, die arme Frau von der Ferienfreizeit übergebe mir nichts, dir nichts anderer Leute Kinder jedem gemeingefährlichen Irren, der zufällig um vier die Gosworthy Road entlangspazierte.

»Seien Sie nicht albern«, sagte ich zu ihr, als sie eingehängt hatte. »Der Mann ist immerhin Neds Vater.«

Da ging sie auf mich los.

»Halten Sie sich da raus!«

Ich setzte das Tablett ab, bereit, die Frau hinauszuwerfen, doch sie, gegen die Wirkung ihres abscheulichen Verhaltens auf normale Sterbliche offenbar abgehärtet, hatte bereits einen Stuhl über Constances neue Fliesen geschrammt und sich darauf geworfen, um sich besser auf weitere Schmähungen konzentrieren zu können.

»Was wissen *Sie* schon! Gar nichts! Sie waren nicht mit diesem Schweinehund verheiratet. *Ich war* mit ihm verheiratet, und ich kann Ihnen sagen, Alasdair Huggett ist ein ganz gerissenes Aas –«

Genau an diesem Punkt hörte ich auf ihr zuzuhören. Constance war deshalb hinterher sehr wütend auf mich. »Du mußt dich doch erinnern können, was sie gesagt hat. Denk nach, Olly, denk mal scharf nach!« Aber es war hoffnungslos. In dem Moment, als die Hexe Ally ein gerissenes Aas nannte, zog ich einen geistigen Stecker heraus. Das ist eine Angewohnheit von mir und eine sehr nützliche Fertigkeit, die ich mir in langen Jahren akademischer Seminare angeeignet habe; denn anfangs war ich noch so dumm zu glauben, ich müsse höflich lauschend dasitzen, während die Schwachen im Geiste die kostbaren Stunden zwischen zwei und vier Uhr mit den unreflektierten Absonderungen ihrer Gehirne füllten und mir damit halbe Nachmittage meines Lebens raubten. Ein dummer Satz, und es war so weit. Ich wartete geradezu darauf. Beruhigt, daß der Redner nicht allzuviel von *seiner* Zeit damit verschwendet hatte, sein Thema zu durchdenken, fühlte ich mich nicht länger verpflichtet, *meine* Zeit damit zu verschwenden, seinen Ausführungen zu lauschen. Ich war dann in Gedanken ganz woanders, sah ihn jedoch gleichwohl mit ernster Miene an, nickte mitunter weise und lächelte sogar zusammen mit den anderen, wenn ich das Aufwallen eines Scherzes spürte. Im Geiste aber war ich ebenso weit weg wie damals, neunzehnhundertsoundsoviel, als Revilo Nesor entschwebte, fort von all den erdrückenden Ansprüchen, den ewigen erpresserischen Forderungen, und seinen rechtmäßigen Platz als Herrscher des Mars einnahm.

Dieser Ausspruch der Hexe sagte alles. »Alasdair Huggett ist ein ganz gerissenes Aas.« Was haben Männer noch zu melden, wenn es mit einem riesenhaften, kerngesunden Zweiundvierzigjährigen so weit gekommen ist wie mit Ally – kein Haus, keine Ersparnisse, das Einkommen ein Witz (wenn es nicht ein Trauerspiel wäre), der Sohn unter strengster Bewachung – und er dann auch noch ›ein ganz gerissenes Aas‹ genannt wird. Die Worte dieser Frau lohnten das Zuhören nicht.

Etwas ganz anderes aber war es, sie anzuschauen. Ich unterbrach den Strom ihrer Schmähungen gerade lange genug, um ein einziges winziges Wort einzuwerfen – »Tee?« –, und ohne in ihrem destruktiven Elan nachzulassen, beugte sie sich über den Tisch, um sich eine Tasse zu nehmen. Zu meinem Entzücken fiel dabei das Oberteil ihres Kleides entgegenkommenderweise nach vorn. Ich streckte eine Hand aus, tastete nach dem nächsten Stuhl, zog ihn heran und setzte mich ihr gegenüber. Ich konnte meinen Blick nicht von ihr lösen.

»Zucker?«

Für ein solch zartes Wesen nahm sie eine ganze Menge Zucker, und jeder Löffelvoll, für den sie sich zur Zuckerdose reckte, ließ mich von neuem erschauern. Mir wurde plötzlich klar, daß ich (mit Ausnahme meiner anaphrodisischen Verflossenen) seit fast drei Monaten keine Frau mehr gesehen hatte.

»Ein Stück Schwarze Johannisbeertorte?«

Sie hielt es nicht für nötig, in ihren Klagen über Ally einen Augenblick innezuhalten, um irgend etwas Verbindliches im Sinne von »Ja, bitte, das wär' nett. Die sieht ja köstlich aus« zu äußern. Ich jedoch, voll guter Hoffnung, schnitt gleichwohl ein Stück Torte ab und schob es – nicht zu weit – in ihre Richtung.

»Ein bißchen Zucker drüber?«

Erneut das Vorfallen des Oberteils, der kurze Blick auf Freuden, die ich mir Fairbairns lustfeindlichen Sommer hindurch so strikt versagt hatte. So lange hatte ich meinen Geist nicht mehr auf diesen Pfaden wandeln lassen, daß mich die ersten Regungen meines Verlangens physisch überrumpelten.

»Sahne?«

Ein kalkuliertes Risiko. Ich rückte Constances schauderhaften Kuhkrug gerade ein paar Zentimeter weiter auf sie zu, so daß sie sich weit vorbeugen mußte. Es war ein Genuß. Ich lehnte mich befriedigt zurück und sah ihr zu, wie sie sich abmühte. Der Krug ist schwer zu handhaben. Zuerst kommt überhaupt nichts, dann plötzlich schießen unaufhaltsam breite Sahneströme aus den Nüstern. Sie überschwemmte ihre Torte buchstäblich, merkte es aber nicht. Seit sie das Haus betreten hatte, schien sie auch sonst nicht das geringste zu bemerken, nicht einmal mich, der ich den hellen Sahneschaum auf ihren Lippen betrachtete und mich ausgiebig an ihren weichen lustvollen Schwellungen (und an den meinen) weidete. Constance hatte recht gehabt. Daß nichts und niemand ihr etwas bedeutete, war offensichtlich. Sie hatte ein bereitwilliges (wenngleich taubes) Ohr gefunden, und hätte ich den Stecker wieder eingesteckt, hätte ich eine von Constances brillanten Hexenimitationen in Originalfassung zu hören bekommen, in denen sich die selbstsüchtigen Ichs mit der monotonen Regelmäßigkeit von Telegraphenstangen in einer flachen, vollkommen leeren Landschaft durch den weichen walisischen Singsang ziehen. Jeder andere hätte vermutlich das dringende Bedürfnis verspürt, sie zu verdreschen, ich aber war in Trance. Für mich war sie ein Prachtweib, eine Traumfrau, eine Offenbarung. Ihre Augen waren mehr, weit mehr als nur blau, ihr blondes Haar das eines sonnenumflossenen Engels, ihre Lippen schimmerten wie – doch halt. Nicht daran denken. Nicht zurückschauen. Bei keiner Frau hatte ich je so stark den Wunsch verspürt, mit ihr ins Bett zu gehen. Ihr Körper konnte einen Mann vor schierer Lust sanft implodieren lassen, ihr Oberteil sah aus, als könnte es beim ersten Niesen von ihr abfallen. Sie suchte Streit – mit Ally zugegebenermaßen; jedoch beschlich mich das Gefühl, es könnte möglich sein, sie fort von diesem ausgetretenen Pfad und mehr in meinen Bann zu locken.

Ich ertrug ihre Gesellschaft eine ganze Weile, ehe ich die Hoffnung aufgab. Die Demontage Alasdair Huggetts nahm ihre gesamte Aufmerksamkeit in Anspruch. Je länger sie sich über ihren Ex-Mann und den Vater ihres Kindes beklagte, desto schlechter schien es ihr zu gehen. Sie lief puterrot an, und ihre Augen wurden schwarz. Sogar ihr Atem ging rascher. Constance meinte später, das seien die ersten Symptome gewesen und ich hätte doch merken müssen, daß die Frau anfing, etwas eigenartig auszusehen und sich merkwürdig zu benehmen; worauf ich sie ziemlich schroff fragte, wie ich den feinen Unterschied zwischen dem Verhalten eines Menschen hätte erkennen sollen, der den Gartenweg entlanggestürmt kommt und wie besessen gegen meine Haustür hämmert, und dem eines Menschen, der, dem Anschein nach vor neu entfachter Wut rot anlaufend und krächzend, plötzlich wieder davonstürmt. Wie soll der Laie diesen Unterschied bemerken? Ich bin schließlich kein Arzt, nicht wahr? Und auch kein Gerichtsmediziner. Ich habe ja nicht einmal die kleinen Pusteln bemerkt, die an dem Wochenende, als Constance in Frankreich war, plötzlich Bonnies Körper bedeckten, bis Constance und ihre Mutter am Sonntagabend zurückkamen und mich darauf aufmerksam machten. Wie hätte ich also die ersten Anzeichen einer Tollkirschenvergiftung erkennen sollen? Außerdem hatte Stella ihren Magen ja dank Constances Krug mit einer doppelten Sahnepolsterung ausgekleidet. Wer könnte also mit Sicherheit die Frage beantworten, ob es auf die Beeren zurückzuführen war, mit denen Ned die kleinen feuchten Löcher in der Torte so gewissenhaft ausgefüllt hatte, daß die Frau plötzlich hysterisch aus dem Haus und den Gartenweg hinab stürzte, direkt unter die Räder dieses Volvo? Für mich sah es wie ein ganz normaler Wutanfall aus. Das habe ich damals gesagt, und ich bleibe auch heute dabei. Ned hat sie nicht vergiftet. Sie hat sich selbst getötet.

Die Inquisition allerdings vermögen alle Beteuerungen

der Welt nicht zu bremsen. Constance war schlimmer als die Polizei.

»Aber Olly, hast du denn nicht gemerkt, daß die Löcher, die Ned in der Torte hinterlassen hatte, alle wieder zu waren?«

Nein. Nein Constance, ich hab's nicht gemerkt. Wahrscheinlich habe ich an etwas anderes gedacht.

»Aber du warst doch in der Küche und hast dir deinen Tee gekocht. Hast du da nicht bemerkt, wie Ned die Beeren aus dem Korb genommen hat, den du auf dem Tisch hattest stehenlassen?«

Nein. Nein, wirklich nicht, tut mir leid.

»Aber als du das Tortenstück für Stella abgeschnitten hast, hast du da nicht *gemerkt*, daß ein paar Beeren anders aussahen – sie waren doch nicht mitgebacken!«

Nein. Ich wage kaum, es noch einmal zu wiederholen. Ich hab' es nicht gemerkt. Ich hab' es einfach nicht gemerkt! So wenig, wie ich es bemerkte, als Joe sich an der Gartentür die Augen ausweinte, als Sol verzweifelt um sich schlug, bevor er unterging, oder als Nance diese Mottenkugel verschluckte. So wenig wie Millionen anderer Dinge, für die ich Zeit und Geist vergeuden müßte, um sie zu bemerken, Stunde um Stunde, Tag um Tag, Woche um Woche, Jahr um Jahr, bis sie mein ganzes Leben aufgefressen hätten, ohne erkennbaren Sinn, genau wie deines. Verdammt, Constance, du solltest wirklich dankbar sein. Auf Knien solltest du den Göttern danken, daß ich Kleinigkeiten wie zum Beispiel giftige Beeren, die auf Torten lauern, nicht bemerke. Glaub nicht, ich hätte nicht den raschen, hoffnungsvollen Blick gesehen, den du mit Alasdair gewechselt hast, als ihr endlich zurückkamt und ich euch mitteilen mußte, daß ein kleines Mißgeschick passiert war. Ja, ja, ich weiß: Du hast geziemend ernst und besorgt dreingeschaut. Aber ich weiß auch, daß du so geschaut hast, weil drei Kinder dabeistanden und uns zusahen und zuhörten, eines von ihnen Stellas Kind. Ich weiß, es war dir klar, daß die Sache viel schlimmer stand, als ich mir anmerken ließ. Aber ich habe euren raschen Blick gesehen.

Du bist mir etwas schuldig, Constance. Ich habe Alasdair und dich befreit, ich habe Ned aus seinem Käfig rausgeholt. Glaub nicht, es wäre mir nicht aufgefallen, wie sehr er sich in den letzten Tagen verändert hat. Er ist ein anderer Mensch geworden. Treib also nicht dein Du-mußt-doch-gemerkt-haben-Spiel mit mir und komm mir nicht mit heiseren Stimmen, anormalem Durst, rot angelaufenen Gesichtern, wirren Reden und körperlicher Unruhe. Praktisch den ganzen Sommer über hast du mir erzählt, nichts anderes wäre zu erwarten, wenn man die Hexe zum Tee einladen würde. Hätte Stella Schaum vorm Mund gehabt und in die Teppiche gebissen, hätte ich vermutlich sofort geschaltet. Wenn mir nicht der Gedanke kam, daß etwas faul war, dann ist das eher deine Schuld als meine!

Nicht etwa, daß ich Bitterkeit empfände. Es ist mir gleichgültig. Ein paarmal wurde ich etwas nervös, muß ich gestehen, als diese Polizisten überall herumschnüffelten und mir Fragen stellten. Als aber selbst dem argwöhnischen Inspektor Harris klar wurde, daß jede potentielle Spur eines Verbrechens geradewegs zum armen kleinen, frisch verwaisten Ned und seinen Versuchen führte, die Verwüstungen zu kaschieren, die er auf der Torte angerichtet hatte, glätteten sich die Wogen wieder. Ich kam mit meiner Arbeit erstaunlich gut voran. Daß ich meine Abreise verschieben mußte, bis der Obduktionsbefund vorlag, erwies sich als ein wahrer Segen. So konnte ich jedenfalls diese idiotische Sache für Fairbairn bis hin zur letzten Fußnote abschließen und für immer aus meinem Leben expedieren, auch wenn wir wegen meines Streites mit der Frau am Postschalter über die Frage, was genau im Rahmen der postalischen Gebührenordnung als »Buch« zu gelten habe, etwas zu spät zur Beerdigung kamen.

Die mir übrigens viel Spaß machte. Ally wird unruhig, wenn ich schlecht über Tote rede, aber die Frau war wirklich von Natur aus ätzend und hat eine böse Spur hinterlassen. Es überraschte mich nicht, daß nur elf Personen da waren. Dabei war es ein so vergnügliches Ereignis. Es kommt nicht oft vor, daß Constance wildfremde Leute (Inspektor Harris ausgenommen, versteht sich) zu einem kleinen Imbiß einlädt. Der Lärm war unbeschreiblich. Bei dem Getöse, das die Kinder machten, war kaum zu verstehen, was Inspektor Harris zu mir sagte. Als mir aber klar wurde, daß es nichts anderes war als die (außerdienstliche) Wiederholung alles dessen, was ich von Constance schon bis zum Überdruß gehört hatte, nur diesmal aus dem Munde eines verblüfften Fachmannes (»Aber, Herr Professor, gestatten Sie mir die Frage, haben Sie denn nicht *gemerkt*...?«), da schaltete ich mehr oder weniger ab. Ich belauschte ein weit interessanteres Gespräch zu meiner Linken, bei dem eine recht charmante junge Frau namens Mandy (mit deren Ehemann die Hexe offenbar einst durchgegangen war) die Vermutung äußerte, das extrem kurze Verweilen von Stellas

Mutter auf dem Friedhof habe, ebenso wie ihre eigene Anwesenheit, lediglich dem Zweck gedient, die genaue Lage des Grabes zu erkunden, um später wiederzukommen und darauf zu tanzen.

Um Viertel vor zwei machten sich dann endlich alle auf den Heimweg. Ally und ich trugen die schlafenden Kinder nach oben in ihre Betten, während Constance Inspektor Harris zur Gartentür geleitete, wofür sie ziemlich lange brauchte. Dann verkrümelten sie und Ally sich ins Bett, und ich kam hier herein. Ich weiß nicht, ob es der Sekt war oder die Dielen, die Ally zur Feier des Tages ächzen ließ, jedenfalls war ich nicht müde. Ich nutzte die Gelegenheit und schrieb ein kurzes Postskriptum für Fairbairn (das er bestimmt nicht abdrucken wird), in dem davon die Rede ist, daß ›die Philosophie in Großbritannien tot ist‹, weil unsinnige Kürzungen im Staatshaushalt eine ganze Generation von Philosophen ausgerottet haben, weil es in den Bibliotheken an Büchern und weil es an Zeit zum Denken fehlt. Ein Glück, daß ich von hier fortgegangen bin, kann ich nur sagen. (Und ohne Zweifel habe ich es auch gesagt.)

Und ich werde nicht wiederkommen – oder nur kurz, zur Sechsten Leamingtoner Tagung, Anfang nächsten Jahres. Ich fühle mich hier nicht mehr im entferntesten zu Hause. Ich gehe andere Wege. Nächstes Mal können die Kinder dann zu mir kommen. Die Abwechslung wird ihnen guttun. Bonnie kann sich noch an die wunderbaren Eisdielen und an die Rollschuhbahn erinnern, Nancy ist neidisch, weil sie es nicht kann, und dem blassen kleinen Ned könnten ein paar Wochen voll erstklassiger, saftiger US-Beefsteaks und etwas strahlende Westküstensonne nicht schaden.

Constance wird sowieso hin und wieder etwas Ruhe nötig haben, wenn sie tatsächlich so verrückt sein sollte, diese neue Schwangerschaft durchzuziehen. Ein »Betriebsunfall«, daß ich nicht lache! Ich habe Allys stolzen, schmachtenden Gesichtsausdruck sehr wohl gesehen. Endlich ist die Erfüllung seines Herzenswunsches greifbar nahe. Er hat alles auf eine Karte gesetzt. Bleibt nur zu hoffen, daß Constance nicht irgendwann alles hinschmeißt. Zutrauen würde ich es ihr. Ich habe ihren schmachtenden Seufzern nie so recht getraut, die durch die Rohre an mein Ohr drangen: »Oh, Ally, wäre es nicht herrlich, wenn ...«

Wenn – ein trügerischer kleiner Ziegelstein, um Luftschlösser daraus zu bauen. Selbst Berufsphilosophen genießen das »Wenn« mit Vorsicht. Gott steh den Amateuren bei! Und Amateure sind sie. »Wenn Olly nicht wäre ...« »Wenn die Hexe nicht wäre ...« Was denken die beiden wohl, was die Zukunft ihnen bringen wird? Glauben sie wirklich, sie werden glücklich sein? Denk an den Spruch in dem Glücksplätzchen, Constance. Vergiß ihn nicht. »Was du am stärksten auf der Welt begehrst, wirst du bekommen. Was du am zweit- und drittstärksten begehrst, das wirst du nicht bekommen.« Willst du dich unbedingt an einen Baum wie Alasdair anlehnen, wirst du bald merken, daß dein Baum, so groß und stark und zuverlässig er auch sein mag, eben doch nur aus Holz besteht. Du wirst dich tödlich langweilen. Jetzt im Moment mag dir der Mann im Vergleich zu mir als ein wahres Labsal erscheinen. Aber jemand wie du braucht permanente Anregung. Ich würde sagen, Constance, irgendwie war es genau das Richtige für dich, barfuß über die Glut ehelicher

Unzufriedenheit zu hüpfen. Es liegt nicht in deiner Natur, zufrieden zu sein.

Ich sage es ungern, aber ich habe den Verdacht, dieses idyllische Familiennest wird ohne die Hexe und mich bald zerfallen. Ihr habt uns gebraucht. Vergiß nicht, daß ich euch drei Monate lang durch die Rohre belauscht habe. Ich weiß, wovon ich rede. Stella mag zwar ein Ärgernis gewesen sein, und ich mag dir ein bißchen auf die Nerven gegangen sein, aber zumindest haben wir euch Gesprächsstoff geliefert. Worüber werdet ihr jetzt reden? Über Bärenklau? Ich kann dir jetzt schon prophezeien, daß in naher Zukunft öfters lange Stille in den Rohren herrschen wird. Und ich kenne dich, Constance. Es wird dich verrückt machen. Du bist nicht der Typ dafür. Jemand wie du braucht immer eine Person oder eine Sache, über die er sich aufregen kann, Tag für Tag. Ich sage dir: Bisher waren die Hexe und ich eure tragenden Säulen. Jetzt seid ihr auf euch selbst angewiesen. Und das wird nicht gutgehen.

Aber auch das ist nicht mein Problem. Morgen mittag wird Oliver Rosen als ein von allen Bürden freier Mann von hier abfliegen. Von allen Bürden frei allerdings nur deshalb, weil es mir schließlich doch noch gelungen ist, dich dazu zu bewegen, die acht Tonnen Kisten und Kasten, die du freundlicherweise im unteren Flur gestapelt hast, per Schiffs- anstatt per Luftfracht abzuschicken. Mein Gott, was kannst du für ein Drachen sein! Von mir aus kann dich Ally gerne haben. Du hättest dich sehen sollen, wie du gestern, die Hände in die Hüften gestemmt, im Flur standest. »Diesmal schick' ich dir alles, Oliver, das sag' ich dir. Bis auf den letzten Rest. Deine ganzen Noten. Alles, was in den alten Überseekoffern vermodert. Den ganzen Krempel. Egal, was es kostet, ich werde nichts davon noch länger aufbewahren. Ned muß in die Mansarde, damit das Baby in unserer Nähe sein kann. Nimm deine Sachen mit, bis auf das letzte Stück Papier. Ich mein' es ernst!«

Ein Glück, daß Sie die Papierberge nicht gesehen haben. Sie wären in Ohnmacht gefallen. Es ist mehr geworden als die ganze Sache für Fairbairn. Ich mußte zu einem weiteren Kissenbezug greifen. Das kann ich gar nicht alles mit ins Flugzeug nehmen. Es muß erstmal getippt werden.

Ich lass' es hier. Ich werde diese alberne Holly Hobbie und ihre pastellfarbenen Genossen ganz hinten verstauen, da, wo du sie nicht findest. Das hoffe ich zumindest. Ich kenne dich. Entdeckst du sie, wirst du, sobald ich mich erdreiste, eine Kürzung deines fürstlichen Unterhaltes auch nur andeutungsweise ins Auge zu fassen, vermutlich den ganzen Stapel nehmen und veröffentlichen. Zuzutrauen wäre es dir. Du hättest da keine Skrupel. Du hast nie auch nur den geringsten Sinn für Privatsphäre gehabt, das hab' ich schon immer gesagt. Und bei deinem Glück wirst du mit der Veröffentlichung vermutlich sehr viel mehr Geld verdienen als ich durch den alten Fairbairn.

Aber was soll's. Letzten Endes ist mir das lieber als ein weiterer Krach um deine Schränke, die ich angeblich mit meinen Sachen vollstopfe. Das könnte ich nicht mehr ertragen. Ich reise ab, *nach Hause.*

Fertig? Bist du sicher? Bist du ganz sicher, daß du nicht für ein, zwei Tage wiederkommen willst, um einen weiteren Absatz voller Klagen über meine Unzulänglichkeit als Ehefrau oder Allys Unzulänglichkeit als Ernährer anzufügen? Bist du sicher, daß es nicht noch mehr Leute gibt, deren künftiges Glück du mit einem Fluch belegen willst, wenn du schon mal dabei bist? Meine Mutter beispielsweise? Oder die Kinder? Aber ich glaub', du hast genug geschrieben, Olly, stimmt's?

Stimmt. Gib mir mal das Telefon rüber. Du hast völlig recht, das hier wird eine ganze Menge mehr einbringen als das öde Zeug, das du den Sommer über am laufenden Band produziert hast. Und ich will nicht nur einen Steinway. Ich will einen Urlaub in Frankreich, ein neues Auto, ein paar Haute-Couture-Umstandskleider und ein neues Fahrrad mit Zehngangschaltung. Und Alasdair braucht einen neuen Rasenmäher. Und Bonnie Schuhe. Und ... und ... und ... und ... und ...

Du mußt doch *gewußt* haben, Oliver, daß ich es finden würde. Ich wechsle schließlich ab und zu die Bettwäsche! Das ganze war doch viel zu riesig, um es zu verstecken. Du hast Bände vollgeschrieben! Also, getippt gibt das mit Sicherheit über zweihundert Seiten.

Allerdings sind Autobiographien bekanntlich sehr viel leichter zu schreiben als die Wahrheit. Frag Bertrand Russell.

Und leichter zu finden. Frag Holly Hobbie.

Danksagung

Mein Dank gilt meiner guten Freundin
Linda Robinson Walker
und ihren Büchern

Anne Fine
Killjoy
Roman. Aus dem Englischen von
Jürgen Bauer und
Edith Nerke
detebe 21917

Mit einer Ohrfeige beginnt die grausame Geschichte einer Obsession. Ian Laidlaw ist ein ausgeglichener Mann, ruhig, kultiviert, tüchtig. Er ist Vorsteher der Fakultät für Politikwissenschaft an einer schottischen Universität. Seine regelmäßigen, ereignislosen Tage nehmen ihren ausgewogenen Lauf – bis die Studentin Alicia ihm eines Nachmittags ins Gesicht lacht und seine geordnete Welt zum Einstürzen bringt.
Laidlaw verfällt ihr mit besitzergreifender Leidenschaft, und die beiden beginnen ein gefährliches und schließlich zerstörerisches Spiel. Alicias Vergehen ist die Skrupellosigkeit der Jugend, und Laidlaws Strafe zeigt die unheilbare Zerrüttung seiner Welt.
Mit ihrem ersten Roman *Killjoy* schuf Anne Fine ein unvergeßliches Porträt eines Lebens der heillosen Verletzungen. Ein aufschreckendes, nachdenklich stimmendes und, im wahrsten Sinne des Wortes, fesselndes Buch.

»Erstaunlich ist, wie Anne Fine es schafft, sich als Frau in die durch und durch männliche Lebensstrategie des Mannes hineinzuversetzen, seine extrem männerspezifischen Selbstlügen und Idiosyncrasien von innen, aus seiner Sicht also, zu erzählen. Ein fantastisches Buch.« *Thommie Bayer / Nürnberger Nachrichten*

»Eine schmerzhaft fesselnde Version von ›La Belle et la Bête‹.« *The New Yorker*

»Eine Lektüre, die fesselt – ans Bett oder an den Lesesessel, zu Lust und Last unserer inneren Unruhe.«
Paul Stänner / Der Tagesspiegel, Berlin

22.
14.–